Priča o vezirovom slonu

Ivo Andrić

宰相の象の物語

イヴォ・アンドリッチ

栗原成郎 訳

東欧の想像力 14

松籟社

宰相の象の物語

Priča o vezirovom slonu

Smrt u Sinanovoj tekiji

Ćilim

Anikina vremena

by

Ivo Andrić

Japanese translation rights arranged with The Ivo Andrić Foundation
through Japan UNI Agency, Inc., Tokyo

2018 first edition, 1500 copies

Translated from the Serbian into Japanese by Shigeo Kurihara.

【目次】

本書関連地図

※読者の便宜のため、2018年現在の国境線を破線で示している（本書収録作品の設定年代においては、ボスニアはオスマン・トルコ帝国の支配下にあった）。

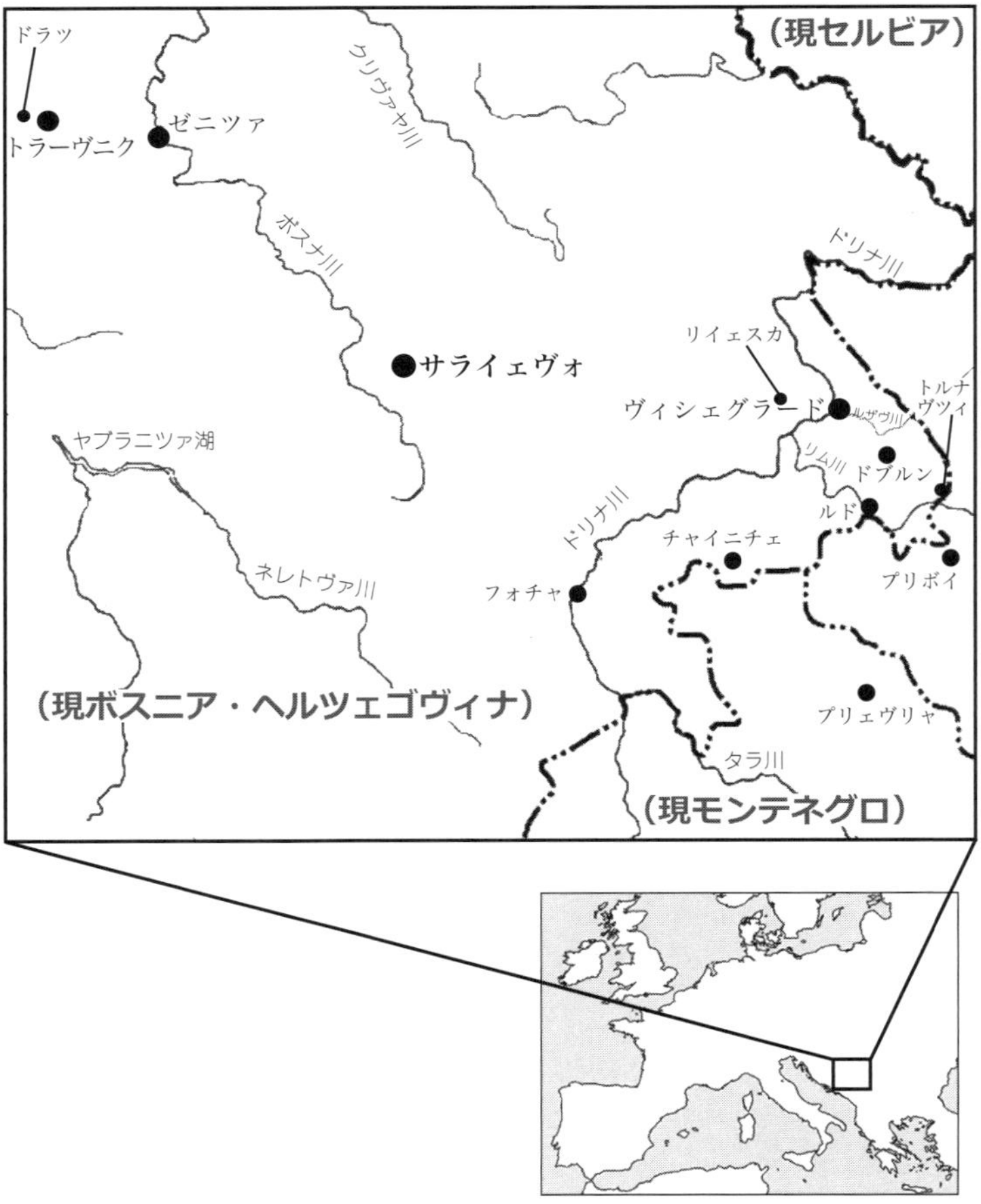

宰相の象の物語

Прича о везировом слону / Priča o vezirovom slonu

ボスニアの田舎町《カサバ》[*1]と都市は物語の宝庫である。作り話であることの多いそれらの物語のなかには、およそあり得ない出来事の体裁のもとに、またしばしば架空の人名の仮面のもとに、実在の人物や、とうの昔に過ぎ去った世代の人々に関するこの地方の真実の知られざる歴史が隠されていることがある。ここには、トルコの諺《ことわざ》で「どんな真実よりもはるかに真実味がある」と言うところの、かのオリエントの嘘の話がある。

それらの物語は、不思議な隠れた生命力をもって生きている。この点において、それらの物語は、ボスニアの鱒《ます》に似ている。ボスニアの小川や谷川には特別な種類の鱒が棲息している。あまり大きくはなく、背が全体的に黒いが、二、三大きな赤い斑点がある。非常に大食いであるが、たいへん抜

＊1　市場権を有するトルコ風の街並みをもつ小地方都市。「チャルシヤ」と呼ばれる商店街が町の中心的な商業区になる。

け目のない、すばしっこい魚である。熟練の釣り人の投げた釣り針には盲目的に食いつくが、ここの河川やこの種の魚に慣れていない人にとっては手に負えないばかりでなく、目にも見えない代物である。そのような釣り人は、釣り竿を持って一日じゅう川岸の岩場を渡り歩くばかりでなにも獲れず、ときどき石と石の間の水を切り分けていく稲妻のように速い、とうてい魚とは思えない何かの物体が描き出す黒い線のほかには、何も見えないのである。

それらの物語は、この鱒の実体に似ている。ボスニアのどこかの田舎町《カサバ》に数か月滞在してみても、その数か月からは正確に、十分に聴き取れるものはなに一つないであろう。しかし、たまたまどこかの場所で夜を過ごすことがあれば、一晩のうちに、その地方と人々のことを最もよく物語っている、およそ信じられないことが含まれている物語を三つ四つ語り聞かされるであろう。

ボスニアで最も賢明な人々であるトラーヴニクの人々は、そのような話を最もよく知っているけれども、金持が金を出し惜しむのに似て、異国の人を相手にそのような話をすることはめったとない。その代わり、彼らの話は、どの一つをとっても他の地方の人々の話の三倍の値打ちがある。もちろん、これは、彼らが勝手に決めた相場ではあるけれども。

宰相の「フィル」という象の話は、そのような物語である。

一

今までの宰相メフメド・ルゥジヂーパシャの交代が決まったとき、トラーヴニクの人々は不安に陥ったが、それも故無きことではなかった。宰相は陽気な男で、軽佻浮薄《けいちょうふはく》、呑気《のんき》で仕事に無頓着《むとんちゃく》、それに御人好しだったので、トラーヴニクもボスニアも彼の存在を感じなかった。しかし、洞察力のある、賢明な人々は、以前から不安を覚えていた。こういう状態は長続きはしない、と見通していたからだ。今やその人々の不安が二つの点で現実となった。一つは、去っていくこの善良な人物の宰相のことで、もう一つは、彼の後任として来る、新しい未知の人物のことで。そこで彼らは、後任として来る宰相がどんな人物であるか、さっそく情報を集めはじめた。

よそ者の多くは、トラーヴニク人がどうしてあれほど熱心に新任の宰相について、その赴任の噂を耳にするやいなや、あれこれ調べるのか不思議に思い、それをトラーヴニク人の好奇心と高慢と国家的大事件に慣れている習性のせいだとして、彼らをあざ笑う。しかしながら、真相はそうではない。(嘲笑する者が正しいことは、概して稀《まれ》である。) トラーヴニク人を、新任の宰相についてのあれこれの穿鑿《せんさく》と彼の身体上と倫理上の特質と生活習慣の調査へと駆り立てるのは、彼らの好奇心と自尊心と言うよりは、むしろ彼らの長年の試練と切実な必要性と言うべきなのだ。

歴代の数々の宰相たちのなかにはさまざまな性格の人物がいた。賢明で人間味のある者、怠慢で何事にも無関心な者、滑稽で罪ぶかい者など、十人十色であるが、なかには極悪非道の最たる者があり、その者たちの最悪にして悪の根元をなす所業については、伝説でさえも沈黙を保っている。それは、ちょうど民衆が、迷信的な恐怖のゆえに、恐るべき病気や悪しきものを実名で呼ばないことに似ている。この類の宰相は、国全体にとって重荷であるが、ことにトラーヴニクにとっては最悪の重荷である。ボスニアの他の地域であれば、どこであれ、彼は他人の手を借りて統治するが、ここトラーヴニクにあっては、彼独自の知られざる性格をもって、自分の従者、召使をもって彼自ら統治に当たるからだ。

トラーヴニクの人々は、こんど来る宰相についての情報集めに夢中になり、その人物についてどんなことでもいいから訊き出すためには、出会う人を誰かれ構わずつかまえては、買収したり、おごったりまでするのだ。情報を提供してくれたと思われた人々に大枚を払ったものの、後ですべてが欺瞞《ぎまん》であり、嘘であったと判る場合がある。しかし、金を払った人は、その金がまったくの無駄金であったとは思わない。なぜなら、ある人物のことで嘘をついたとしても、ときにはその嘘がその人物について、かなりの真実を語っていることがあるからだ。経験を積んだ、先見の明があるトラーヴニク人は、そのような嘘の中から、しばしば真実の種を取り出すことがある。嘘をついた当人が自分の嘘のあいだに紛れ込んでいる真実の種の存在に気づいていないことがあるものだ。他の役には立たないにせよ、嘘は彼らにとって出発点として役に立ち、あとで真実を知ったとき、彼らは、無用となったその嘘をさっさと棄てるのだ。

トラーヴニクの年寄たちは、ボスニアには賢明な人々が住んでいる都市が三つある、と言うが、それも故無きことではない。そしてそのあとすぐに付け加えて言う。その一つで最も賢明なのがトラーヴニクである、と。ただし、他の二つの都市がどれであるかを、いつも言うのを忘れる。

こうして今回も彼らは、新任の宰相について、その到着前にかなりの情報を集めることができた。

新任の宰相の名は、セイド・アリ・ヂェラルゥディン－パシャ。

エディルネ[*1]の生まれで、教養ある人物であるが、すべての学業を終えると、エディルネの貧民地区のイマーム[*2]になるよう要請されていたが、突然なにもかも捨ててイスタンブールに出て軍事関係の機関に入った。その職場で彼は、泥棒と不正な供給請負業者を巧みに捕らえて、彼らを厳しく情け容赦なく処罰することで頭角を現した。伝えられるところによると、ある機会に彼は、軍の造船所にタールを供給しているユダヤ人の商人を、あまりにも水っぽい、役に立たないタールを売りつけたとして逮捕し、そののち事件を検証したうえ、二人の補給係将校の権能ある意見を得て、件《くだん》のユダヤ人を自分が納入したタールの中に沈めるように命令した。事の真相はそうではなかった。そのユダヤ人は偽証によって逮捕されたのであるが、調査委員会に呼び出され、その場でタールの価値が調査されるこ

＊1　現在のトルコ西端部に位置する都市。旧称アドリアノープル。
＊2　イスラム教における宗教指導者。

とになっていた。ユダヤ人は、告発に根拠がないことをしきりに訴えながら、タールの入った木製の槽の周りを勢いよく走り回っていたが、ヂェラルゥディン−エフェンディは、じっと眼を据えてユダヤ人を睨《にら》みつづけるだけだった。その視線から身を隠すことも、彼から目をそむけることもできないまま、またそれ以上何を言うべきか分からず、自分の立たされている場を見きわめることもままならず、哀れな物資調達請負人は、足を滑らせて槽の中に転がり落ちて、タールの中にまたたくまに沈んだ。それで、そのことが、実際にタールがきわめて水っぽいことの最も確かな証拠となった。

これは実際に起こったことだったが、ヂェラルゥディン−エフェンディは、この事件を伝える夢幻的な空恐ろしい話の最初のヴァージョンに尾鰭《おひれ》を付けて、彼の厳格さを伝える同じように恐ろしい他の話と同様に、言い広める人々に対してなに一つ異を唱えなかった。彼は、自分が「凄腕の人物」として世に知られるようになり、大宰相の目に留まるようになることを、ちゃんと計算に入れていた。そして、彼の計算に間違いはなかった。

軍隊で彼と一緒に働いた経験をもつ良識のある、思慮深い人々は、彼の本質をいち早く見抜いていた。ヂェラルゥディン−エフェンディは、実際には、事務処理の厳正さや国庫金の不可侵性に心を砕いているのではなく、彼のすることはすべて、抑えがたい衝動から出たもの、裁き・処罰・加虐・殺害への生来の欲求から出たものであり、法や国事に対する関心は、彼の隠れ蓑《みの》、都合の良い弁明にすぎない。大宰相は、そのような彼の人格をおそらく知っていたが、疲弊し、健全な力も戦闘と防衛のための資金も欠いた国家機関と政府当局にとっては、まさにこのような人物が必要だった。

これがヂェラルゥディンの出世の始まりである。それから先の成り行きは、老衰し、弱体化した国家と崩壊した社会の要求に従って、彼が生まれ持った本能に応じて、すべてが自然に進んだ。彼の出世は、彼がビトラ[*1]の宰相に任命された時に頂点に達した。ビトラではトルコ人貴族が権勢をふるい、それぞれが自分の領地を完全に独立した形で統治し、内部で主導権を争い、自分よりも上位の権力を決して認めなかった。ヂェラルゥディンは、自分の主権者としての任務を満足が行くまで達成したようだった。そのためか、一年後にはボスニアの宰相に任命された。ボスニアでは、貴族階級は凋落の一途をたどり、支配する力も従属する態勢もすでに久しく失っていた。この気位ばかり高く、反抗的で有害で無力な階級は、服従させ、征服すべき存在だった。ヂェラルゥディン＝パシャは、まさにその任務を遂行するために任命を受けた。

「俊敏で冷酷な手に握られた鋭い剣が君たちの頭上に振り下ろされるだろう」――イスタンブール滞在の情報通の友人からトラーヴニクの貴族たちのもとに報せが届いた。さらに続けて、ヂェラルゥディンがビトラの貴族たち、指導者たちをどのように扱ったかが書かれていた。

ビトラに到着するとすぐに、彼は町の指導者たちを呼び出し、各人が樫の木を切って、少なくとも

＊1　ビトリともいう。現在はマケドニア共和国の都市。一三八二年から一九一三年まではオスマン・トルコの支配下にあった。

三アルシン[*1]の長さの杭を作って、それを宰相の城館に運び、それらの杭にそれぞれの名前を書くように命じた。まるで魔法をかけられたように指導者たちは、この屈辱的な命令に従った。ただ一門の貴族だけが命令に従わず、そのような恥ずべき仕事をする前に一族郎党と共に森の中に逃げ込むことに決めたが、一門のうちの誰かが助けに駆けつける前に宰相の兵士たちがその一族を皆殺しにした。それから宰相は城館の中庭に集めた杭を打ち込ませて、それを小さな森のようにした。そしてもう一度町の指導者全員を中庭に呼び集めて、各人が「自分の持ち場」をわきまえるように訓告し、宰相の支配領内においてごく小さな反逆でも起こした場合は全員をこのようにアルファベット順に並んだ杭に串刺しにするのだ、と言い渡した。

トラーヴニクの人々は、その情報を信じたし、また信じもしなかった。というのは、彼らは、ここ三十年の間そのような陰惨で奇怪な話を数多く聞かされてきたし、それよりもはるかに陰惨で奇怪な出来事を見てきたので、それらの出来事の前では、いかに強烈な表現の言葉といえども明確さと説得力を失うからだ。トラーヴニクの人々は、自分の目で見るまで、自分自身で確信するまで待つのだ。そしてついにその日が来た。

新任の宰相が到着した当初、あの伝説を正当化するようなものは特になかった。他の「恐ろしい」宰相たちは、その入場だけで人々を震え上がらせるために賑々しく、威風堂々と町に入ったものだった。ところが彼は、夜ひそかに到着し、二月のある朝突如トラーヴニクに姿を現した。それで人々は、新任の宰相がここに来ることは知っていたが、それまで彼を見た者はいなかった。

宰相がトラーヴニクの「主だった人々」を接見したとき、それらの人々が初めて宰相を見て、その声を聞いたとき、多くの者が想像とはまるで違う彼の風貌に驚かされた。宰相はまだ若い男で、年は三十五と四十の間ぐらい、色白で髪はにんじん色、瘦せぎすの長身に小さな頭がついていた。顔は、頰髯《ほおひげ》と顎鬚《あごひげ》をきれいに剃った丸顔で、どこか子どもっぽいところがあり、かすかにそれと分かる、にんじん色のちょび髭があるが、丸みを帯びた両方の頰骨は、陶磁器の人形のそれのように光の明るさを平等に反映していた。うっすら明るい色の産毛の見えるその白い肌の顔には、二つのほとんど黒に近い茶色の少し不揃いの目があった。話をしているとき、その目はしばしば長い明るい赤味がかった睫毛《まつげ》に覆われるので、顔全体に微笑みかけたままこわばったような奇妙に感情的な表情を与えるが、その睫毛が上がると黒い目のあたりに明らかに見て取れるのは、それが錯覚だったことであり、顔には微笑の跡形はまったく見られない。目立って見えるのは、青白い小さな口である。その口は、話す時にかすかに開くものの、上唇は決して上がることも動くこともなく、その裏側には虫歯で欠けた歯が隠されていることをなんとなく予測させるところがある。

最初の面会のあと、トラーヴニクの貴族たちは、意見と印象を交換するために集まった。多くの者は、イマームになりそこねた人物について噂ほどでもないと考えて、評価を下げて前よりも判断を甘

＊1　一アルシンは約〇・七一メートル。

くする傾向にあった。大半の者はそうだったが、全員ではなかった。「時代というものをよく知っている」何人かの少数派は、他の者たちよりも経験が豊かで先見の明のある人たちだった。そういう人たちは、沈黙して自分の前途を見つめ、宰相についての十分な最終的な判断を人前で自ら言い表すことをためらった。彼らは、自分たちのあいだに入り込んできた人物が異常な人間であり、血に飢えた殺人者、残忍な人間であることをうすうす感じていた。

ヂェラルッディン－パシャがトラーヴニクに到着したのは二月の上旬だったが、三月の中旬になると貴族や指導者たちの大粛清が行われた。ヂェラルッディンは、スルタンの勅令によるとして、ボスニアの主だった貴族、指導者、市長ら全員を、重大な会議のために、トラーヴニクに集合させた。きっかり四十人の出席が要求された。

十三人が招集に応じなかった。そのうちのある者たちは賢明で、悪事を予感していたからであり、他の者たちは、名門貴族の伝統的な誇りによって欠席したが、その誇りはこの場合、賢明さと同じ価値があった。出席した二十七人のうち十七人は、宰相の城館の中庭で即座に殺害され、残りの十人は翌日、首枷《くびかせ》をはめられ、鎖で数珠繋《じゅずつな》ぎにされてイスタンブールに送られた。

どうしてあれほどの経験豊かで身分の高い人々をやすやすと罠に陥れて、トラーヴニクの真ん中で、羊を屠殺するように声も立てさせず抵抗もさせずに、殺すことができたのか、生き証人もいないし、また知るすべもない。この貴族、指導者たちの処刑は、宰相の城館の中庭でまったく無造作に、いかなる儀式も無視して、宰相の眼前で計算ずくで粛々と執行された。これまでの宰相のうちでこのような大量虐殺を行なった者は誰一人いなかった。それは人々の目には悪夢かむごたらしい黒魔術のように見えた。その日以来、トラーヴニクの人々は、ヂェラルゥディン‐パシャを「ヂェラリヤ」[*1]と呼ぶようになった。人々はみな、この宰相について同じ考えを抱くようになったが、それはめったに起こり得ない異常なことだった。それまではトラーヴニクの人々は、悪い宰相が来ると、いずれも(多くの宰相はそれほど悪い宰相ではなかったが)最悪な人間だと言ってきたが、現在の宰相についてはもはやなにも論評しなくなった。それは、ある宰相からこの「ヂェラリヤ」にいたるまでには長い恐ろしい道のりがあり、その道のりの途上にあった人々は、恐怖のあまり言葉と記憶を失い、このヂェラリヤが何であるか、何者であるか、どんな人間であるかを、他の宰相と比較してみる能力と正確に定義する表現力を失ってしまったからだ。

四月は、この事件のあとまだ何か起こるとしたら、それが何であるか、寒々とした不安と漠然とした嫌な予感のうちに過ぎた。

五月の上旬になったとき、宰相は一頭の象を購入した。

トルコにおいて最高位に昇りつめて権力と富を手にした人間は、しばしば珍しい動物に興味を示し、その興味をつのらせるようになる。それは、狩猟への情熱に似た関心事であるが、体を動かす努

＊1　死刑執行人を意味するヂェラートをもじったあだ名で「刑吏宰相」の意。

力を排除する倒錯した狩猟への情熱である。そのようにして、今日まで宰相たちの幾人かは、この地の人々が見たこともない動物たちをトラーヴニクに持ち込んだ。猿、鸚鵡《おうむ》、アンゴラ猫などである。宰相のなかには、豹《ひょう》の子を買い求めた者さえいる。しかしトラーヴニクの気候は、この虎の類の動物には適していなかったらしい。肉食猛獣としての本能を示す最初の攻撃的動作のあと、まもなくこの猛獣の成長は止まってしまった。本当のことを言えば、宰相の怠け者の従者たちが日常的に強いラキヤ[*1]を飲ませ、阿片とハシッシュの入った甘い菓子を食べさせていたのだ。時が経つにつれて、豹は、歯が欠け、毛皮の輝きを失い、病気の家畜のように毛が抜け落ちた。肥満して発育不全の豹は、危険性がなく、放し飼いにされて、中庭に寝そべって日向ぼっこをして目を細めており、雄鶏たちがつつき、いたずら好きな子犬たちが無遠慮に自分の上をまたいで通るのに逆らわなかった。次の冬が来たとき、豹はトラーヴニクの猫と変わらぬみじめな自然死を遂げた。

確かに、過去において宰相たちは、異常で冷酷で重々しい人物の例にもれず、珍奇な動物を持ち込みはしたが、異常さと冷酷さから判断すれば、このヂェラリヤは、絵でしか見たことがないような、物語でしか読んだことがないような最も恐ろしい猛獣の一群を飼ったとしてもおかしくないような人間だった。それゆえ、トラーヴニクの人々は、今まで誰も見たこともない象が宰相のもとに届けられることを耳にしてもさほど驚かなかった。

それは、まだ十分には成長していないアフリカ象で、若くて元気がよかった。二歳になったばかりの象だった。象本体の到着以前に、その象に関する話が先に到着した。どこからか情報が伝わって、すべてのことが知られていた。――象がどのような旅をしてきたか、護衛団によってどのように保護され、大切にされてきたか、どのように民衆と権力から歓迎され、護送され、食事を与えられてきたか、情報は集まっていた。それはすでに「フィル Fil」と呼ばれていた。フィルはトルコ語で「象」のこと。

フィルはまだ仔象で、ボスニアの良く育った雄牛よりもやや小さいぐらいの大きさであったが、ゆっくりと重たげに歩き、護送の旅を続けていた。この気まぐれな象の子は、護送の者たちにいろいろな面倒をかけた。ときにフィルは食べたがらず、草の上に寝そべって目を閉じたまま、しゃっくりをしたり、げっぷを出したりしはじめたので、護送の者たちは、フィルに何か良からぬことが起こりはしないかという不安と宰相の怒りを恐れるあまり気がもめた。するとフィルは、ずるそうに片目だけを開けて周囲を見回し、短い尻尾を振って立ち上がり、いきなり走り出したので、召使たちがやっとのことで追いついて、どうにかおとなしくさせた。ときには歩きたがらないこともあった。護送の者たちは、フィルを引っ張ったり、ありとあらゆる言葉をつかって言い聞かせたり、なだめたり、すかしたり、用心して罵《ののし》ったりした。ある者は、他に気づかれないように尻尾の下の柔らかな部分をつついたりしたが、何をやっても無駄だった。フィルを前に進ませるためには、半分程度は運搬するし

＊1　プラム・葡萄等から作られる強い蒸留酒。

かないということになった。そこで村人から雄牛たちを借りて「テフテルヴァン」と呼ばれる車体の低い特別の荷車に繋いでそれにフィルを載せて運ばせよう、という話になった。フィルの気まぐれ、やりたい放題には際限がなく、誰もそれに切りをつけることができなかった。（宰相の気まぐれを止められないのとまったく同じだ。）そして護送団のなかのボスニア人たちだけは、このような時に、この世の「象」なるものや「宰相」なるものに対していだいている自分たちの感情を明らかに示すような言葉がうっかり口から出ないように、けんめいに歯を食いしばっていた。そして心のうちでボスニアが今まで見たこともなかった怪物を護送する羽目になったこの日を呪うばかりだった。概して言えば、護送団の人々は全員、最高位の者から最下位の者にいたるまで、不機嫌で敵意に満ちていた。すべての者が、この課せられた任務を正確に遂行しなかった場合に彼らを待ちうけているものが何であるかを考えると身震いした。護送団の人々は、自分たちが通過するいたる所で引き起こす人々の動揺と恐怖にある種の満足を見出し、また宰相の秘蔵っ子であるフィルの名において自由に行うことのできる略奪に一種の償いを得ていると思っていた。

一行が通過した都市でも村でも人々の動揺と恐怖には大差はなかった。街道沿いのボスニアのある田舎町《カサバ》に象を連れた行列が現われたとき、子どもたちは、笑い声と歓声を上げながら走り出て一行を迎えた。大人たちは、不思議な光景を見ようと広場に集まったが護送の兵士たちの陰険な顔に気づき、ヂェラルゥディン宰相の名前を耳にすると、みんなの声は静まり、顔は凍りついたような表情になり、誰しもが、どこへも行かなかった、何も見なかった、と自分自身に言い聞かせながら、家に帰る最短の近道を探した。地方の将校たち、役人たち、自治体の長たち、警察官たちは、義務上、職務から離れた行動をとることができず、恐れと敬意をもって未知の宰相の動物を迎え出たが、護送団からの要求を直接に訊き出す勇気がないので、自分たちに何が要求されているかを、なりふり構わず群衆から情報を集めていた。人々は、大部分が顔に御世辞笑いを浮かべながら護送団にばかりでなく若い象にも近づき、今まで見たこともない動物に愛想の良い視線を送り、象に何を言えばよいのか分からずに髭を撫でながらつぶやいたが、それは護送団に聞こえるような声だった。

「マシャラーフ、マシャラーフ！」*1

しかし人々は、内心、彼らの所管の地域で象の身に何かが起りはしないか、とびくびくしていた。そして宰相の従者団が怪物と一緒に遠くへ立ち去って、他の管区に入ってくれることを、今か今かと待つのだった。そして実際に行列が町を立ち去ると、人々は、安堵の溜息と共に、この世のすべてのものに対する積年の嫌悪と憎しみの溜息をそっと漏らすのだ。それは役人や「皇帝《スルタン》の側近たち」でさえ、ときおりつく溜息であるが、黒い大地に聞こえないように、ましてや生きた人間には——それが最も身近な者であっても——聞こえないようにそっと漏らす溜息だった。

何の重きも成さない、何も持たない小さな人々である民衆でさえも、自分たちが見たものについ

---

*1　マシャラーフは、トルコ語で厄除けの言葉。

てあからさまに声を出して言うことをはばかった。ただしっかりと閉ざした門の中においてのみ彼らは、象のことを笑い、まるで何かの聖遺物を運ぶかのように、悪名高い宰相の怪獣を運ぶのに要する出費と物々しさを批判した。

子どもたちだけが、あらゆる警告を無視し、用心を忘れて大声で話し、象の鼻の長さ、脚の太さ、耳の大きさがどれぐらいかで、言い争い、賭けをしていた。ちょうど草が芽生えはじめた空き地の遊び場で子どもたちは、「フィルと護送団ごっこ」の遊びをした。子どもの一人が象になり、四つ足で歩き、頭を振って、それに鼻とばたばた動く耳を付けたつもりだった。他の子どもたちは護送団になり、意地の悪い、がさつな召使や護衛兵になった。少年たちの一人は、地方長官の役を演じ、真実味のこもった恐怖感とうわべだけの愛嬌を示して、象になった子どもに近づいて、髭を撫でながらつぶやいた。

「マシャラーフ、マシャラーフ！　なんてかわいい家畜だ！　こりゃあ、ほんとに神の賜物だ！」

少年が見事な演技をしたので、子どもらは、象になった子も含めて、どっと笑い声を立てた。

フィルが護送団と共にサライェヴォに到着したとき、赴任する宰相にだけ有効な法規が一行にも適用された。すなわち、トラーヴニクに行く途上でサライェヴォ市内には宿泊せずに郊外の台地ゴリツァに宿泊し、そこで最長二昼夜とどまるが、その間サライェヴォ市は、一行に必要なものすべて——食べ物、飲み物、灯り、燃料——を提供することを義務づけられていた。フィルとその護送団はゴリツァに一泊した。しかしサライェヴォの「上流階級」の人々は誰も、外来の動物にはまったく興味を示さなかった。（彼らの家族の多くが、宰相が最近行った大量虐殺にともなう喪に服していたのだ。）宰相と宰相に関わるすべてのことに疑心暗鬼になっている気位の高い、裕福なサライェヴォ市民は、使者の少年だけを送って、一行に必要なすべてのものを提供できるように護送団の人数を尋ねさせた。しかし、象のためには何の準備も考えていなかった。彼らの言い草はこうだった。――「私どもは、フィルの宰相が何を召し上がるかは存じておりますが、宰相のフィルに何を食べさせればよいのかは、存じておりません。それで、象の性質が分かれば、必要なものをお届けいたします」

こうして町から町へと進んで、フィルは道中さしたる事故もなくボスニアの半分を通過してついにトラーヴニクに到着した。フィルが町に入った際に、それを見る人々の態度に民衆が宰相と宰相の付属物すべてをどのように思っているかが、最もよく見て取れた。ある者たちは、くるりと背中を向けて、何も知らなかった、何も気がつかなかったという振りをした。他の者たちは、恐怖と好奇心のあいだで心が揺れた。

また他の者たちは、このことが記憶され、しかるべき文書に記録されることを懸念して、宰相の象をどのように鄭重に待遇すべきか、と考えを巡らせていた。そして最後に、そこには宰相にも象にも関心がない、たくさんの貧しい人々がいた。彼らは、この出来事のすべてを、この世のすべてのことと同様に、一つの観点だけから見ていた。それは、一生に一度でもいいから、せめて一時《いっとき》でもいいから、自分と自分の家族に必要なものをどうすれば手に入れることができるか、という一点だった。

実際に、最も律儀な人たちでさえ、フィルを迎えに出て宰相と宰相直属の者たちに対して敬意を表明すべきか、それとも家の中に籠っているほうが賢明なのか、迷っていた。ここでは事態がどう変わるか知るすべもなく、どんな災害と不幸が身に降りかかってくるか分かったものではない、と彼らはいろいろ考えた。（皇帝《スルタン》の側近と暴君の気まぐれと横暴を誰が予想し、それに対応することができようか？）このことは、おそらく、群衆がフィルを迎えに出なかったことと一行が通った街路に人気《ひとけ》がなかったこととの説明になるであろう。

狭いトラーヴニクの商店街《チャルシヤ》においては、フィルは実際よりも大きく見えたし、恐ろしげで不格好に見えた。それは、人々がみな、象を見ながら、動物そのものよりも、むしろ宰相のことを考えていたからだ。若い緑の小枝で囲まれて護送されている象をちらりとだけ見ることができた多くの人々のうち、ある者たちはコーヒー店で、ある女たちは、糸紡ぎの仕事をしながら「宰相の家畜」の恐ろしい姿と異常な性格についての不思議な出来事を話題にして作り話をすることを競い合うようにして、長いことおしゃべりを続けていた。このことは驚くには当たらない。なぜなら、ここでは、世界のいずこにおいてもそうであるように、人間の眼は心を占めている事柄におのずと向けられるからだ。そして、何といっても我らボスニア人は、人が物語る現実世界よりも現実世界についての自分たちの物語のほうをはるかに大切にし、さらにいっそう愛するように創られている人間なのだ。

フィルが城館でどのように飼われているか、最初の数日をどのように過ごしたかについては、誰も何も知らなかったし、また知るすべもなかった。それは、たとえそのことについて勇気をもって尋ねる人間がいたとしても、それに答えてくれるような人物がいないからだ。現在の宰相の支配下においては、城館の中で行われていることについて商店街《チャルシャ》の人々が、以前のように、あけすけに論じ合ったり、噂を流したりすることは考えられないことだ。

しかしトラーヴニクの人々が知り得ないことがあっても、彼らは、それを考え出す能力の持ち主であり、それを大胆に、決然としてささやくのだ。フィルは、人々の想像力の中で成長し、あだ名をもらうほどになったが、その名は美しくは響かず、ささやくにも、ましてや書き記すにも適さないものだった。そうであっても、フィルのことは物語になったばかりでなく、書かれるようにもなった。

ドラッの教区司祭マト・ミキッチ神父は、友人であるグチェゴール修道院の院長に書簡を送り、フィルの到着について報告し、秘密めいた遠回しな表現で、一部は『ヨハネ黙示録』を引用してラテン語で書いた。——「Et vidi bestiam . . .（我は一つの獣を見たり……）」そしてついでに、いつものように宰相の城館とトラーヴニクとボスニアの概況を報告した。

マト神父は書いた。「ご存知のとおり、われわれのあいだには、宰相がトルコ人たちと彼らの「指導者層の人々」を皆殺しにするのを見て、このことから「ラーヤー」[*1]が何かの富を得られるのではないか、と言う人々がいます。わが同胞の愚者たちは、他人の不幸が彼らにとってきっと幸となっては ね返る、と信じているのです。彼らが以前には知り得なかったことを今になって知るようになったと

*1　オスマン帝国における非イスラム教徒の被抑圧層の臣民。

しても、そこからは何一つ得るものはないのだ、とあからさまに言うことができます。唯一お知らせできるニュースは「野獣が野獣を獲得した」ということ、そして怠惰な人々がそれを話題にして何か訳の分からぬおしゃべりをしていることです。それに彼らには何らかの改革も改良もなく、今後もあり得ないことでしょう」

そして、何かの暗号文のように用心ぶかくラテン語と母国語を混ぜながらマト神父は書簡を次のように結んだ。――「Et sic Bosna ut antea neuregiena sine lege vagatur et vagabitur forte do sudnega danka.(かくしてボスニアは、以前と同様に無秩序で法のない状態のままさまよいつづけるであろう)、最後の審判の日まで」

そして日々が過ぎていったが、宰相の城館からは何の声も聞こえず、何の通達もなかった。フィルについての情報もなかった。あの日以来、トラーヴニクの物語に登場する怪物フィルは、門の向こう側に閉じ込められており、壮大な城館の中に完全に沈んでしまい、まるで目に見えぬ宰相と一体となったように姿を消してしまった。

そして実際に、トラーヴニクの人々が宰相を見ることはめったとなかった。彼が城館の外へ出ることはほとんどなかった。町中で宰相を見ることがむずかしいという事実そのものが恐怖を呼び起こし、さまざまな憶測を生じさせる原因となり、そうして恐怖を広げるもう一つの手段となった。しかし商店街《チャルシヤ》の人々は、そもそもの初めから、宰相と異常な動物の到着に関することばかりでなく、宰相の生活様式、生活習慣、好き嫌いに関するさらに詳細な情報を大いに知りたがっていた。せめて宰相に接近することのできるような「裏木戸」でも見つかればよいのに、と思っていた。

謝金をたっぷりもらった城館からの情報提供者が、この引き籠りの寡黙でほとんど動かない宰相について伝えることができたのは、宰相が何か強い、目に立つような情熱や欲望を示したことがないということだけだった。生活ぶりは地味で、喫煙は少なく、飲酒はさらに少なく、食事も節度を保って控え目にし、服装も派手ではなく、特に金を「浪費」することなく、見栄を張ることもせず、淫蕩でも貪欲でもないとのこと。

多くの真実がそうであるように、このことをまるごと信じることはむずかしかった。気短で嘲笑癖のあるトラーヴニクの人々は、この情報を耳にすると、疑問を禁じえなかった。城館に引き籠って生活している男が、そのような子羊のような男だとすれば、ボスニアであれほど多くの人を殺したのは誰なのか？　しかしそれでもこの情報は、間違っていなかった。宰相の唯一の情熱は、それを情熱と呼べるとしたら、あらゆる種類のペンと高級な紙とインク壺の蒐集だった。

世界のあらゆる国——中国、ヴェネツィア、フランス、ドイツ——の紙のコレクションがあった。インク壺は、さまざまな大きさ、さまざまな作りのもの——金属製、ヒスイ製、特殊な鞣革製《なめしがわ》——があった。宰相自身は物を書くことは多くはなく、とくに能筆家と言うほどの者ではなかったが、書道の手本となるような作品を熱心に集めて、それらを巻物の形で薄板製の小箱や革製の筒に入れて保存していた。

宰相のコレクションの中で特に多いのは、東洋で鵞《が》ペンの代わりに用いられる「カレム kalem」

だった。カレムというのは、葦《あし》、最も多くは竹を削って作ったもので、その尖端をとがらせて割れ目を入れてペン先の形にしたものである。

宰相は、じっと座って物思いにふけりながら、さまざまな種類・色・サイズの葦ペン、竹ペンを手に取っては右の手のひらから左の手のひらへ転がしていた。ほとんど白に近い薄黄色のもの、赤や薄紅色からほとんど黒に近いもの、鍛えた鋼《はがね》のようにきらきら光るものにいたるまで、それぞれが独自の自然の色をしていた。金属の棒のように細くてなめらかなものもあれば、親指のように太く節をもったものもあった。竹ペンの多くには、自然の奇妙な戯《たわむ》れが見て取れた。例えば、ある竹ペンは、頭の部分が人間の頭蓋骨のような形になっており、また葦ペンには、葦の節目の瘤《こぶ》が人間の目に似ているものがあった。オスマン帝国、ペルシャ、エジプトから集められたあらゆる種類のペンは、一本一本がその国を代表する見本品のようなもので、八百本を超えるコレクションの中で他のものと似ているようなペンは一本もなかった。ダース単位で買える普通の安物のペンは一本もなく、一本一本が形や色からして一点物ばかり。宰相は、それらを真綿にくるんで、中国の漆塗りの特製の縦長の筆箱に納めて大切にしていた。

大きな部屋の中は、納骨堂の中のように静かで、ときおり紙のサラサラ鳴る音と宰相の手のなかで竹ペンのカチカチ鳴る音以外は何も聞こえなかった。宰相は、竹ペンの大きさを測ったり、比べたりしていた。竹ペンで図案化された文字や模様化された頭文字をさまざまな色のインクを使って書き、そのあとでペンを特殊なスポンジで拭いてきれいにし、元の大コレクションの中の場所に戻した。この暇つぶしのうちに宰相のトラーヴニク滞在の時間がだらだらと過ぎていった。

こうして宰相が自分の竹ペンをいじくって、その罪のない仕事に没頭して時間を過ごしているあいだ、ボスニアのいたるところで人々は、心に恐怖を押し隠し、漠然とした不安をいだいて、宰相はいま何を企んでいるのだろうか、と思っていた。そして誰しもが最悪の事態を考え、姿の見えない宰相の蟄居《ちっきょ》と沈黙に、自分や自分の家族に降りかかる漠とした危険を感じていた。そしてすべての人が、何か他とはまったく異なる方法で、重大な血なまぐさい仕事に携わっている宰相を想像していた。

竹ペン、紙、書道の楽しみは別として、宰相は、毎日象のもとを訪れ、あらゆる角度から象を観察し、象に草や果物を投げ与えて、いろいろおかしな名前で優しく呼びかけるが、手で触れることは絶対にしなかった。

これが商店街《チャルシヤ》の人々が、姿の見えない宰相について知り得たことのすべてだった。商店街《チャルシヤ》にとっては少なすぎる情報である。ペンや紙に対する情熱は、彼らにとっては信じがたい、まったく理解できないことである。象に関わることなら、彼らにはずっと分かりやすく、馴染みやすい事柄だった。象が商店街《チャルシヤ》の人々の好奇の目の前に現われはじめるようになってからは、なおさらそうだった。

二

しばらくすると、実際にフィルは、城館の外へ連れ出されるようになった。そうせざるを得なくなったのだ。若い動物は、少し餌を与えられ、長い困難な旅のあとの休息が終わると、城館が窮屈になった。飼育係の者たちはみな、象をおとなしい牛と同様に、畜舎に入れておくことはできないだろうと思ってはいたが、この動物がこれほどに落ち着きがなく、気まぐれであろうとは、誰も予想していなかった。

フィルを外へ連れ出すことはむずかしくはなかった。広々とした空間や緑の草地は、フィル自身が求めるところだった。しかし、放し飼いにしたフィルを抑えて保護するのは容易なことではなかった。二日目になると、フィルは、喜びのあまり鼻を高く上げて、いきなり水の浅くなっているラシュヴァ川に入って、水しぶきを勢いよく四方八方へとばしながら川を渡りだした。果樹園の柵のところまで来ると、突然足を止めて、遊び半分に柵板を、それがしっかり打ち込まれているかどうかを試すかのように、押し込み、それから届くかぎりの樹の枝を鼻で折りはじめた。召使たちが追いつくと、フィルは、くるりと向きを変えて川へ向かって突進し、召使たちや自分に水をあびせた。

数日後に、召使たちは、フィルを引き綱に繋いで連れ出すことを考えついた。もちろん、豪華に趣味の良い衣装を着《つ》けてのことである。フィルの首のまわりには革製のしっかりした首輪がつけられた。その革には赤いラシャ布の縁取りが縫い付けられ、さらにそれにはきらきら光るスパンコールと小鈴が取り付けられていた。革の首輪の左右には長い鎖が取り付けられていて、召使がその端を一本ずつ握っていた。フィルの前には背の高い、肩幅のがっしりした、眇《すがめ》で浅黒い肌の混血児の召使が歩いていた。この若者は、若い象の一種の飼育者かつ調教師で、手の動きと掛け声と視線でフィルを従わせることのできる唯一の人間だった。人々は彼のことを「フィルフィル」と呼んでいた。

最初のうちフィルが連れて行かれるところは、城館の周辺の丘のふもとであったが、その後散歩の時間がだんだん長くなり、ついにフィルは、町の中に連れ出されるようになった。フィルが初めて商店街《チャルシャ》に入ったとき、町の人々は、フィルがトラーヴニクに到着した最初の日と同じように行動した。自制して、平静を装っていたが、内心おびえていた。散歩は回数が多くなり、ついには定期的になりはじめた。フィルは、商店街《チャルシャ》に慣れてきて本性を現しはじめた。

そして今や、商店街《チャルシャ》じゅうに異常な光景が繰り広げられていた。フィルが従者と共に商店街《チャルシャ》の上手《かみて》から姿を現すと、不安と動揺が湧き起った。商店街《チャルシャ》のたくさんの犬たちは、今まで出会ったことのない異国の動物の臭いを遠くから嗅ぎつけて、うろうろ歩きまわりはじめ、うろたえ、肉屋の周辺の自分たちの居場所を離れた。肥満した老犬たちは、声も立てずにすごすごと遠ざかり、痩せてすばしっこい若い犬たちは、板塀越しにあるいは壁の何かの穴から敵意を表す鋭い吼え声を立ててその声の中に本能的な恐怖を鎮めようとした。猫たちは、あわてふためいて通りを走って横切り、店の軒先の日《ひ》除《よ》けの垂れ布にしがみつき、それから中庭の葡萄の木によじ登って庇《ひさし》の上や屋根の上まで逃げた。鶏たちは、市場の広場に集まって、農夫たちの馬の首に付けられた飼い葉袋の下で落ちてくる燕麦のこぼれをついばんでいたが、驚きの声を上げ、羽ばたいて高い塀を飛び越えて避難した。ぎこちなくガアガア泣きながらよちよち歩きしていたアヒルたちは、町の壁の上から小川の中に落ち込んだ。しかし特にフィルを恐れたのは農夫の馬たちだった。それらは小型の、概して忍耐強い頑丈なボスニア馬で、もじゃもじゃ毛の栗毛、たてがみも密で、その前髪が明るく優しい目の上の額にかぶさるほど長い馬たちだが、フィルを一目見て、首に付けた鈴の音を聞くやいなや、たちまち気が動転した。馬たちは、手綱を引きちぎり、背中の荷を鞍ごと振り落として、狂ったように走りだし、後ろ脚で目に見えぬ敵を蹴った。農夫たちは、必死になって馬たちの後を追いかけ、落ち着かせて止まらせようと馬たちの名を呼んだ。（一人の農夫が両手と両脚を広げて自分の狂った馬の前に立ちはだかって、自分のちっぽけな知性をもって度を失った自分の家畜よりも利口であろうと努め、また贅沢な暮らしに満ち足りてもまだ飽き足らず、単なる横暴から怪物を町じゅう連れ回っている愚か者よりも知性で勝ろうと試みる時の農夫の顔には、何かただならぬ悲壮感がただよっていた。）

町の子どもたち、特にジプシーの子どもたちは、路地裏からとび出してきて、家々の角の後ろに隠れて恐怖と甘い興奮を覚えながら異国の動物を観察した。そして日が経つにつれてだんだん大胆になり、冒険心が強くなって大声をあげたり、口笛を吹いたり、大通りで象の前に立って金切声や笑い声を立てながら、互いにつつき合ったりするようになった。

女たちや娘たちは、窓格子の陰に身をひそめて、あるいはバルコニーからのぞいて、立派な服装で偉そうな態度の宰相の召使に伴われて進んでいく美しい飾りを付けたフィルを眺めていた。二、三人が一箇所の窓辺に集まって、異様な獣をおかしがって、ささやいたり互いにくすぐり合ったりして、声を殺してくっくっと笑っていた。母親と姑は、身重の娘と身重の嫁に窓辺に近づくことを禁じた。彼女らのお腹の中にいる赤ん坊が後に怪物に似ることを恐れたのだ。

市が立つ日は最悪だった。馬や牛や小型の家畜は、恐怖に駆られて脚が折れるほどの勢いで一目散に走り去った。近郊の村から出てきた女たちは、長い白いドレスを着て頭を華やかな色のスカーフで覆っていたが、小路に足早に逃げ込み、十字を切り、興奮と恐怖の溜息をついた。

このような状況のなかでフィルは、よたよた歩きで体をゆすりながら堂々と歩を進めていた。一方、従者たちは、フィルのそばで走り回ったり、跳びはねたり、笑ったり、叫んだりしていた。これらのことはみな、目新しく常ならぬ光景だったので、その時はすべてのことが何か奇妙な耳慣れぬ音楽に合わせて進行し、フィルの行進は、鈴の音や従者たちとジプシーの子どもたちの笑い声や金切声の伴奏によってではなくて、ドラムやシンバルや形も起源も不明な楽器の伴奏によって行われているように思われた。

フィルは、そのどっしりとした強靭な脚で体重を一方の脚から他方の脚へ移し替えながら、軽やかな落ち着いたリズムで歩いていた。それは、自分の体を支え動かすに必要な力以上にはるかに大きな力を持つ、あらゆる若い被造物が歩むのと同様の動き方だった。それゆえに、有り余ったエネルギーが腕白と悪戯《いたずら》となって現われたのだ。

フィルは、すでに商店街《チャルシャ》に慣れ親しんで、日が経つにつれてますます腕白ぶりを発揮するようになり、自分の欲望を実現するに当たってますます身勝手さと頭の良さを示すようになった。象の欲望を推測し、予知することは誰にもできなかった。それには、脅威と屈辱を与えられている商店街《チャルシャ》の人々の理解を絶する、ある種の悪魔的な狡猾さとほとんど人間的な悪意がひそんでいた。フィルは、ある時はどこかの貧しい人の持っている早生《わせ》のプラムのはいった籠をひっくり返し、またある時はどこかの農夫が売り物として市場の壁に立てかけて展示していた熊手や馬鍬《まぐわ》を、鼻を振って地面に投げ落とした。人々は、天災からのがれるように避難して、怒りを抑えて損害を黙って我慢した。ただ一度、ケーキ屋のヴェイシルが防衛を試みた。ケーキが並べて置いてある丸テーブルにフィルが鼻を伸ばしたが、一瞬早くヴェイシルが木製の蓋を手に取って動物を打とうと振り上げた。それでフィルは実際に鼻をひっこめたのだったが、あの筋骨隆々で力の強い飼育係のフィルフィルが猿のように長い手をのばしてヴェイシル親方にトラーヴニクでは誰の記憶にもないような物凄い平手打ちを食わせた。ケーキ屋が我に返ったとき、フィルとその一行は、すでに遠くへ去っており、彼のまわりには彼に水を浴びせた何人かの人がいるだけだった。ケーキ職人の頬には大きな青あざができていて、その一つにはフィルフィルが中指にはめていた指輪で引っ掻かれた血の付いた傷跡が残っていた。そしてケーキ屋のその後の経過は良好で、彼の身に降りかかったかもしれないもっと悪い災いを想えば、このことは何でもないことだ、とみんなが思うようになった。

概して言えば、フィルの護衛者たちは、理性のない異様な家畜にすぎないフィル以上に商店街《チャルシャ》の人々をうんざりさせた。そこに常にいるのは、その本当の名前を誰も知らない、長い手と人間とは思えない顔をした、フィルの専属保護者で飼育者である、かのフィルフィルである。その後、二人の軍人が護衛として頻繁に一行に加わり、それからまた城館の宰相の暇な側近の者が二、三人加わったが、その者たちは、単に人々の恐怖と商店街《チャルシャ》の混乱、世間の動揺、滑稽な光景とそれらが引き起こす災いを見るのを楽しむだけに来たようなものだった。商店街《チャルシャ》の人々は、法規制が脆弱で悪い支配者たちが統治するこの国ならではの、下級の使用人や下っ端役人の乱暴狼藉を昔からよく知っていた。トラーヴニクの古老たちは、よく言ったものだった。「悪い君主のいる国はひどいが、もっとひどいのは、乱暴で厚かましい召使たちとおべっか使いたちだ」

このようにこの動物を抑えることは誰にもできず、逆にその攻撃本能を煽ることになった。町の怠け者たちやジプシーの子どもたちは、朝から集まって、フィルの一行が現われるのを待った。フィルが気まぐれな悪戯をして、それによって生じる災いを見るのを楽しみにしているのだ。彼らの期待が裏切られることは一度もなかった。ある日、フィルは、立ちどまって、何か考え事でもするかのようにぐずぐずして、それから小規模の商店主であるが、町では有名で尊敬されている人物である（本人は人々以上に自分自身を尊敬していた！）アヴダガ・ズラタレヴィチの店に向かった。フィルは、近づくと店の前方部分を支えている木の支柱に後ろ向きに寄りかかり、満足げに体の痒《かゆ》い所を掻きはじめた。アヴダガは、家の後方部分の石造りの倉庫に通じるドアの陰に身を隠した。一方、護衛の者たちは、フィルが心行くまで体を掻くあいだ、立って待っていた。人々は笑い、木造の家はガタガタ揺れて今にも崩れそうになった。

翌朝、アヴダガは、フィルが店に近づくのを待たずに、苛立ちと悲哀と憎悪を感じながらさっさと倉庫の中に引っ込んだが、フィルは、まっすぐ彼の店に近づいてきて、再びあの支柱に体をすり寄せたが、体を掻く様子は見せず、少し後ろ脚を広げると大きな音を立てて放尿し、アヴダガの店先にたっぷりと尿を浴びせた。それから体を震わせて背中の筋肉を少し動かし、耳をバタバタ動かすと、ゆっくりとした堂々たる歩調で遠くへと立ち去った。

ジプシーの子どもたちは、象の後ろから十歩ほど距離を置いて、大声で笑ったり、からかったりしながら歩いていたが、お付きの者たちは、フィルの尻を優しく叩いていた。

フィルが商店街《チャルシヤ》の広場を通って異常な出来事が何も起こらない日も何日かはあったし、またフィルが商店街《チャルシヤ》とは別な地域を通った日もあった。しかし商店街《チャルシヤ》の人々は、フィルが引き起こす人々の興奮とフィルの攻撃にすっかり慣れてしまったため、たとえそのようなことが起こらなくても、それを考え出すのだった。

来る日も来る日も象を待ち望んでいる暇人たちのあいだでは、おしゃべりが続けられていた。

「きのうはフィルが来なかったなぁ」と誰かが言う。

「ここへは来なかったが、ジプシーたちの居住区《マハラ》で何があったか、知っているかね？」カリシクとかいう酔っ払いでおしゃべりな男がそれに応答する。

「いったい何があったのかい？」二人の男が異口同音に質問する。彼らは、その瞬間、目の前にいる人間がトラーヴニクとその近郊では名だたる大嘘つきの男であることを忘れていた。

「一人のジプシーの女がなぁ、フィルを一目見たとたん、子どもを産み落としたってことよ」

「まさか、嘘もいい加減にしろ！」

「俺が言ったか、言わなかったかは、どうでもいいさ——本当にあったことだからな！　妊娠八か月のその女は、深皿を洗いに家の外へ出たんだ。それで深皿の水をぶちまけようとして手を振りあげたとき、ふと何気なく通りのほうを見ちまったのさ。するとどうだ、フィルの奴が躍り出てきて女のほうへ向かってきたのさ。女は、深皿を取り落して『あっ！』と叫んだかと思うと、提灯《ちょうちん》をたたむように、へなへなと腰を抜かしちまった。とたんに女は破水した。女と七か月の男の赤ん坊は、家へ運び込まれた。女は、いまだに意識が戻らねえ。赤ん坊のほうは、元気で生きている。だけどなぁ、唖《おし》なんだ。声が出ねえんだ。恐怖で唖になっちまったんだ。そうさ、兄弟！」

「そうさ、兄弟！」カリシクの嘘は、いつもこの決まり文句で締めくくられた。これは、彼のすべての嘘と作り話の防御の印、商標のようなものだった。

暇人たちは、解散してこの話を遠くまでばらまいた。その際、多くの人が話の出所がカリシクであることを言い忘れた。それで商店街《チャルシャ》は、この話で持ち切りになり、沸き立ち、明日の日とフィルの出現あるいは——嘘にせよ真実にせよ——フィルについての何か新しい話を心待ちにしていた。

トラーヴニクの実業家、最も平静で信頼できるボスニアの商店街《チャルシャ》の構成員、真面目で不屈で、自分たちの商店街《チャルシャ》の秩序と首都の清潔と静謐《せいひつ》を誇りとする自尊心の強い人々が、このすべてのことに関してどのような感情をいだいていたかは、想像に難くない。

フィルに伴う災いは、止まるどころか、ますます増幅し、誰にもその終わりが見えなかった。動物の心に何が起こるか、我がボスニアの家畜の心においてさえ何が起こるか、誰も知ることはできないし、ましてや遠い未知の世界から連れられてきた異国の動物の心の内は知りようもなかった。このフィルがどんな苦痛を負わされているかは、知る由もない。商店街《チャルシヤ》の人々は、他人の生命のことや他人の不幸のことを考える余裕をもたない。自分たちの頭の中にあるのは、自分たちの社会生活の秩序と自分たちの利害のことだけだ。

オスマン帝国が軋《きし》み、いたるところで亀裂が生じているのに、ボスニアは、その日暮らしのみじめな生活を送り、恐怖と不安の中に置き去りにされている。貴族《ベグ》たちは、憂いに沈み、復讐を企てているが、ここ商店街《チャルシヤ》の人々は、フィルのことしか頭になく、フィルを目の仇《かたき》にしている。こういう状況にない時は、この人々は、信仰と伝統から言って、すべての動物を保護し、害獣さえも保護し、犬や猫や鳩に餌を与え、害虫も殺さないのだ。しかし宰相の象に対してはこの規則は適用されない。商店街《チャルシヤ》の人々は、敵を憎むように象を憎み、その殺害を企てていた。

しかしフィルは、日を追い週を追うごとに巨大になり、力が強くなり、ますます元気になり、乱暴になっていった。

ときおりフィルは、解き放たれたようにトラーヴニクの商店街《チャルシヤ》を駆け抜けた。それは、かつて乳離れのしていない幼獣としてアフリカの小高い草原を、草をかき分けて駆けていた時と同じようだった。茂った硬い草は四方から仔象の体を打ち、その若い血を燃え立たせ、飽くこと無き食欲を掻き立てたものだった。今や、フィルは何かを求めるように駆けめぐり、求めるものが見つからないと、手あたり次第、行く手にある物をひっくり返し、なぎ倒した。フィルは、きっと何かが恋しかったのだ。フィルは、おそらく、自分と同じ仲間と遊びたかったのだ。フィルは、臼歯が生えはじめていた。そのため気持が落ち着かず、手あたり次第のものをかじり、噛み切りたいという抑えがたい欲求を感じていた。しかし、商店街《チャルシヤ》の人々は、そのフィルの行動にヂェラリヤの精神と悪魔の奸計を見ていたのだ。

ときにはフィルがおとなしく快活に走り抜け、誰にも目もくれず、何にも触れることがなく、まるで若い象たちの群れに交じって、自分もふざけて鼻で頭をたたきながら走っているような様子に見えることもあった。しかし、ときには商店街《チャルシヤ》の真ん中で立ち止まって、じっと立ったまま、まるで何かを待っているように、悲しげに鼻を下げて、明るい色のまばらで剛毛の睫毛のある瞼《まぶた》を半ば閉じるようにしていたが、その様子は、見棄てられ、意気消沈した人のような印象を与えた。しかしその時も商店街《チャルシヤ》の人々は、店の中にいて悪意に満ちて互いに肘をつつき合っていた。

「あのフィルの奴、誰かに似ていると思わないか?」一人の金細工師が隣人に尋ねた。

「えっ?!」

「宰相にだよ。あいつにそっくりじゃないか!」金細工師は確信をもって言ったが、その実《じつ》、彼は、宰相が彼の店の前を通ったとき、目を上げて見る勇気がなかった。片や隣人のほうは、動物を見ようともせず、それはあり得ることだと思って、宰相に対し、また象を産んだ母象に対して何か口汚い言葉をつぶやいて、ペッと唾を吐いた。

商店街《チャルシャ》の人々の憎しみは、かくも強い！　そして商店街《チャルシャ》の人々の憎悪がいったんある対象に向けられると、憎悪は、対象を捨て去ることなく、ますますそれに集中してしっかり捉えて離さず、時が経つにつれて対象の元の姿かたちと意義を変えて肥大化し、憎悪そのものが自己目的となってしまう。そうなると、本来の対象は副次的となり、その名前を残すだけとなる。そして憎悪は濃縮され、自分の法則と要求に応じて自己増殖して強力になり、何か倒錯した愛に似て悪賢い、幻惑的なものになる。憎悪は、すべてのものにおいて新しい糧と刺戟を見出し、自ら更に強大な憎悪を産む動機をつくる。そして商店街《チャルシャ》の人々がいったん誰かを根深く憎みはじめると、その人は、遅かれ早かれ、その憎悪の目に見えない、重苦しい、悪意に満ちた荷を背負わされる羽目になり、その人が商店街《チャルシャ》を徹底的に破壊し、商店街《チャルシャ》の人々を根絶しないかぎり、その人に救いはない。

商店街《チャルシャ》の人々の憎悪は、盲目であり聾であるが、唖ではない。商店街《チャルシャ》の中では人々は、多くはしゃべらない。なぜなら「壁に耳あり」で壁の向こうにヂェラリヤがいるのだから。夕方、人々がそれぞれの居住区《マハラ》に集まる頃になると、結ばれていた舌の結び目がほどけて、空想力が波打ちはじめる。それに季節が幸いした。秋が深まっていた。夜はまだ暖かった。暗い夜空は低い星々に満ちていた。その星たちは、流星となって刻々と砕け散り、それらの煌《きらめ》きが天空を渡り、一つ一つの流星が飛びながら空全体を、一枚のシーツを揺らすように、揺り動かしている。そのように、空を見上げている人の目には映った。

急勾配の丘の斜面に焚火の火が見える。冬に備えて最後のプラムのジャムを煮ているのだ。火のまわりには人々が動きまわったり、座ったり、仕事をしたり、話をしたりしている。いたるところで冗談があり、物語があり、果物があり、胡桃《くるみ》があり、コーヒーがあり、煙草《たばこ》があり、ほとんどすべての場所にラキヤがある。しかし、宰相とそのフィルが話題になっていない焚火はなく、集まりもない。誰もその名前を直接口に出してはいないけれど。


「堪忍袋の緒が切れた！」

いつもこの神聖化された決まり文句で商店街《チャルシヤ》の大部分の会話が始まるのだ。この何年間、何世紀間の時の流れのなかで、この言葉が発せられたのは一度や二度ではない。一度たりとも、堪忍袋の緒が切れたり、切れかかったり、を繰り返さなかった世代はなかったし、また個人の人生においてもそういう状況は何度かあった。ある不幸が実際にどの時点で限度を超え、「堪忍袋の緒が切れた」という言葉をどの時点で発するのが適切であるか、それを決定することはむずかしいだろう。この言葉は、深い溜息か歯の間から漏れる静かな呻きに似たものであり、その言葉を発する人にとっては、常に本音であるのだ。

さまざまな焚火のまわりでの話題は、同じ心配事であるが、さまざまな言葉で話され、さまざまに論じられていた。大きく分けて、三種の焚火のグループがあった。

一つ目は、若者たちが囲んでいる焚火で、何よりもまず、女のことや女性を口説く話、賭け事の話、酒場での手柄話に熱中していた。二つ目は、商店街《チャルシヤ》の人々のグループであるが、零細企業の小商人と職人たちである。三つ目は、大地主、富裕な商人、「実業家」、名家の人々の集まりである。

そのような第一のグループの一つに、たった二人だけで焚火を囲んでいる若者がいる。シェチェラギッチが主人格でグルフベコヴィチが客人である。主人は、二十歳そこそこの若者で、佝僂《くる》病で病弱なシェチェラギッチ家の一人息子。客は、同じ年ごろで、長身、頑強な均整のとれた体つきの青年。青い目は眼光鋭く、一本につながっている眉は金属棒のようで、両端が尖っていて真ん中が山型に折れ曲がっている。二人は、すべての点において性格を異にしているが、無二の親友であり、社会から孤立していて、彼らと同世代の若者を元気づけているあるいは悲しませているいろいろな問題について、二人きりで自由に話し合うのが好きだった。

今日は金曜日。他の友人たちはみな、町へ出かけていった。塀越しにあるいは半開きの門の隙間から娘たちとささやき合うためだ。プラムのジャムが煮えている焚火のまわりで数人の少女と一人の召使の少年があくせく働いている。少年はジャムをかきまぜている。二人の若者は、煙草をふかし、静かに話している。

佝僂病の青年は、考えこむように、じっと火を見つめながら並んで座っている友人に話しかけた。

「宰相とそのフィルのこと以外に、語るべきことは何もないのかね」

「なにしろ、そのことで人々は堪忍袋の緒が切れているからね！」

「いつも同じことを聞かされることに、ぼくはうんざりしているのだ。『宰相だ——フィルだ、フィルだ——宰相だ』よく考えてみれば、あの動物がかわいそうになるよ。あの動物に何の罪があろうか！　海の向こうの遠いどこかの場所で捕えられ、縛られ、売り渡されてきたのを、宰相が、ここの見知らぬ土地で独りぼっちにして苦しめるために、運んできたのだ。考えてみれば、宰相にしたところで自分の意志でここへ来たのではなくて、本人が望んでいるか否かを問われることなく、他人の意志によって派遣されたにすぎないじゃないか。それに彼を派遣した人物にしたところで、ボスニアに平和と秩序をもたらすために誰かを派遣せざるを得なかったのさ。だから、ぼくにはこう思えてくる。人間はみな、一人が他の一人を押しのける、自分が行きたいと思う所で生きている人は誰もいないが、自分では行きたくない所、その人が望まれていない場所で、人は生きている。人はみな、誰かの要求に従わされ、他人の意志に従わされているのだ」

グルフベコヴィチが相手の話をさえぎった。

「きみの考えは極端すぎるよ！　そんなふうに考えるのは良くないよ。誰が誰を派遣したかを、きみが探究しているあいだに、その送り込まれた者が、きみに災いをもたらすことになりかねない。だから、何も探究する必要はない。むしろ自分の身を護り、きみの近くにいる者を打ち、倒せる相手を打てばよいのだ」

「ああ！」佝僂病の青年は溜息をついた。「もし誰もが自分の邪魔をする者や手近かにいる者を打つならば、際限がない。闘いは世の終わりまで続くだろう！」

「成り行きにまかせるのさ！　世の終わりが来ようと、ぼくには関係がない！」

シェチェラギッチは、何も答えなかった。ただますます深く自分の中に沈潜して、焚火の火を見つめるばかりだった。

この焚火のまわりで話された事柄は、町にとってもフィルにとっても影響を及ぼすような結果を生むことはなかったし、また生むはずもなかった。会話は実りのある仕事を一つもしないからだ。

その隣の別な焚火のまわりには別な人々が集まって別な話をしていた。ここは、娯楽会だ。十人ほどの商店街《チャルシヤ》の人々の集まりだが、「凡庸な」連中だ。ラキヤをちびちび飲んでいる。ある者たちは、楽しく静かに飲んでおり、他の者たちは、仕方なく飲んでいる。会話は、はずんで膨張し、冗談に変わり、毒のある皮肉に変わり、格式ばった独白に変わり、長たらしい自慢に変わり、巧妙な嘘に変わり、短い稲光のような真実にも変わった。ラキヤは、人々のうちに思いもよらぬ感覚を呼び起こし、種々様々な考えをいだかせ、新しい言葉を見出させ、大胆な決断を起こさせた。それは、この場、楽しげな焚火の火と、眠りに落ち沈黙した世界を覆っている闇との境界においては、ごく自然で容易に達成できるもののように思われた。

「おい、いいか、みんな、あの宰相の子豚みたいな奴のために、わしは、とんだ赤っ恥をかかされた。わしばかりでなく、商店街《チャルシヤ》全体にとって、あいつは疫病神だ。おかげで、わしの生活はめちゃくちゃにされた」アヴダガ・ズラタレヴィチは、苦しい思いで吐き捨てるように言った。

たちまち、声を落としてはいるが、活発な会話が始まった。すべての人が話に加わり、それぞれが自分の憤懣《ふんまん》を自分流の話し方で、自分の性向と資産状態とラキヤによる酔いの程度に応じて、言い表した。対話者のあいだにすぐに二つのグループができた。一つのグループは好戦的、攻撃的で、言葉において大胆であり、計画も無鉄砲。もう一つのグループは、穏健で、言葉も慎重、迂回路をとり、騒がしい音や声を立てずに、目立たずに確実に目的に達する手段を選ぶ傾向が強かった。

一人の小柄な旦那《アガ》で、ぴんと跳ね上がった短い口髭を生やし、赤毛、骨ばった体つきで気性の激しい毒舌家が、大方の意見に賛意を示し、自分たちが生まれ育った土地と町で忍耐を強いられてきた屈辱に憤慨し、いきり立っていた。そしてトラーヴニクを呪い、この地にトラーヴニクの町を創設した者を呪った。トラーヴニクに火を放って、壁の中の最後の鼠にいたるまで焼き殺す必要がある、とその男は言う。ボスニア全体を、その隅から隅までを呪った。実際に、こんな国はほかにどこにもないではないか、顔を真っ赤にして男は言う。この土地に足を踏み入れなかった者はいない、だが象だけが足りなかった。だからそいつを連れてきて、不思議なものを見ようってわけだ。えい、鉄砲をつかみたくて腕がむずむずする。あいつが、俺の店へ近づいてきたら、あいつの額に鉛弾を二十発ぶっ放してやる。そのあとで、俺を広場で四つ裂き刑にしてくれればいいんだ。

ただ一つのしゃがれ声だけが、何か賛同するようなことをつぶやいた。その声の主は、ここへ来た時はすでに素面《しらふ》ではなかった。他の者はみな、黙っていた。みんなは、この赤毛の男のことをよく知っていたし、彼の脅しをよく知っていたのだ。すでに何度も男は、二十発の鉛弾をぶっ放した。だが、彼が狙った相手は、全員、今日にいたるまで達者で生きており、パンを食い、日向ぼっこを楽しんでいるのだ。また、トラーヴニクでは銃の引き金を引くことはたやすいことではないが、実際に発砲し、的を射る段になると、長々と前口上を述べることなく実行されるということも、みんなはよく知っていた。

会話は続けられた。あの赤毛の小男の旦那《アガ》は、脅し文句を並べつづけている。他にも脅し文句を言う者もいたが、声を落とし、確信的な言い方ではないが、大体において意見が一致した。提案が出された。「何かをしなければならない」というのが大方の考えであるが、それが何であるかを明言することができないでいた。他の者たちは、穏健だが、確実な手段に賛成したが、その実現までは辛抱強く待たなければならない。

「いつまで待てばいいのか」過激派の一人が口をはさんだ。「まさかフィルの奴が大きくなって、われわれの家に押し入って、家の者を襲うまで待てというのか？　象は百年以上生きるってことを知らないのか？　えっ?!」

「象は百年生きるかもしれないがね、その主人の宰相はそんなに長生きはしないさ」初老の青白い顔の商人が静かな口調で言った。

穏健派はみな、これを理解してうなずいた。過激派は、フィルの主人が誰であるかをとっさに思い出して、一瞬沈黙したが、話はまた先程の合意点に向かった。

このような声高の自慢とささやき声の罵詈雑言《ばりぞうごん》が飛び交う集まりと大差のない焚火のまわりでは、そのどこにおいても実質的な結論も何かの役にたつような決定も生み出されるはずがなかった。

商店街《チャルシャ》をフィルの襲撃から解放しようという大胆な計画が提案されたが、それは提案者本人だけを元気づけ、ときには聞いている人々を勇気づけることもあったが、翌日になり、昼の太陽の明るさのなかに置かれると、誰もその計画の実現を考えなくなった。夕方になると、再び焚火のまわりでは空想の遊びと新しい会話が始まった。ときには例外として、翌日になって昨夜の計画に再び話が及んで、その実現が考えられることもあったが、決して真剣に論じられることはなく、問題は、ふつう何か別の新しい話に変わるのだ。こうして、これから話すアリョとフィルの話が始まった。

ある九月の夜、暖かい月夜のことだった。ジャムをかき混ぜながら煮ている人々は歌い、火のそばに座ってコーヒーやラキヤを飲んだり、煙草をふかしたりしている人々は、おしゃべりに興じている。自分の話す言葉は、ことごとくその人にとって甘く、自分の目で見て自分の指で触れるものは、ことごとくその人にとって優しかった。生活そのものは、楽ではなく自由でも安定したものでもなかったが、生活について豊かな想像をめぐらすこと、賢明に鋭敏に面白おかしく語ることは可能だった。

ある焚火の周りは、特に賑やかだった。アリョ・カザズを囲んで十人ほどの商店主たちが集まっている。いわゆる「下層部」の人々の集まりだが、そのため最も好戦的な人々であることは確かだ。

アリョは、商店街《チャルシャ》で小さいが、質の良い有名な絹製品の店を持っていた。そこで編み紐や組み紐を作り、絹製の小袋や帯を売っている。このカザズ家の先祖は、今は滅びてしまったが、強大で強力なシャフベゴヴィチ家だった。その分家に当たる彼の家だけが、色々な状況が重なり合って所有地を失うことになり、手工業と賃仕事に移行し、以後五百年以上にわたって絹織物工場で自分の地位を保ってきた。それでその工場の名に因んで絹屋《カザズ》と呼ばれるようになった。彼の一族の者はみな、善人で優秀な職人として尊敬されてきた。このアリョもその一人であるが、少しばかり変わり者で一匹狼的な存在である。背が高く、がっしりした体つきである。顔は薔薇色で、黒い目は笑みに輝いているように見え、黒いまばらな頬髯を生やしている。大の冗談好きで、素朴で悪意がなく、賢明で有能な人物。他の人間が言えないことを堂々と言える人物。他の人間が為し得なかったことを実行できる人物として敬愛されてきた男である。いつ彼が社会全体を手玉に取って冗談を飛ばすか、いつ他の人々が彼を相手に冗談を言うことを許すか、いつ冗談に包んで真実を述べるか、他の人々が真実と呼ぶことを冗談に変えてしまうか、それは誰にも全く予測できなかった。

　青年時代にアリョは、スレイマン－パシャの麾下《きか》にあって軍隊と共にツルナ・ゴーラ[*1]に遠征し、その地において独自の勇敢さと頓智によって頭角を現した。

　アリョが席に着くやいなや、彼は質問攻めに遭った。

「アリョ、今われわれは言い争っているところだ。この世で最も悪くて最も恐ろしいものは何か、最も良くて最も甘いものは何か、という問題でな」

「最悪の状況は、風の強い夜にツルナ・ゴーラの山の岩場で夜営し、前方にツルナ・ゴーラ軍の一隊がいて、後方にも別の一隊がいることです」

アリョは、暗記していたかのように、考える時間も置かずに即座に応えた。しかし、そこで突然思いとどまったように、黙り込み、考え込んだ。一同は、彼に第二の質問に答えるように迫った。ところが、アリョは、あのきらきら輝く目で長いあいだ焦らすように、いたずらっぽく彼らを見つめ、それからおもむろに口を開いた。「最も甘いものは何か？……最も甘いものね？……最も甘いものは何か、でしたね。そんな質問をするのは、ばかだけですよ。利口な人はみな、最も甘いものが何であるか、自分で知っているからですよ。知っているものは、訊く必要がありませんからね。どうぞ、ご放念ください」

しかし、最初のこのような罪のない冗談のあと、会話は、突然、フィルの話に移った。不平不満、脅し文句、自慢は、いつも通りだ。それから、誰かが、宰相のもとへ赴いてフィルとフィルの護衛者の件で直接苦情を訴えるために、商店街《チャルシャ》から五人の代表を選ぶことが提案された。

小柄で病弱な仕立屋のトスン－アガが、ラキヤの小グラスを飲み干して、勢いよく咳払いをした。(ラキヤの吐かせる息は強い言葉を求めるものだ！)

「ようし、それなら俺が最初に行こう！」

トスン－アガは、男性の影のような男で、不品行で評判の最も悪い人間。虚栄心のかたまりで、そ

＊1　モンテネグロのセルビア語・モンテネグロ語名。

の虚栄心は誰よりも強く、恐怖心よりも強くなっている。彼がこの言葉を口に出したとき、焚火の火の強い明るさのもとで、彼はいっそう青白く、疲れ切って、弱々しく体の中に生命力がほとんど残っていないように見えた。この瞬間、たとえトスン－アガが自分の首を失ったとしても、彼は大損害をこうむった、とは誰も言わないであろう。

「さあ、勝手にしろ！　おまえが真っ先に行くなら、せめて三番目に俺が行こう」アリョが笑いながら言った。

そこで他の者たちが、ラキヤを飲み干して、先陣争いをするように次々に言い放った。

「俺も行く！」

「俺も！」

こうして長いあいだ彼らは、勇み立って、激しい言葉で言い争った。その夜遅くなって、彼らは別れた。それぞれが確かな計画と厳粛な誓約を胸にいだいて家路についた。——翌朝、トスン－アガの店の前に選ばれた五人が集合して、城館へ赴いて宰相に面会を求め、宰相にすべての真実を伝えるのだ。フィルとその無神経で横暴な護衛者についての商店街《チャルシヤ》と民衆の本当の考えを述べて、この災いを取り除いてもらうよう訴えるのだ。

その夜、彼らの多くは、飲みながら話している時に、ヂェラリヤの面前に出ると宣言したのは、果たして自分だったのか、それとも夢を見たにすぎないのか、自問して不安に陥り、眠れずにいた。

三

翌日、夜が明けて約束の時間がくると、約束の場所に来たのは、五人ではなくて三人だった。他の二人は、どこを探しても見つからなかった。集まった三人のうち一人は、途中で腹痛を起こして、道路沿いのどこかの家の樹木の茂った庭園に向かい、そのまま姿を消した。残ったのはアリョとトスン－アガだけだ。

彼らはゆっくりと歩いていったが、頭の中でこの危険な意味のない旅は途中で引き返さなければならない、と二人とも同じことを考えていた。しかし、どちらもこの考えを最初に言い出したくなかったので、そのままさらに歩いていた。こうして二人は、絶えず横目で互いに相手の様子を窺いながら城館の前方のラシュヴァ川にかかる橋のたもとまで来た。

トスン－アガは少し遅れて歩いていた。アリョは、橋の手前で立ち止まろうとした。無駄に命を落とさないためにそこで引き返そうという二人の暗黙の同意があったからだ。鋭い叫び声がこのためらいからアリョをもぎ離した。橋の向こう側に立っていた二人の歩哨が声を揃えて何か叫んでいる。最初の一瞬、アリョは自分が追い返されるのだと思って、これ幸いと、引き返そうとした。ところが、逆に歩哨たちは、自分たちのほうへ来るようにしきりに手招きした。

「こっちへ来い！」

「こっちだ、こっちだ！」

城館の警備は、まるで誰かを待ち受けているかのように、強化されていた。二人の口髭を生やしていない歩哨がアリョに向かって歩きだした。アリョは恐怖で体が凍りついたようになった。しかし、どうしようもない。こうなった以上は、用心ぶかく彼らのほうへ急ぎ足で向かった。

歩哨は、厳しく尋問し、どこへ行くつもりか、何の必要があってここへ来たのか、と尋ねた。アリョは、平然とした自然な口調で、丘の上のハリロヴィチ村へプラムの取引の件で行くつもりで出かけてきたのだが、途中で出会った道連れの者と話しながら歩いているうちに、気がついたらお城の前まで来てしまっていた、と答えた。そしてアリョは、自分のうかつさを、悪気の無い、馬鹿さ加減をさらすような、おおらかな素朴な笑みをもって嘲笑《あざわら》った。歩哨たちは、なお一瞬、疑わし気にアリョを見たが、年長のほうの歩哨が声を和らげて言った。

「よし、通れ！」

最初の恐怖から解放されると、アリョは、すぐに落ち着きを取り戻して気が楽になり、この気のいい若者たちと話をして、たった今通り過ぎた危険を茶化してみたい、という不思議な気持ちになった。

「さて、さて、お若い兵隊さん、立派な警備をなさいますね、さすがは、立派な警備ですね！　どうか、皆さんのご主人様に神様のご加護がありますように！」

名うての腕利きの殺し屋であるはずのヂェラリヤの兵士たちは、間抜けた顔に笑みを浮かべてアリョを見つめた。

宰相の庭園を囲んでいる外壁に沿って続いている急坂を登りながら、アリョは、もう一度兵士たちを振り返って微笑みかけたが、彼らはもうアリョを見ていなかった。同時に彼は、ラシュヴァ川の向こう岸に素早い視線を投げたが、そこにはトスン－アガの姿はすでに跡形もなく消えていた。自分の仲間を見棄てて、前夜に交わした誓いを破ったのだ。

菜園の柵の間をずっと先まで通っているでこぼこ道をかなり登った所に小さな台地があり、そこは取入れが終わって葉がすでに枯れている高い梨の樹の下になっていた。アリョは、そこに腰を下ろして、煙草を取り出して吸いはじめた。

彼の眼下には、城館が谷間の底に沈んだように見えなくなっており、ラシュヴァ川の左岸にはトラーヴニクの町全体が黒い屋根と灰色の屋根の乱雑な堆積《たいせき》のように見え、屋根の上からは青い煙と白い煙が立ちのぼっていた。煙は、二、三本ずつ集まって一つになり、広がり、たなびいて空の下に消えた。

煙草を二、三服して少し気持が落ち着き、冷静になったとき、アリョは、はっきりと自覚した。この朝、自分は卑劣きわまりない策略にかかって裏切られ、見棄てられた。商店街《チャルシャ》の連中は自分に何をしたか――何も知らぬ自分を一人恐ろしい場所に突き出して、結局は手に負えない問題と格闘させる。商店街《チャルシャ》の人間には防御する勇気もない深刻な事態を自分一人に防御させようとしたのだ。

この小高い台地から見渡せる奇妙な、斜視的な視野のなかに置かれて、自分の生まれた町が何か新しいもののようにアリョの目に映った。この日この時、自分の店を離れて、この丘に登り、この場所に立ってから何年も経ったわけではない。しかしこの眺望は、見知らぬ異国のもののように思われた。彼の頭の中にはひっきりなしに新しい考えが浮かんできて、それらは、あまりにも新しく異常で、真剣な考えであったために、ほかのすべての雑念を追い出した。時間は、気がつかぬ間に、矢のように飛んでいった。このような物思いにふけって、アリョは、この丘の台地に座って昼食の時間とその日の午後の時間を過ごした。この穏やかな九月の日に、いつもならば冗談と真剣な考えとが、上げ潮と引き潮のように、一方が他方を跡形も残さず押しのけながら交互に交代している、この絹織り職人の頭の中でどんな考えが次から次へと浮かんだか、誰にも分らない。彼は絶えず考えていた。かつてなかったように、いろいろなことを、思い浮かぶあらゆることを考えていた。――この世のすべてのこと、この朝起こったこと、フィルのこと、商店街《チャルシヤ》のこと、ボスニアのこと、オスマン帝国のこと、権力と民衆のこと、総じて人生のこと。アリョの頭脳は、論理的に理路整然と思考することに慣れていなかった。しかしこの日、彼の中に人間認識の微弱な短い一条の光が射し込んだ。――彼、アリョと同様の、少しばかり愚かかあるいは少しばかり利口か、少しばかり金持かあるいはひどく貧乏であるか、の何千という人間が居住している所がいかなる都市であるか、オスマン帝国のいかなる地方であるか、彼らがこよなく愛し、そのため多額な代価を支払っている生活がいかに乏しい、価値の低い生活であるか――考えてみれば、まったく価値のない、本当に価値のない人生ではないか。こうして、これらのすべての考えは、アリョの頭の中でただ一つの事に帰結する――すなわち、人間には勇気もなければ精神もないのだ。

このちっぽけな人間という存在は臆病者だ、とアリョはいつもこの結論に達する。臆病なるゆえに弱いのだ。この商店街《チャルシャ》では人はどれも、程度の差こそあれ、臆病者だ。しかし人々は、自分の臆病を覆い隠し、それを自分の前でも人の前でも正当化する様々な手段を百も持っている。しかしそのような人間は人間とは言えない、絶対に人間ではあり得ない！　人間は誇り高く大胆であるべきであり、自分を白眼視することを誰にもさせないよう、よく注意する必要があるだろう。一度たりともごく些細な侮辱をも跳ね返そうとせず、心が怒りに燃えることがないような人間（自分のうちに火が無いから燃えないのだ！）は、それだけでもうおしまいで、攻撃の対象にされ、あらゆるもの――スルタンや宰相のみならず宰相の召使や象やあらゆる動物、シラミにいたるまでのすべてのもの――に踏みにじられること必然だからだ。ヂェラルゥディンの支配下にあるかぎり、今日はヂェラルゥディンであっても明日は他の誰とも分からぬが、もっとたちの悪い、もっと腹黒い宰相の権力下にあるかぎり、このボスニアからは何も良いものは得られない。この怯懦《きょうだ》という心の錆《さび》を地に叩きつけて落とし、体を伸ばしてしっかりと立って誰にも屈しないことが肝要だ。だれにも屈しない！　しかし、どうやって？　この商店街《チャルシャ》では一つの真実を宰相に向かって直言するために五人の人間も集められなかったではないか。何も、何一つできはしない。ここではとうの昔からそういう状況になっている。大胆で誇り高い者は、たちまちパンと自由、財産と生命を失い、一方、みんなの前でぺこぺこし、恐怖のうちにびくびく暮らしている者は、それだけで自分を失い、それだけ恐怖心にさいなまれるので、その人生には価値はない。それでこのヂェラリヤの時代に生きる羽目になった人間は、その二つのうちの一つを選ばざるを得ない。それは、選ぶことのできる人について言えることだ。では、選ぶことのできる人は誰だ？　それは、これらすべてのことについてそのように考えている彼本人だ。そしてその本人自身が――自分について言えることは何か？　彼は、常に勇敢さによって他に抜きん出ており、自分の勇敢さは、三人分、十人分、トラーヴニク人の半数分、なかでも勇敢な人々の半分だ、と自慢している。他の人々も彼を称讃している。しかしそれが何だ？　昨夜、焚火のそばでは彼は大胆だった。そして今日も自分は大胆だと思っている。しかし歩哨たちと話を交わしたとき、彼の勇気はどこへ行ってしまったのか。彼の心の中には素朴な恐怖心以外なにも残っていないではないか。そして足がやっとのことで彼をこの丘に登らせて、この城館の裏側に運ばせたではないか。あの四人の義務を放棄した裏切り者の商店主のせいで、真実は真実としてとどまらず、正しい事は、正しい事でなくなっていただろうか？　いや、そうではない。トラーヴニクにもその商店街《チャルシヤ》にも、もはや熱い血潮も力もない。そして彼らに残っているごくわずかな心は、冗談と嘲笑と狡猾な行為に費やされている。その狡猾さによって彼らは隣人を騙《だま》し、農民を騙し、一グロシュ[*1]から二グロシュをつくるのだ。それによって彼らはそのように生きる（生きるためにそう考えるのだ！）。それ故に、彼らの生活は全く何の価値もないのだ。

　アリョは、長いあいだこのことと更に別の多くのことを、ああでもないこうでもない、と考えていた。そしてすべての問題は、未解決のまま残り、袋小路に入った。

家畜につけた鈴の音に彼は物思いから我に返った、牧人たちが家畜の群れを丘から町へ追い立てている。黄昏《たそがれ》のなかを彼は、急ぐことなく下の町へと下っていった。丘を下るにつれて、丘の上の台地でのあの新しい錯綜した考えによる不安は、だんだんとおさまって、彼は再び元のアリョ、冗談を飛ばし、人をからかって喜ぶ商店街《チャルシャ》の人間に戻っていった。一歩歩くごとに、商店街《チャルシャ》の人々に対して思い知らせてやりたい、という気持がだんだんと固まった。――自分が受けた侮辱に対して仕返しをしてやり、彼らの大言壮語と小心翼々たる臆病風を嘲笑ってやるのだ。こう考えると彼の顔に元のいたずらっぽい微笑が広がった。苦労して小道を選んで通り、人に気づかれることなく彼は家へたどり着いた。復讐すべき商店街《チャルシャ》の人々を思う存分からかい、愚弄するのにどうすべきか、彼は考えるのに忙しかった。

家では妻と子どもたちが嬉し涙で彼を迎えた。重苦しい不安の後に訪れた喜びの涙だ。アリョは元気に夕食を食べ、ぐっすりとよく眠った。翌朝、家を出たとき、彼の頭の中には昨日の苦しい考えは跡形もなかった。それに代わって、彼の頭の中には城館への派遣と宰相との会見の架空の物語が細部にいたるまで構想されていた。

商店街《チャルシャ》の人々は昨日、自分の店を開けたとき、アリョ・カザズの店が閉まっていることにすぐに気

＊1　中世以降、ヨーロッパ各地で用いられていた通貨。

がついた。まもなくトスン－アガが半死半生の体《てい》で帰ってきたことと、アリョが見張りの番兵たちに取り囲まれて城館の中へ消えたという知らせが流れた。ある人々は、心配になって自分の店のドアの隙間からアリョの店にそっと視線を注いだ。他の人々は、店の小僧を様子見にときどき行かせたが、小僧たちは、アリョ・カザズの店は閉まっている、というといつも同じ返事をもって帰ってきた。

その心配のうちに商店街《チャルシャ》は夕方店を閉めた。しかし翌朝アリョがいつもと変わらず微笑を浮かべて傷を負った様子もなく元気に外へ出てきて、店を開け、落ち着いて黄色の絹糸の大きな巻束を店先でほどきはじめると、商店主たちはみな、ほっとした。そして昨夜は彼らがアリョの運命について心配したとしても、今日となっては自分たちの昨夜の恐怖心を腹立たしく思い、すでに素っ気なく無関心な態度をとり、すべてがうまく収まることは、自分たちには最初から分かっていた、馬鹿な頭ほど肩にしっかり付いているものだ、と確信した。好奇心の強い人々と暇人のうちの何人かは、すでにアリョの店の前まで来ていた。アリョは、それらの人々の質問に楽しげに受け答えしていたが、彼の無邪気な、いたずらっぽい微笑のほかには彼から何も訊き出すことはできなかった。こういう状態でまる一日が過ぎた。商店街《チャルシャ》は好奇心で窒息しそうだった。しかしアリョは、頑強に沈黙を続けた。夕闇が迫る頃になってようやく、彼は、同業者の一人に静かに内密に昨日、自分の身に起こったことを話した。

「きみになら、すべてのことを話せる」とアリョはささやいた。「きみは誰にも話をもらさないからね。本当のことを言うと、ぼくが歩哨たちに捕まって、トスン－アガが街角から消えた時は大変だった。もうどうにもならない、と思った。ぼくは、自分の商用で、ヴィレニツァ山の麓《ふもと》のハリロヴィチ村へ行くところだ、と言い逃れをしようとしたんだが、歩哨たちは、有無を言わせなかった。われわれは、何でも知っている。あなたは城館に来たんだね。だから、城館は開かれていますよ。ぼくは、城館の中へ案内された。中庭を通り、もう一つの中庭を通ると、暗い、だだっぴろい部屋に入った。ぼくは、あたりを見まわしていた。嫌な部屋に入れられてしまった。場所を替えてもらいたいぐらいだった。ぼくは、そこに残された。ぼくは待った。長いこと待たされた。

いろいろな思いが頭に入り込んできて、果たして自分の家をもう一度見ることができるだろうか、と自問した。二、三のドアが見えたが、どのドアも閉まっていた。その一つのドアの鍵穴から一条の明かりが陽の光のように射し込んでいた。ぼくは、爪先立ちで近づき、身をかがめて覗こうとした。鍵穴に目を近づけようとしたら、いきなりドアが開いて、ぼくは、そのまま明るい部屋の中に倒れこんで四つん這いの格好になった。立ち上がると、周囲のものが目に入った。豪華な絨毯、すべてに贅《ぜい》が尽くされていた。部屋じゅうに芳香がただよっていた。ラシャ地の長上着に身をつつみ、重たげな銃を持った二人の男がいて、二人の間の少し離れた後ろに宰相ヂェラルゥディン－パシャがいた。すぐに彼だと分かった。ぼくは何か尋ねられたが、うろたえていたため、聞いてはいたが、聴き取れなかった。

『おまえは誰で何しに来たか』と再びぼくは尋ねられた。ぼくの声は、蚊の鳴くような声だった。ぼくは、まるで他人の口でものを言うように、ぼそぼそと話しはじめた。手前は、あのう、フィルの事でお話ししたくて、ここに参りました。あのう、手前どもは、お願いがございまして……『おまえと一緒に誰か来たのか？』宰相は、まるでどこか遠くから話しているように、同じ声で尋ねたが、目はまっすぐにぼくに向けられていた。

ぼくは石のように体がこわばり、体内の血が凍りついた。ぼくは、自分の後ろにあの死臭のするトスン-アガがいるかと思って振り返って見たが、誰もいない、みんなに裏切られ、この恐ろしい場所に独り置き去りにされたこと、今や自力で答弁しなければならないことが分かった。ああ、その時、自分の内部で何か変化が起こった。ぼくは姿勢を正して顔をまっすぐ宰相に向け、頭を下げ、胸に手を当てて（まるで前々から準備をしていたかのように）、心を開いて話しはじめた。

『ご尊顔うるわしき閣下、手前は全商店街《チャルシヤ》から御前に派遣された者でございますが、それは閣下にご迷惑をおかけするためではなく（誰がそんな恐れ多いことを考えましょうか）、閣下の秘書官殿を通じて手前どもの希望と哀願をお伝えいただくためでございます。閣下のフィルは、手前どもの町の誇りであり、美しい飾りであります。そして手前どもの商店街《チャルシヤ》は、もしも閣下がもう一頭の象をご購入なさいますならば、嬉しく存じます。その時は、フィルがもはや番《つがい》のない孤独な一頭ではないことを全ボスニアの前に誇ることができます。手前どもは、閣下のフィルをたいへん大切に思っておりますので、そのため自分たちの家畜を以前ほど可愛がらなくなったほどでございます。それ故に手前は、この件につきまして閣下にお話し申し上げ、お願いすべく、全商店街《チャルシヤ》の代表として派遣されたのでございます。閣下は、ご自分が何をどうすべきかを最もよくご存知でいらっしゃいます。ただ、手前ども商店街《チャルシヤ》の人間にとりましては、三頭でも……四頭でもご購入なさいますならば、気が楽になります。それで、もしも閣下が何か別の言葉をお耳になさることがありましても、それをお信じなさいませんように。そういう言葉を言い広めることのできるのは、嘘つきとならず者たちでありまして、手前ども商店街《チャルシヤ》の人間とはまったく何の関係もない連中であります。それで、手前が不本意ながら御前にまかり出ましたご無礼をどうかお赦しくださいますよう』

ぼくは、このように話したんだが、こういうことがどこから頭に浮かんだのか、自分でも分からないのだ。話し終わると、ぼくは跪《ひざまず》いて宰相の衣の裾と手に口づけをした。すると宰相は、お付きの者に何か言った。ぼくはそれを聴き取れなかったが、宰相はどこかへ姿を消した。だが、何か良い事を言いつけたのは、確かだった。というのは、あの二人の従者が、この上もなく鄭重にあの暗いホールを通って中庭へぼくを連れ出してくれたからだ。そこで見ると、宰相の従者全員が集合していた。十人から十二人ぐらいいた。みんなが、ぼくに笑顔を見せ、まるでぼくが一端《いっぱし》の裁判官であるかのように、ぼくに向かって会釈してくれた。二人の男が近づいてきて、ぼくの手に高級煙草の小袋をつかませ、もう片方の手にお菓子のいっぱい詰まった袋を持たせてくれた。そして彼らは、ぼくを、花嫁に付き添うようにして、門まで送ってくれたのだ。ああ、橋とラシュヴァ川を見た時のぼくの喜びが分かるかい。この世に二度生まれたみたいだったよ。こうしてぼくは無事生還した。だがね、もしもぼくが商店街《チャルシヤ》の人々や、ぼくと一緒に行くはずだった人たちが望んでいたようにしていたら、今朝ぼくの店は開かなかっただろうし、お日様がぼくを暖めることもなかっただろうよ。

ただお願いだから、このことは誰にも言わないでくれよ。どんなことがあってもね……きみなら、事の次第を分かってくれるよね」

「もちろん、分かっている。心配無用！　だが、きみはどう思う、果して宰相は象をもう一頭買うだろうか？」

アリョは肩をすくめ、両手を広げた。

「ああ！……それは神のみ知りたもう。このことは商店街《チャルシヤ》が心配すればいいことだ。ぼくは、今回の体験の後は、生きているかぎり金輪際、宰相とも象とも関わりたくないのだ」

「ふうん！」隣人は、溜息をついて、せめてあと二言、三言でも話を訊き出そうとしたが、アリョはただ微笑んでいるだけで、黙って聞き流していた。

アリョが自分の話を終えて、話し相手と別れを告げたとき、それは商店街《チャルシヤ》じゅうに布令《ふれ》役を派遣したのと同じであることを彼は知っていた。そして実際、日暮れまでにアリョの宰相の城館訪問の話を、細部の極みにいたるまで、知らない店はなかった。

この秋のうちにアリョの物語は店の中や焚火のそばで繰り返された。ある者たちは、アリョを、商店街《チャルシヤ》全体を笑いものにした薄のろで卑劣な人間だ、として罵った。またある者たちは、アリョを弁護して、厄介なことを計画して最後の瞬間に彼を見棄てた人々を非難した。他のある者たちは、仕立屋や絹織物職人たちがこのような厄介な問題に関わったため宰相宛ての請願書を作成する段階となっては、他にどうしようもない、と侮辱を感じながらも黙認した。さらに他のある者たちは、あのような人々や今のこのような時代について何を考えればよいのか分からず、沈鬱な戸惑いのうちに首を振った。しかしアリョ・カザズの物語は、勢いを増して流布し、形と内容を少し変えながら口から口へと伝わった。しかしアリョ自身は、何も言わなかった。黒とも白とも言わず、「然り」とも「否」とも言わなかった。それで、晩方どれかの焚火に立ち寄ることがあっても、どんな質問を受けても、アリョは、にやにやしているだけで、髭を撫でながら言うのだった。

「商店街《チャルシヤ》はぼくに良い教訓を与えてくれた。商店街《チャルシヤ》にお礼を言うばかりだ。本当にありがとう！」そして胸に手を当てて低く頭を下げた。

人々は、アリョを真面目に話ができる相手ではない道化者と見なして腹を立てたが、これを声に出して言えるのは、当の本人がいない時だけだった。

焚火を囲む第三のグループがあった。これは最も数の少ないグループで、焚火のそばに座っているのは同じ商人たちであるが、気質においては他とまったく異なる傾向をもっていた。ここにいるのは商店街《チャルシヤ》の「一流の人々」で、その多くはもう若くはなく、頭《かしら》に霜を置く落ち着いた人々で、みな例外なく金持だった。ここではラキヤも、笑いも、陽気な喧騒もなく、悠然とした会話が進められていた。その会話には長い中断があり、雄弁な眼差《まなざ》しと声にならない唇の動きがあったが、それらは言葉以上に多くのことを語っていた。

彼らのあいだには決まってフィルを話題にした話し合いがなされていたが、一般的な表現と無難な言葉遣いがされていた。それらの表現と言葉自体は、何の意味も成さずに、眼差しと顔の表情だけがそれらに本当の意味を付与していた。それが、すなわち商店街《チャルシャ》の上層部の第二の言語、本物の言語だったのだ。それで、まさにこの種の焚火の周囲においては号泣や声高の言葉なしに、脅しや誓いなしに、商店街《チャルシャ》がフィルから身を護るにはどうすればよいか、あるいはフィルを生きたまま永久追放するにはどうすればよいかが、決定されるのだった。ここにおいてのみ、老練な富裕な商店街《チャルシャ》商人のあいだにおいてのみ、この問題は、解決というものがあれば、解決が可能であった。何となれば、この問題は奸智によってのみ解決が可能であり、奸智は富と並行しており、奸智は富に先行し、富を永遠の同伴者とするからだ。

四

こうして商店街《チャルシャ》の人々は、それぞれの居住区《マハラ》で、庭園で、焚火の周囲で冗談を飛ばし、物語を創り出し、ささやき声であるいは声に出してフィルとフィルを持ち込んだ者を呪い、想像をめぐらせ、悲哀を感じ、不平を鳴らし、そしてひそかに奸智にたけた計画を練っていた。

呪詛《じゅそ》と不平、内緒話と企みが長く言葉だけに留まるような所は、どこにもない。ましてやボスニアにおいてはそんなことは最もあり得ない。長い時代にわたってそれらのことは無益な、虚しいものと思われてきた。言葉だけ、いつも言葉だけ、手を振り上げるだけの無力な身振り、人知れず歯を食いしばる時の顎の筋肉の躍動、そういうものはみな無益で虚しい。だが、ある日突然、いつ、どこで、どうしてかは誰にも分からぬが、それらすべてが凝縮して形をとり、事件となるのだ。子どもたちや若者たちや軽率な人々が、自分たちのうちに力と創意を見出して、長老たちの不満と無力な脅しを実現させる最初の者となることが、よくあるものだ。

胡桃《くるみ》が実りはじめると、フィルは新鮮な熟れたトラーヴニクの胡桃を大好物とすることが分かった。フィルは胡桃の樹の枝を揺さぶって、地面に落とした実のすでに乾いて割れた暗緑色の外皮から出た核果を鼻で拾いあげる、そして硬い殻を大きな口の奥で噛み割り、それを涎《よだれ》と共に巧みに吐き出して、柔らかい仁を満足げに食べるのだ。

少年たちが、フィルの前の舗装道路に胡桃を投げると、フィルは、短い首についた大きな頭をおかしげな格好で傾けて、注意ぶかくそれを集めた。そのとき子どもの一人にとんでもない考えが浮かんだ。その子は、胡桃の殻を割って、中から仁の半分を取り出し、その代わりに生きた蜜蜂を入れ、それから殻の半分をつなぎ合せて元の完全な形に見せかけてフィルの前に投げた。フィルは、その胡桃を噛み割ったが、その瞬間、頭を振って奇妙な声を上げ、護衛の者たちのもとから身をもぎ離した。ラシュヴァ川に着くと、冷たい水を狂ったように飲み、やがていくらか落ち着きを取り戻した。護衛の者たちは、フィルが虻《あぶ》に刺されたのだと思った。

素朴とはいえ狡猾で残酷なこの手段は、確実性がなく、象の口にとって効果のないことが分かった。多くの場合、フィルは胡桃と蜜蜂を一緒に嚙んで、目をしばたくこともなく飲み込んだ。しかし、このことは、ほんの序の口であった。人々は、憎悪を共有して、かたくなになり、意地悪くなり、悪知恵をいっそう働かせるようになった。

子どもたちの悪戯に大人たちも巻き込まれるようになったが、大人たちは、常に用心ぶかく、目立たないように加わった。彼らは、フィルが通過する路地でフィルの前にりんごを投げるようになった。安物のりんごではなく、立派な大きな甘い青りんごだったので、護衛の者たちは何の疑いももたなかった。しかし、それらのりんごのうちのいくつかにトラーヴニクの人々は細工をした。りんごの芯の部分をくりぬき、その部分に少量の細かく砕いたガラスと粉末状の砒素《ひそ》を詰め、切り取った蔕《へた》の部分で蓋をして完全なりんごのように見せかけた。店のドアの陰からあるいは閉めた窓の奥から人々は、この毒の効き具合を観察していた。砒素の毒についてはその効き目は遅いが、確実であるので、フィルを死に到らしめるに十分であることを人々は知っていた。しかし、ここにおいてもトラーヴニクの人々は、どんな毒にも耐え得る体質を持つ象を毒殺することが、いかに困難であるかを思い知らされた。こうしてフィルは、頑強であって、毒を飲ませたことは無駄なことに終わり、相変わらずトラーヴニクの商店街《チャルシヤ》で「自分の好きな時間」を過ごした。それでも、冬が近づくと、さすがにフィルは、痩せて衰弱しはじめ、胃と内臓にさまざまな障害が見られるようになった。最初のうち人々はフィルに何か食べるものを与えることを禁じられたが、その後、フィルが商店街《チャルシヤ》を通って散歩することは完全に停止された。フィルは、ほんの短い時間、城館のそばの坂を散歩するために連れ出された。ここでフィルは、いくぶん元気になった。フィルは、浅く積もった雪を重い足で用心ぶかく踏み、鼻で雪をつまみ口にもっていったが、そのあと怒ったように雪を上へ放り投げた。しかしこの散歩の時間は、ますます短くなった。フィルが自分で畜舎に帰りたがるようになったからである。そこでフィルは、藁《わら》の上に寝そべり、低い声で呻き、多量の水を飲んだ。

こうしてフィルが病気のあいだ、商店街《チャルシャ》は可能なかぎりの手段を用いてフィルの身に何がおこっているかを知ろうとした。城館の中で起こることの多くは知りようもないが、たっぷり礼金をもらった信頼できる情報屋が伝えたところによると、第一に、フィルは「何日もずっと寝たきりで、後ろからも前からも垂れ流している」、第二に、城内の召使たちが「象の皮の値段がいくらに付くか」ということで言い争っているとのこと――ある者たちは、それは千グロシュになると請け合い、ある者たちは、それを信ぜず、ある者たちは、千グロシュは認めたが、皮を鞣《なめ》すのに一年はかかると付け加えた。生まれつき事の本質を鋭く見抜く能力をもっている商店街《チャルシャ》の人々にとってはこの情報だけで充分だった。彼らは、この情報に対してそれ相応の報酬を支払って、余計な言葉をはさまずに、短い沈黙の意味深長な眼差しを交わしただけで待ちつつづけた。しかし、長く待つ必要はなかった。ある日、フィルが死んだ、という噂が商店街《チャルシャ》じゅうに流れた。

「フィルが死んだぞ」

どんなに尋ねまわっても、この言葉を誰が最初に言い出したかは、決して知ることはできないだろう。もし、ある人が、このことを「私が発言しました」と言うならば、人は、ひょっとすると、直ちに何か明快な生き生きとした話、ほとんど勝鬨《かちどき》に近いものを想い描くであろう。しかし何かをこのように考えることは、この町をまったく理解していないことを意味する。この町では人々は決してこのような物の言い方をしない。フィルとヂェラリヤの時代では、なおさらである。人々は、そのような話し方はできない。そういう言い方を知らないのだ。この山々に囲まれた町の湿気と隙間風の中で、人々の記憶にあるかぎり、常に宰相がその権力と従者とをもって支配する町で生まれ育った人々は、支配者の経歴と名称は変わりこそすれ、その性質は常に変わることがない恐怖政治の中で生きることを強いられ、世々にわたって決して消滅することのない、商店街《チャルシヤ》の人々の数々の配慮を遺産として背負わされているのだ。しかし、彼らの胸の中で何か勝利の興奮のような感情が湧くようなことが起こると、その感情はある高さまでのぼり、ときには喉まで達するが、それから元の出発点まで戻り、かつて同じように湧き起こったものの表現されることも聞き届けられることもなく墓場に横たわっているあまたの興奮や悲哀や抵抗と並んで同じ墓場に永久に横たわるのだ。

こういう具合で、誰かがどこかでそのような声で「フィルが死んだ」と言う言葉をささやくと、その言葉は、水音だけが聞こえる未知の源泉から湧き出る目に見えない水の流れのように商店街《チャルシヤ》を流れ、喉から喉へ、口から口へと伝わる。そのようにして「ニュースが発信される」と、その知らせは、一度も思い切り咳払いをしたことのないボスニア人の喉をとおして、いつも半開きの口をとおして町じゅうに伝わるのだ。

「フィルが死んだ！」

「死んだって？」

「死んだ、死んだのだ！」

この言葉は、熱く熱せられた瓦屋根に当たる雨のしずくがジュッ、ジュッと立てる音のように、ささやかれて、どの人もすでに、何も問わず何も答えないで、すべてのことを知っていた。一つの悪が地の下に去った。

しかし、フィルがどこに埋葬されたかについて商店街《チャルシヤ》の人々が穿鑿《せんさく》し、それと同時に宰相が仕返しに何をするか、と恐怖のうちに待っているあいだに、最も確かな情報を持っている人間が現われた。商店街《チャルシヤ》の人々がずっと少ない報酬を支払って得た別の情報は、今度は本物だった。フィルは生きている、と言う。数日前に象は確かに「死の一歩手前」まできていた。しかし宰相の召使の一人が、メボウキと糠《ぬか》と植物油を調合した薬剤で象を治療した。そして今や動物は具合が良くなり、すでに両脚で立つようになった。城館では喜びが召使たちと役人たちの間に広がった。彼らは、宰相の怒りを恐れるあまりあやうくフィルと一緒に死ぬところだった。――これが、嘘よりも安い値を付けられた真実を伝えた、どこかの男が手に入れた情報のすべてだった。

商店街《チャルシヤ》の人々だって欺かれることはあり得る。

不愉快なニュースは、あの最初のニュースとほとんど同じ速さで町じゅうに広がったが、言葉もささやきも伴わなかった。人々は、互いに目を合わせただけで、それから目を伏せ、唇をとがらせた。

「生きているって？」ある若い精神的に鍛えられていない商店街《チャルシヤ》の男が気落ちして尋ねたが、他の者たちは彼に答えようともせず、ただ不機嫌に相手を責めるように手を振るだけで、顔をそむけた。

そうして実際にフィルは生きていた。三月の初旬に初めてフィルは、畜舎から外へ連れ出された。商店街《チャルシヤ》は、外見上は目立つところのない素朴な、しかし洞察力のある、信頼できる男を状況視察のために特使として送り込んだ。実際に彼は見た。フィルは、衰弱しきって、体が半分の大きさになっていた。頭は小さくなり、角ばっていた。その頭の皮膚の下に頭蓋骨が透けて見えるほどになっていたからだ。両眼は、巨大な眼窩《がんか》の中に落ちくぼんで、以前より大きく見えた。体の皮は、まるで他人の大きすぎる衣服を着ているようで、薄い毛はますます薄くなり、ところどころ黄色っぽくなっていた。召使たちがフィルのまわりをせわしげに動きまわって世話をしていた。フィルは彼らの存在に気がついていないように、暖かくなりはじめた日向のほうへ寝返りを打ち、そして頭を絶えずゆっくりと左右に振り、急速に融けていく雪の間からまばらに顔を出している地表の黄ばんだ草の匂いを嗅いでいた。

春を待つトラーヴニクに日に日に春が近づいてくると、フィルの外出の時間は長くなっていった。フィルは、ゆっくりとではあるが目に見えて元気になっていった。幻滅の悲哀を感じたトラーヴニクの人々は、恐れおののき、二倍に膨れ上がった憎しみをいだきながら、フィルが完全に回復して再び商店街《チャルシヤ》を通って散歩に連れ出される日を待たされる羽目になった。――今度はどんな羽目を外した悪戯と破壊行為をするのか、知る由もない。

宰相の召使たち、とりわけフィルの世話を任されているあの混血児の男は、商店街《チャルシヤ》の人々が計画的に組織ぐるみでフィルに毒を飲ませたことを確信していたので、勝ち誇ったような態度でフィルを連れ歩き、復讐を考えて周囲に厳しい血走った視線を投げた。フィルが病気であった冬に彼らは宰相に商店街《チャルシャ》を罰するように懇願した。刑罰が自分たちに向けられることを恐れてそうしたのだ。しかし宰相は、それどころではなかった。彼の関心は、少し前から別の方面にあり、彼の頭を占めていたのは、フィルの問題ではなく彼自身の問題だった。彼の支配したい、裁きたい、処罰したい、処刑したい、という止み難き欲望は満たされた。ボスニアと現在のオスマン帝国における混迷した諸問題が武力と流血と威嚇《いかく》によってのみ解決可能なものであるならば、彼は自分の統治の成功を誇り得たであろう。しかしそれらの諸問題の解決のためには何かもっと大きな能力が必要であった。それは帝国内のどこにも見当たらないものであり、ことにヂェラルゥディンのようなタイプの人間には最も求め難いものであった。そして力が現下の情勢における諸問題の解決に役立たないことが判ると、力そのものが逆に暴君に向けられる。オスマン帝国においては昔からこういう政治状況があった。この状況は一八二〇年の今、帝国が三分の一の肺で呼吸し、四面楚歌、内憂外患こもごも至る現況にも当てはまる。ヂェラリヤの場合も同様である。彼は「殺し屋」であり、それ以上の何者でもない暴漢の一人にすぎず、それゆえ、その腕を買われて雇われるが、その攻撃が不首尾に終われば、その攻撃が災いして自分が滅びるのだ。

このことはヂェラリヤには若い頃は分からなかったが、今もはっきりとは分かっていない。しかし明らかなのは、彼の攻撃力が有力者たちの組織を壊滅させることもボスニアを平定することもできなかったこと、そして彼自身、その攻撃のあと何をすべきか、力だけでは不十分な仕事をどう続けたらよいかを知らないことだ。ボスニアにとっては新しい事業方策と新しい宰相が必要だった。そしてこのことは、たいていの場合、無能とされた人物にとってはこの地上での居場所はほとんどなく、彼を待ち受けているのは、墓場か墓場にも等しい追放であることを意味していた。

それぐらいのことはヂェラリヤにも分かっていたし、彼のもっている情報もそのことを物語っていた。

君府イスタンブールには親族もなく特別な縁故者もいない、自己中心的で一匹狼のヂェラルゥディンは、流謫《るたく》の地から時が経って恩赦により自由の身となり、他の宰相に例があるように、再びしかるべき地位に就くという希望はまったく持てなかった。

三月、君府から勅令を携えた特使が到着した。ボスニアに新しい宰相が派遣された。ヂェラルゥディン゠パシャは当地の統括権を副宰相に委譲し、本人はエディルネに召還され、そこで次の指令を待て、という勅令である。

使者は口頭で伝達した。決定事項としてヂェラルゥディンはルメリアの総督に任命され、ペロポネソス[*1]の叛乱の鎮圧のために派遣されることになっている、と祝いの挨拶を述べた。使者はこのことを暗記してきたように機械的に早口で言った。ヂェラルゥディンが、供応と贈賄とによって使者から本音を訊き出すのはむずかしいことではなかった。使者の告白によれば、彼はこのことを宰相に伝えるように特別に命令されてきたのであり、本当はルメリアの総督には他の「辣腕」の人物がすでに任命されているということだった。つまり、罠だった。そのとき「ヂェラリヤ」と呼ばれたヂェラルゥディンは、決定的な瞬間が訪れたこと、このトラーヴニクが、彼自身にも理解できない衝動が彼を駆り立てて到着させた人生の終着点であることを悟った。

そのときヂェラルゥディンは、人間の死についての、また自分自身の死についての考えがいかに身近な問題であるか、自分がどれほど死と慣れっこになっていたかが、はっきりと分かった。

彼は、慎重に良心に従って遺言書をしたため、持てる物すべてを自分の同労者、協力者たち――彼と同類の首斬り役人たち――に分配することを決めた。かなりの額の金を自分の墓の上に建てる霊廟の建築費に充《あ》て、埋葬に必要な総額を最も細かい点にいたるまで計上した。彼は、自分の墓の上の石に刻むべき墓碑銘を書き残した。それはコーランからの引用で「彼は生ける者にしてかつ永遠なり」という文句で始まっていた。葦ペン、竹ペンの膨大なコレクションを彼は自分の手で焼却した。一本一本を暖炉の火にくべた。彼の部屋の中で火は、三月の下旬なのに冬のさなかと同じように熱く燃えた。この間《かん》の事情については町の中では誰一人知る者はいなかった。宰相が秘書官のオメル－エフェンディに高価な芸術的書道作品である詩集を遺産として譲与したことは町中《まちなか》では知る由もなかった。この詩集にはペルシャとアラビアの詩人たちの三十二篇の優れた詩歌が書写されており、装飾文字の

＊1　オスマン帝国統治下のバルカンの南部地域。

それらの詩歌の中ですべてが、薔薇、ヒヤシンス、葡萄酒、乙女、泉、横笛、鶯《うぐいす》などが放つ光で輝き、香り、楽の音が共鳴して、「すべてのものを惜しみなく与え、然る後に他の者に与えるためそのすべてを取り戻す」黒い大地と輝く太陽を讃美している。

すべての処理を済ますと、宰相は、一時間後、昼食時に備えて自分を起こすように召使に命じて、寝室に退いた。そこで白い粉を小匙《こさじ》に取り、トラーヴニクの冷たい水に溶かし、苦い薬を飲むように飲み干して、自分がトラーヴニクに入城した時と同じように、静かに人に知られずにこの世から消えた。

午後少し前、トラーヴニクの礼拝堂《ヂャミヤ》の尖塔《ミナレット》から祈禱時刻を告知する誦経《ずきょう》が流れると人々は、それが普段の午後の祈禱ではなく、「ヂェナザ」すなわち死者を弔う祈禱であることをすぐに理解した。祈禱の長さと誦経者の熱の入れようから、祈禱は、富裕な身分の高い人の死を悼んで行われていることが推測された。

宰相の死の知らせは、またたくまに広まった。これは、ヂェラリヤの側から出た最初の報道であったが、それに対して商店街《チャルシヤ》の人々は、何の意見も付け加えなかった。すべての人の沈黙のうちに宰相は、その日のうちに埋葬された。葬儀には商店街《チャルシヤ》の全員が、沈黙のうちに敬虔に、その時も埋葬後も宰相については良くも悪くも言わずに、参列した。(それは歓声を上げる必要のない勝利だった。)ヂェラリヤがトラーヴニクの町に埋葬されることに異を唱える者はいなかった。宰相は、地の下ニアルシンの所に動かずに、力を失って横たわり、日に日に小さくなり、生きた人間とは似ても似つかぬものになっていくからだ。

宰相代行は、すでに葬儀の日に城館に入ったが、ヂェラルゥディンの側近たちは、懲戒を恐れ、犯跡を消そうとして、そそくさと四散していた。

宰相は、フィルをトラーヴニクでのこの数か月ずっとその世話をした混血児の男に遺贈した。商店街《チャルシヤ》の人々が象そのものよりも憎悪して「フィルフィル」と呼んだ、あの男である。宰相は、彼に象を君府に連れていくことを依頼し、それに必要な費用を残した。しかし宰相の遺言を実行することは混血児の男には無理だった。彼の頭では何をどうすれば良いか、分からなかった。当時の状況下ではボスニアから針一本持ち出すことさえむずかしかった。ましてもはや宰相の所有ではない象の搬出にいたってはなおさらだ。そしてみんなから憎まれた混血児の象使いは、宰相が死んだその夜のうちにいずかたともなく姿をくらました。そして商店街《チャルシヤ》の人々は、ただちに城館へ入って、りんごの中に入れた粉々に砕いたガラスよりもはるかに強力で効き目の確かな毒をフィルに飲ませる方法を考えついた。

宰相の葬儀が終わった四日目に、主人のあとを追うように、フィルも死んだ。フィルは、畜舎の入り口近くの自分の藁の寝床を棄てて奥の隅へ引っ込んだ。翌朝、そこで体を丸めて死んでいるのが発見された。フィルはすぐにどこかに埋葬された。どこにどのように埋葬されたかは誰も穿鑿しようとしなかった。なぜなら、商店街《チャルシヤ》の人々は、いったん悪から解放されると、しばらくのあいだそのことを彼らの会話の話題にしないが、時が経ちずっと後《のち》になって、事件が伝説となった時に、再びそれを話題に取り上げて語りはじめるからだ。だが、その時はすでに何か遠い昔の出来事として、彼らは、新しい不幸のなかに置かれながらも、冗談と喜びをまじえながら物語るのだ。

こうしてフィルは、宰相と同様に、地の下に眠った。ここ大地の下には、すべてのもののための憩いの場所がある。

*

ヂェラリヤのいない初めての春が来た。恐怖は形を変え、不安は名前を変える。宰相たちは交替する。生命は流れる。オスマン帝国は終焉を迎える。トラーヴニクは枯れ萎《しぼ》むが、その中にある商店街《チャルシャ》は、樹から落ちたりんごの中の蛆虫《うじむし》のように、まだ生きている。ボスニアに新しい宰相オルノスベグ・ザデ・シェリフ・シリ・セリム－パシャが到着したという知らせが入った。届いた最初の知らせによれば、新宰相は善良で教養のある人物で、その先祖はボスニア人だ、と言う。しかし商店街《チャルシャ》の一部の人たちは、不安げに首を振る。

「彼がそんなに善い人であるならば、どうしてそんな長い名前を持っているのかね？」

「彼が心の中に何を持っているか、何を一緒に持ち込むか、分かりっこないさ！」

こうして商店街《チャルシャ》の人々は、新しい情報と信頼できる確かな報道を期待しながら生きている。民衆は、苦しみ、ひそかにささやき、自分たちの身を護る。他に手段がない場合は、正義と別な暮らし方とより良い時代を求める彼らの、明確ではないが不滅の願望が息づいている、あの物語によって身を護るのだ。ヂェラルゥディンの墓の上に石工たちが霊廟を建てている。墓の上の軟質の石に宰相の墓碑銘の最初の文の一行が刻まれたところだ。アリョとフィルの物語は、ボスニアじゅうに広まり、その過程において膨らんでいく。

シナンの僧院《テキヤ》に死す

Смрт у Синановој текији / Smrt u Sinanovoj tekiji

アリデデがサライェヴォに来て以来、シナンの僧院《テキヤ》*1は、最も優れた最も聡明な人々が集まる場所となった。この高名な人物は、君府イスタンブールで四十五年を過ごし、その学識と高徳で名声が遠くまで広がり、自分の教団に対しても個々の信者に対しても彼の講話を聴きたがる一般の人々に対しても多くの善行を施した。運命は彼に知識、洞察力、並々ならぬ広い視野を授けたばかりでなく、彼を個人的にあるいは噂によって知っている人々すべてに有益な霊と肉の完全な調和を伝授した。アリデデは、あらゆる種類の完全性の最高の亀鑑《きかん》となった。不和と争いを求める人間の欲求は彼にはまった

*1　サライェヴォの富裕な商人ハヂィ・シナン - アガあるいはその息子ムスタファ - パシャ（スルタン、ムラト四世に仕えた武器庫管理官）が、一六三八―一六四〇年に建てたイスラム教修道院。修道師（デルヴィシュ）の修道・宗教儀礼が行われる部屋（「セマハナ」）と不意の旅行者・巡礼が泊まれる施設（「ムサフィルハナ」）がある。サライェヴォの中心地に位置している。

く無縁であるように見えた。アリデデは、女性の体の何たるかを知らず、性の快楽が何たるかを知らない人物、と言われている。人を酔わせる飲物、コーヒーの一杯、煙草《たばこ》のひと煙たりとも決して口にしたことがなかった。しかし彼は、短い人生に対する神の贈物を活用する人々を非難したことはない。概して、彼は自分の身に降りかかった災いや不愉快な出来事を何一つ気に留めないかのように世間を渡ってきた。

アリデデの言行はすべて記録されてはいるが、あのような純潔で崇高な神の人がどこから、どのように出現したかについては、言行録のどこにも言及されておらず、いつになっても説明されることはないであろう。彼が生まれた時代、生まれた家、生きた世界において彼は例外的な存在として奇蹟として留まるであろう。

六十五歳になったとき、アリデデは、自分の教団の名声を広めることになった原点であり、母胎でもある僧院《テキヤ》を突然、去る決心をし、住み慣れた君府、成長を共にした敬虔な教友たち、自分の崇拝者たち、教え子たちに別れを告げてボスニアに帰ることにした。彼の決断にはみな不満をいだいていたが、誰も敢えて反対はしなかった。彼は、その生涯において人を悲しませ、傷つけるような言葉は一言も言ったことがなかったように、離別の本当の理由——死と大地が呼んでいる——を人に告白しようとしなかった。逆に、彼はこの世で最も痛ましい別離を教訓と美に交換することを心得ていた。彼が立ち去ることを不思議がり、残念に思っている人々に対して彼は神の創造の手に成る世界の広さと同一性について話した。信仰者にとって遠いものは何か？　信仰者にとって異常であり得るものは何か？　この神の広い世界にはどこにおいても僅かなりとも木陰があり、それは祈り求めれば人の憩いに足りる広さに伸びる。東がどこにあるかは、どこにいても分かる。世界のいずこにも小さな流れはあり、それはあまたの小石の間を流れたあとでも、禊《みそぎ》に適した清浄な水となる。正しい信仰に生きている者がいない所においてさえも人は失われていないし、不幸でもない。何週間も太陽を見ない地方においてさえ、東がどこにあり、誰の前に祈るべきかを信仰者に心で教えてくれる、そういう人々がいる。水が一滴もない砂漠においてさえも砂で禊を行なうことができるし、たとえ砂が無くとも正しき信仰者は、思考によって身を清めることができる。なんとなれば、思考は何ものにもまして強力で純粋だからだ。アリデデが生まれた故郷であり、世界の他の国と同様に神の創造の美に満ちた国であるボスニアに帰るに際して、他人がそれを遺憾に思う謂《いわ》れはない。人間は自分の故郷に対して恩義がある。

こうして、その年の春アリデデはサライェヴォに帰ってきた。彼は白髪になり、腰が曲がり、書物を多読したために視力が弱っていたが、彼の青い目は明るく澄んでいた。その目からは、光のように、絶えず微笑が白い頬髯《ほおひげ》に降り注いでいる。彼の手は肌荒れが無くて白く、純潔な生活をしている人のそれのように常に若々しかった。

週に一度、金曜日の前夜にシナンの僧院《テキヤ》に、学識のある人々、市民のうちの貴顕紳士、旅の途中にサライェヴォを通る信仰厚い巡礼者たち、この僧院《テキヤ》と教団に属する教友たちなど、総じてアリデデの講話を聴くことを望んでいる人々が集合する。

こうして、その晩も人々が集まった。その夜は暖かく、天気も良かったので集会は僧院《テキヤ》の中庭で行われた。中庭は長方形の空間で石畳だった。四つの隅には黄色い花が咲いており、壁伝いに葡萄《ぶどう》の蔓《つる》が上に向かって伸びて、夏のあいだはその葡萄蔓が中庭の上の緑の屋根となる。庭の真ん中には高さの低い噴水があり、水は高く上がらず、短い上昇のあと戻って、噴水口の大理石製の柱頭の周囲に流れて円形の水瓶の中に落ちる。こうしてこの噴水は、無情な法則にしたがう疲労と墜落の光景を絶えず示しつつ、できるかぎり高く上がってそれから落ちる水の無力な努力によって人の目を侮辱するのではなくて、上昇に際して開花し銀色の内部を開示して、萎《しぼ》むことも咲き終わることもない大輪の熱帯の花のように見えるのである。水苔で緑色になった水瓶の中の水は暗く、その水に二匹の赤い鯉が不可解な象形文字のようにいる。石畳の上には来客のための靴拭きマットが敷かれている。壁際の壇にはアリデデのためにクッションが置いてある。

すでに全員が集まっていた。アリデデは自分の席に着いた。講話を始める少し前に老師は、考え込むように、手近の葡萄の葉を引きちぎって歯の間にくわえた。その葉の若い葉柄《ようへい》を噛むと、舌の上に葡萄の葉の思いもよらぬ鋭い苦味を感じた。同時に何か心臓がぎゅっと締め付けられるように感じた。息が消えていって言葉が出ないような気がした。それでも話を始めた。最初の数語を発音しただけで、幼い子どもが咳をするかのように何か奇妙に声が詰まった。さらに話を続けたが、言葉の力はますます弱くなった。突然、言葉の途中で声が途切れ、頭が少し下がり、右手が心臓に当てられた。聴講者の大半は自分の目の前の地面を見ていたので、初めのうちはこの沈黙に注意を向けなかった。

彼らは、こういうことがしばしばあるように、老師が何かの考えに耽っているのだと思った。沈黙が長く続いたとき、修道師《デルヴィシュ》たちや生徒たちが互いに顔を見合わせて、不審に思いはじめた。みんなは、アリデデが推奨し、彼自ら固く保っていた修道師《デルヴィシュ》の規律を知っていたからである。すなわち、陶酔境に長くとどまるべきではない、人間は驕《おご》り高ぶってはならない、他人の羨望を惹き起こしてはならない、という鉄則である。聴講者たちはついに目を上げて老師の右手の動きを見て彼に向かって駆け寄った。アリデデは断末魔の苦しみの中にあった。半ばとじた睫毛《まつげ》の奥からガラスのような輝きが見られた。壁にもたれかかって軽く手を振って持前の優しい声でささやくのがやっとだった。

「何でもない……何でもない！」

人々は、アリデデを彼の部屋に運び入れて、服のボタンをはずし、床の上に寝かせ、頭の下にソファーに置いてあった枕を当てた。頭に水を振りかけ、薔薇香水を塗った。老師は、急に目が眼窩《がんか》の奥に沈んでしまったかのように、目を開けずに、頭の下の枕をはずしてくれるように手で合図して人々に求めた。こうして彼は地の上に横たわった。彼の胸の上で葡萄の葉がかすかに震えた。アリデデのまわりで生徒たちが動きまわった。老師はなお二分ほど生きた。

記憶は生き生きとしており、迅速に蘇った。生涯で一度だけ女性の出現が彼を困惑させた。それは、人知れずに起こった意味も重要性もない見えざる出来事であって、世間の目には見えず、知られずに残り、最終的には我々自身からも忘れ去られるものである。ところが今や、彼の長い全生涯のうちで、この二つだけの出来事、彼の幼年時代と青年時代の数時間を満たした、この些細な無意味な苦悩が、彼の眼前に立ち現れ、幻影のように遊離し、増大し、他のすべての存在、彼の生命、肉体と思考を拭い去って、彼の内面全体を満たす唯一の痛みの感覚の中に融合する。それは全体を合わせて最も鋭い針の尖端よりも小さいが、彼の意識の最後の痕跡であり、存在の最後の証拠なのだ。

彼が十歳か十一歳の時だった。彼の生家はゼニツァ市の郊外にあり、ボスナ川が湾曲部を形成してゼニツァ市のまわりを流れる地点の畑とプラム果樹園の間の孤立した一軒家だった。川の水嵩《みずかさ》が増す春と秋にボスナ川は濁って氾濫《はんらん》し、川の水が彼の家まで達し、庭園の柵を流出させ、どこか知らない所で壊れたよその家の垣根や丸太や木の株を転がし、泥や木の枝やぼろ布や壊れた桶や板切れなどの残骸の山を押し流してきた。子どもたちにとって、これらは一つの総体的な遠い神秘的な世界であり、初めのうちは楽しんでいたが、水が引いた後は数日間、泥と残骸の中をよろめき歩くことになる世界だった。

その年の春、ボスナ川の水の変化は異常で驚くべきものだった。一日のうちに水位が急激に下がったかと思うと再び急激に上がった。ある日のこと、朝に彼の家の庭を通って流れた予期せぬ洪水の濁流のあと、夕方になって川の水位が下がった。空は低く曇っていて、山の方から新しい洪水を予告するような遠い鈍い轟音《ごうおん》が響いてきた。少年は歩きまわって、洪水が残していった赤黒い泥の上に長い杖でいろいろな絵を描いて遊んでいた。塀のすぐそばに泥や木の葉や砂利の中に半分埋まった丸い短い柱を見つけた。思いがけない遊び道具に嬉しくなって、すぐに柱に登った。柱はまだ湿っていて滑りやすかったので、用心して登った。杖を使って塀に体を付けて支え、両足を柱の上にしっかり掛け、そして体を揺さぶった。バランスを崩すと、すぐにバランスを取り直して、この異常な運動に夢中になっていた。大人にとって無意味で危険な遊びに見えるが、成長期にある子どもたちの体と目覚めはじめた空想力が子どもたちに強いる運動なのだ。しかし子どもの体は疲れやすく、子どもの空想はすぐに満たされる。少年は、杖を投げ捨てて、いったん地面におりて、今度は柱にまたがって馬に乗ったつもりになった。そして左手で砂と枯れ枝の堆積《たいせき》に触れた。その時、何か奇妙な、はっきりしない物が目に留まった。砂と枯れ枝の堆積の中から人間の耳と髪の毛の房がのぞいているように見えた。振り向くと、彼の背後に、柱と塀に挟まれて半分泥の中に埋まった裸の女の体が見えた。堆積の中から肩がはっきりと突き出て、少し下の方に白い腰部が伸びていた。膝は泥に覆われていたが、さらにふくらはぎと足の指がのぞいていた。少年は、自分でも思いがけぬほど冷静になった。流れ着いた死体全体を上から下までもう一度よく見てから、ゆっくりと柱から降りて、溺死者が横たわっている場所から目を離さずに、庭の中を後ずさりしはじめた。養蜂箱のところまできて、乾いた地面の上で立ち止まった。そこで初めて少年は恐怖にとらわれた。家に向かって走りながら大声で母の名を呼んだ。しかし家に着いて家族の者たちを見たとき、少年はそれまで気が付かなかった恥の感覚に打ちのめされた。恐怖と何か言おうとする要求に苦しんだが、今見たことを話す言葉が見つからなかった。しばらく中庭の中をうろついていたが、家の中に連れ戻された。彼は、父、母、兄弟を見ながらずっと考えていた。——今や、自分の見たものを話す必要がある、話すように強いられている時だ。しかし最初の言葉を言おうとすると喉《のど》がこわばって口が封鎖されてしまうのだった。まだ日が高いあいだ、彼は兄弟のうちの誰かが庭園に出ていって秘密を発見するのではないか、と恐れた。

家には子どもがたくさんいたので、小さい子が夕食を一口も食べないことに誰も気が付かなかった。晩の時間が過ぎて就寝の時間が近づいた。少年の心の中で庭園で見た死体の記憶が膨れ上がり、それが何かはっきりしない罪悪感に変形して彼を苦しめ、ただちにすべてのことを母親に話し、泣いて訳を話して庭園で見た事実の説明の解明を求めるよう強制した。しかし同時に何かを話すことができない心境であることを感じていた。子どもは何度か母親に近づき、母の視線が自分に向けられることを求めた。しかし母親は子どもの心理状態に少しも気づいていなかった。彼は勇を鼓して話を切り出すことができなかった。結局、彼はそのまま就寝した。するとすぐに不眠症の最初の波の中で子どもの空想と神経の遊びが始まった。

夢想の中で百回も柱によじ登っては溺死者に近づいてそれを観察し、母の名を呼んで逃げ走るが、家に着くと、言い出す決心もつかず慰めも得られずに、また庭園に戻る。その都度、身震いして、ぐっすり眠っている兄たちのそばに転がり込む。絶えず決心していた——今こそ起き上がり、叫び、母に松明《たいまつ》を持って庭園へ行ってもらい、実際にあるものを確認してもらうように頼むのだ。しかし依然として少年は、自分の中で恐怖感と理解しがたい罪悪感がますます膨れ上がるあいだ、寝床に釘付けされたままになっていた。

熱に浮かされたように朝を待ち、誰よりも早く起きて庭園へ走った。見ると、夜のうちに川の水が溢れ出て庭園の半分が水に浸かっていた。あの柱の跡も水死人の跡も無くなっていた。水は柱の高さまで達していた。川の水は庭園の真ん中を切り裂くように流れていた。川は、その日一日じゅう氾濫した。空は晴れていて春の弱い太陽が照り輝いていたが、山々は轟音と共にその川を谷間に送り、その谷川は一年に一度だけ生命を得て、一日じゅう荒れ狂い、その流れる道にあるすべてのものを破壊し、転がす。

少年には自分を苦しめていたすべてのものがその新しい氾濫の濁流とともに押し流されたように見えた。その一日は、混乱した期待のうちに過ぎ、その夜は、昨夜の不眠のために疲れ果てて夢も見ず、途中で目が覚めることもなく熟睡した。翌日の朝、庭園に出てみると、水はかなり引いていた。その日のうちに水は引いて塀だけが完全な姿で見えていた。塀のまわりには濁った水の大きな水溜りが出来ていたが、あの柱と水死人を洪水が遠くへ押し流したことが今や明らかだった。

その春のあいだ、ずっと少年は自分の秘密に苦しんだ。すべてが消えて無くなってしまった今こそ、すべての出来事を母に話すべきだという考えが毎日何回もよみがえった。それをすればどんなに気が楽になるかと感じていたが、一言でも話しはじめる勇気がなかった。そもそもの初めから彼を押しとどめてきた恥の感覚の上に、誰も自分の言うことを信じようとはしないだろう、自分を笑いものにするか、あるいはすべてのことを初めからすぐに話さなかったことで叱られはしまいか、という不安が加わった。日射しの強い夏と天気の良い秋になると、ようやく彼はそのことを忘れはじめていた。しかし本当は、そのあともずっと特に夕方になると、あの謎めいた死体のもたらす恐怖と、不可解な罪悪感と、誰かにすべてを包み隠さず告白すべきだという要求と、その告白の不可能性が彼のうちに湧き起こるのだった。

それから一年か二年のち、少年は母方の叔父でサライェヴォに住んでいる金持で変わり者の男に引き取られた。サライェヴォで少年はシナンの僧院《テキヤ》に入り、学問とそこの教団の戒律を愛するようになった。そして彼はさらに修道を積むため君府に派遣されることになった。

彼は二十五歳ぐらいだった。君府に来てすでに五、六年になっていた。導師のなかで最年少であったが、きわめて高く評価されており、年のわりに非常に成熟していた。

彼が住んでいた僧院《テキヤ》には二つの正面があった。一つは主要な長い方の正面で海に面しており、もう一つは庭園と墓地のある急斜面の丘の上にあり、その下で唯一の道が下に向かって延びている。

ある夜——真夜中であったが——若い修道師《デルヴィシュ》の彼は目が覚めて起きた。彼は起き上がって窓を開け、窓格子の横木に頭をもたせて早春の冷たい空気を吸い込んだ。空は雲がなく星空だった。彼の眼前で道路の丸石が光っていた。高い塀と暗い庭園を両側にもち丸石で舗装されている道路は登り坂となって上に延びていた。新鮮な夜の空気に当たって彼の目はゆっくりと閉じた。窓を閉めてベッドに戻ろうとしたとき、道路を登りきった所に何か白い人影のようなものが見え、それが急いで下へ降りていった。彼は目を大きく開け、夢と現実の間に置かれて戸惑っていた。その白いものは急速に迫ってきた。それは白いドレスか白いシャツだけを身に着けたどこかの女だった。そのすぐ後に通りの角から二人の黒い男の姿が現われた。二人は駆けだした。ほどなくして彼らの重い足音が聞こえた。女は窓のすぐ下にある門に向かって走ってきた。恐怖のために気が狂ったように、野獣に追いかけられているかのように、全力で疾走してきた。近づいてくると、髪を振り乱し、衣服が破れて、半裸になっている女が見えた。

体が閉ざされた門に当たる鈍い、弱い音が聞こえた。若い修道師《デルヴィシュ》は身をかがめ、もう一度外を見て、大きな平石の上に横たわっている女をはっきりと見た。女の頭は敷居の上についていた。片手を虚しくドア・ノッカーのほうに伸ばしていた。それを摑む力がなかったのだ。

追跡者たちは、建物まで二十歩ほど手前まできたが、女が門にたどり着いたのを見て、急に立ちどまり、庭園の塀の間の狭い通路に急いで姿を消した。

若い修道師《デルヴィシュ》はもう一度門のほうを見る勇気がなかった。この異常な夜の出来事の場面で彼はすでに自分の役割を演じたかのように、それまでつかまっていた窓格子の横木から手を離した。後ずさりして慎重にベッドに戻り、すばやく横になった。

全身が麻痺したように鈍重になって、つい先刻見たことが全体として意識に昇らないかのような状態になっていた。ベッドはすぐに暖かくなったので、意識をなくしたようにあっという間に眠りに落ちた。眠ったのは五分ぐらいだった。十分だったかもしれない。その時、何か痛みをともなうようなもの、強圧するようなものが彼の体を突き上げた。無情な他人の手のように、自分の生まれ持った内臓《はらわた》が彼を夢から覚ました。目を開けるやいなや、何か縺《もつ》れた複雑な不幸を想う半ば暗い、痛みのある知覚が彼の内部で溢れた。彼は、何か苦しいもの、恐ろしいものを体験した。あれは、もしかして夢に見たことだったのか？　人間が夢から覚めて、それによって悪しき事から解放されるような現実があれば、どんなに素晴らしいことか！　それとも彼が目を覚ますのを待っている何か痛みを起こすものを体験したのだったのか？　最後に彼のうちに夢ではなくて現実だという認識が生じるまで、こうして何回か夢と現実の間を行き来した。すっかり目が覚めると、瞼《まぶた》の裏にどこかの半裸の女を追跡していた武器を持った黒い男たちがいま一度はっきりと見え、女が倒れた音が聞こえ、あまりにも高いところにあるドア・ノッカーに手を伸ばしている女がいま一度見えた。毎秒ごとに女の立てる門を叩く音が木霊《こだま》のように彼の耳に響いた。

真っ先に彼の頭に浮かんだ考えは、そのような苦しいためらいの中でくよくよしないこと、起き上がって窓辺に行き、すべてのことをありのままに確かめることだった。しかし彼にはそうする力がなかった。その考えを捨てきれないまま、身動きもせずに横たわっていた。その間《かん》、女のことが彼の空想の中でますます大きく膨れ上がった。起き上がって、夜の出来事のうちの一部をもう一度見る必要はない、すべては夢にすぎないのだから、起き上がって見る必要はない、と心に言い聞かせて、故意に自分を欺いた。自分が実際に行動を起こすことによってのみ問題は現実の最初の姿を得るのにもかかわらず。その時、この狂った考えが彼の中で活動しはじめて、織機《しょっき》の杼《ひ》のようにあちこちへ勢いよく行き来しはじめた。

「もし本当に何もなかったのなら、それは良いことだ。もし実際に体験したのであれば、どうして起き上がって窓の外を見ないのか？　何を恐れているのか？」

するとその同じ考えが反対側へ動いた。

「何もないことが分かっているのなら、すべてが夢であり、幻想であると分かっているのなら、どうして起き上がって、見て確かめる必要があろうか？」

こうして狂ったブランコにずっと乗っていた。二、三分の夢の小さなオアシスに憩うこともあるが、そのあとで再びブランコの揺れが続くのだ。何で起き上がらないのか？　起き上がって何になるのか？　しかし、女の門を叩く音が毎刻ひびくのではないか、という耐えがたい恐怖がこれらすべての上に居座っているのだ。

夜が明けると、彼の心の動揺は急におさまった。昨夜、何が起こったのか、実際に起こったのかどうか、もはや自問することはなかった。急いで服を着て、まるで犯罪者で既決囚であるかのように、正確にはその状況を知らないにもかかわらず、自分が関与した夜の事件を情け容赦なく自白させられる日であることを予想して、彼は下の部屋へ降りていった。慎重に歩を進めて、最初の言葉と質問を、鞭打たれるのを待つように、待った。しかし、召使たち、生徒たち、修道師《デルヴィシュ》たちは、日ごろと同じ表情といつもの挨拶で彼のそばを通り過ぎた。どうしたのだ？　本当に誰も門の前に気を失って倒れている女あるいは女の死体を見なかったのだろうか？　何事もなかったのだ、すべてはやはり夢にすぎなかったのだという喜ばしい思いが、太陽のように輝いた。昨夜の苦しみは、無駄であればそれでよいのだ。それは今や彼にとってほとんど優しく楽しいものに近いのだから！　しかしすぐに反対の考えが浮かんだ。修道師《デルヴィシュ》のうちの誰かに、きのうの夜、何か物音を聞かなかったか、今朝、何かに気が付かなかったか、を訊くことにしよう。しかしすぐにそれをする力がないことに気が付いた。そして昨夜と同じように優柔不断の心理状態で横になった。──起き上がって、実際に何があったかを調査しなければならない。そうして今、修道師《デルヴィシュ》たちに近づいて彼らに訊くか、自分から昨夜の出来事について何か言おうと決意したが、最初の二、三言を言おうとすると、怖くなって黙ってしまうか、話題を他の問題に変えてしまうのだった。同じ日の夕方になると、何か事件があったかどうか、言うべきか言うべきでないか、をもはや自問しなくなり、不明瞭な、しかし深い罪悪感と拭いきれない恐怖感をもって自分の部屋に逃げ込み、夕食もとらず、夕べの祈りもせずに、眠るためではなく苦しむために横になった。そしてこの状況は最初の夜だけのことではなかった。毎日毎日、彼は苦しんだ。その苦しみがどこから来たのか、いつ始まったのか、何のためにどのようにして生じたのか、その発生の何か実質的な原因があるのかどうか、もはや考えなくなっていた。彼は、自分のうちに一つの秘密と暗い闇のような問題をかかえていることだけを知っていた。さらに幾夜も、彼は自分だけに聞こえるドア・ノッカーの音で眠りを覚まされ、彼の窓の下の門に失神した女の体が寄りかかっている感覚で目が覚めた。そしてそのすぐあとに、そのようなことはない、起きて窓辺へ行き、何でもないことを確認すれば十分だ、と思って安心するのだった。しかし実際には一度も起き上がったことはなかった。不眠と闇の中で自問した。あの女は誰だったのか？　なぜ女は追われていたのか？　女に何があったのか？　門の前で女はどのようにして消えたのか？　なぜあの夜、ただちに中庭へ出て行き、他の者たちを起こして、門を開け、追われている女を助けることをしなかったのか、彼は苦々しい思いで自分を責めた。しかし今なお、この夜、同じすべてのことが再び起こったとしても、あの時と同じように行動するだろう。別な行動を起こす力がないであろうから。

何か月ものあいだ、彼は窓辺に近づく勇気がなく、窓の下の門をよく見る勇気もなかった。最後にこの理由のない苦悩は、何かの一過性の病気のように彼の体内を通り抜けた。これらすべてのことの記憶が最初は力を滅ぼしたが、あとでは跡形もなく消え去った。

その後、アリデデは君府で四十年生き、一度も不安も苦悩も感じることなく生きた。仕事と祈禱のほかは何も知らなかった。これが、イスラム教徒のあいだで語り継がれたアリデデの生涯である。

*

さて今や、アリデデ師の臨終の時であり、これがこの瞬間における彼の意識の最期の輝きとしての記憶である。

彼はあのことを考えまい、何か他のことも思い出すまい、と無駄な努力をした。無駄な努力が向けられている対象は、あの二つの暗い記憶以外の何ものでもない、痙攣《けいれん》によっても、涙によっても、呻《うめ》きによっても表現できないあの痛み以外の何ものでもない。それまで経験したこともない、予感したこともない苦悩の中で彼に残された最後の力は、学の有無を問わず、正統な信仰者が一人として唱えたことのない祈禱に変じた。アリデデは、苦悩の耐えがたい圧力のもと、もはや言葉が声にならないため、ただ習慣に従って唇だけを動かして祈った。——

偉大なる唯一の万物の支配者よ、そも初めより我は御身と共にあり、御身の御腕の内に堅く抱《いだ》かれてあり。故に我に悪しき事は何も起こり得ぬことを知る。この悟りは、すべてを棄て御身に全身全霊を以《も》て献身せし者らに御身が与え給う平安にして、まさしく楽園なり。労苦せずして、日輪の光のなかに揺れ動く塵の微粒のごとく漂いつつ我はこれまで生き永らえたり。重量なきものとして朱《あけ》の日輪に染まりて高みへと漂い昇り、あたかも自身小さき天日《てんじつ》のごとくなれり。かのごとき苦味が人間の魂に染みわたることを我は知らざりき。我は失念せり、女人《にょにん》がこの世界の入り口にして出口なる門のごとく立ちたることを。今や、かの苦味が来りて、我が心を二つに引き裂きたり。しかして我が、天界の麗しき光景に魅入られて忘れし事を我に想い起こさせたり。——我らが食する麺麭《パン》は実《じつ》は盗まれたる物なり。我らは己らに与えられし生命《いのち》の代価として悪しき運命に——罪と災いに——負債あり。人は、熟れた果実が落ちるがごとく、痛ましき逆しまの落下にて墜落し固き地に体を打ち付けるまでは、この世界より彼《か》の良き世界へ行くこと能わず。人はこの墜落の痣《あざ》を持ちて天国へ行かざるを得ず。これぞ我が思念なり。慈悲深き御方よ、我が思念の言表の是非を御判断あれ。御身の地の戒律の忠実なる僕《しもべ》の苦行は存外に重し。

アリデデ師の唇の動きを見て生徒たちは、老師が臨終の祈りを唱えているのだと思って、全員その場に立ち尽くし、悲しみに沈み、身動きもしなかった。

こうしてアリデデは息を引き取った。金曜日の前夜、新月の夜のことだった。大方の意見によればば、アリデデの死は奇蹟的で神聖であり、彼の生涯と同じように、すべての人に讃嘆を呼び起こすものでなければならなかった。

絨毯

Ћилим / Ćilim

カータ婆さんは、孤独な七十五歳の寡婦。こざっぱりとした身だしなみのいい老婆で、父親のペタル・マルゥノヴィチが彼女に残してくれたビストリック地区の持ち家に住んでいた。この家は彼女が持参金代わりにもらったもので、今もその家にたった一人で住んでいる。夫に先立たれ、彼女には子どもがいなかったからである。これは、ビストリックの坂下に、まるでその大きな傾斜の前にひざまずいたような格好で、はりついているように見えるサライェヴォの小さな家々のうちの一つである。これらの家々の中に鎮座しているのは「清貧」である。貧しい家の唯一の贅沢品は、夏はキンポウゲの植木鉢、冬は長持の上の棚に置かれたマルメロの列である。

この家をめぐってカータ婆さんと市区自治体との間に民事訴訟が行われてすでに数年になる。彼女はこの生家を放棄するように脅されていた。そのためカータ婆さんは一九四一年のある夏の日に市当局へやって来た。そこでカータ婆さんは、見事な調度品が整った涼しい待合室に座って、共同体の新しいウスタシュ[*1]の副議長に面接されるのを待っていた。

座って面接を待ちながら老婆は、市との以前からの交渉を頭の中でいろいろと思いめぐらせ、市に要求すべきこと、訴えるべきことのすべてを副議長に最も巧く最も説得力のある方法で話すにはどうすればよいかを考えていた。そのように考えこみながら彼女は待合室の真ん中に敷かれている絨毯《じゅうたん》をぼんやりと眺めていた。初めのうちはその存在をはっきりとは意識していなかった。しかし時間が経ち、待たされている時間が長引くうちに彼女の考えは同じ一つの点に集中した。そうして彼女の注意は、かなり擦り切れてはいるが、まだ美しさを失っていない絨毯の模様に惹きつけられていった。灌木と木の葉を組み合わせた奇抜な植物模様の調和のとれた色合いときめの細かい線の組み合わせを見ていると、それは人の目を不思議な遊びの世界に引き込んだ。風に乗ってくるくると舞うかのように絡み合わせて織り込まれている模様は、鮮明さを増して人間と動物の姿に変化し、このように一定の形象に似たかと思うと、突然悪魔的によじれ、そのあと再び木の葉と樹の枝の形となって続くように見える。そしてこの植物界と動物界の間の変化の遊びは、絨毯の同一の装飾模様の反復と共に絶えず再現する。色彩がこの変化の遊びを同伴し、模様に応じて交替し、その変化との調和の中に移調する。小さな生き生きとした目でカータ婆さんは、美しい多彩な色の調合の絨毯を眺めていたが、そのうちだんだんと自分がどこにいて、何を待っているのか、何のためにここに来たのかを忘れて、ただ不思議な模様の変化を目で追っていた。その絨毯の模様は、なぜか自分になじみ深いものに思われてきて、夢の中へではなく、子ども時代の思い出の中へだんだん深く沈潜していった。

一八七八年。

ビストリックのその同じ家に金銀細工師のペタル・マルゥノヴィチが住んでいた。

彼は有名な金銀細工師のアンドリヤ・リヴニャク親方のもとで修業した一人前職人《カルファ》だった。そしてペタルの父親もアンドリヤ・リヴニャク親方のもとで働いて最初の親方となった金銀細工師だった。ペタルには妻と二人の子どもがいた。七歳のカータと四歳になったばかりの男の子である。彼らと一緒にペタルの母アンジャが住んでいた。アンジャは、この家の実質上の大黒柱で、家族のみんなは彼女を「ママ」と呼んでいた。

アンジャは清楚で端整な顔立ちの老婦人。薔薇色の頬の顔は穏やかで賢明な決断力を示す毅然とした表情と微笑に輝き、その微笑がときおり毅然としたその表情を和らげる。彼女は、両足が麻痺してほとんど動かなくなってから二年になる。嫁に起き上がるのを助けられて松葉杖にすがって部屋の中を何歩か歩ける程度である。しかし自分用の特別の座布団の上に身動きせず座ったまま家政を切り回した。近隣の人々がアンジャのもとに相談をしに、また話をしにやって来る。それは、みんなが彼女を理知的で誠実で、先見の明と洞察力のある女性であることを知っているからだ。彼女が何かを考えたうえ結論を出して話を結ぶ時には、いつもそばにある松葉杖の一つを警告するように振り上げる。

＊1　ナチス・ドイツの傀儡国家であるクロアチア独立国家が存在していた時代（一九四一〜一九四五年）の民族主義的ファシスト軍事組織のメンバー。

それによって問題になっている事柄の信憑性が確証されて、彼女の意見を聴いた者が後悔しないですむことが確認されるのだ。

アンジャの息子のペタルは、三十歳ぐらいの背丈のひょろ長い猫背の男で、小さい顔に長い口髭をはやし、おとなしい仕事真面目な職人だが、仕事においては父親の技量を継承せず、知性においては母親の明晰さと判断力を受け継いでいなかった。

嫁のマリヤは小柄、黒髪の活発な女性、瞼《まぶた》はいつも少し炎症を起こしているように見える。母性が過度の心配症を誘発し、そのうえ貪欲さを増長させ、それが年と共に無情で神経質な吝嗇《りんしょく》に変化するタイプの女性の一人である。

一八七八年のあの八月の日、家族の全員が家の中にいた。商店街《チャルシヤ》は店を閉めており、ペタルが仕事に出なかったからだ。オーストリア軍のサライェヴォへの侵攻が予期されてすでに数日経っていた。前日の朝からフゥムとゴリツァの方角から銃声が聞こえていた。

明るい長いサライェヴォの夏の日々はどの日も祝日のように見えた。シロカチャ地区とビストリック地区の庭園や中庭には静寂があり、家々と人気《ひとけ》のない小路には恐怖があった。しかし静寂のほうが目立った。恐怖はここからだんだんと広がっていって、いつでもどこにでもあるようになったからだ。しかしその朝、静寂は鈍い轟音《ごうおん》に震え、ぴんと張った亜麻布が裂けるように突然の軋《きし》り音と口笛に引き裂かれた。

オーストリア軍の砲兵中隊がゴリツァからサライェヴォ要塞とその近隣の街区に向けて急襲の砲撃

を開始した。トルコ軍の二台の重砲がジュータ・タビヤ*1から轟音を立てて応戦したが、不規則な、腹立ちまぎれと言えるような発砲だった。太陽が高く昇るにつれて砲撃が激しさを増し、恐怖が高まった。恐れを知らない戦闘員は例外として、目に見えない伝染性の恐怖が家の中に隠れている多くのちっぽけな人々を遊び相手に自分の力を存分に発揮した。恐怖はそういう人々の頭の中に入り込み、思考を混乱させ、以前にはゆるぎない永続的なものと思えた知覚をもつれさせた。恐怖は逃げ場を教え、それだけで足を疲れさせ、人々を避難所へ導き、そこでもっと安全な居場所へ行くことをささやく。恐怖はあらゆる機会をとらえて勝ち誇り、人を草のように踏みにじった。

その日、時間は刻々と過ぎていった。大砲の砲撃は止まなかった。しかし一部では小銃での散発的な銃撃戦に変わり、それがだんだん強まって市内戦となった。人々は血を流し、死亡し、家が燃えた。サライエヴォ攻略の猛攻撃が行なわれた。午前中は両軍の戦闘の優劣は左右に揺れたが、午後になると、オーストリア軍が俄然、優勢になった。青色の軍隊が急坂に位置している街区に洪水のように流れ込み、小路という小路に止めがたく溢れた。

ビストリックのマルゥノヴィチ家は、市内のどこにも見られる同じ恐怖にさらされはしたが、ママが恐怖感をつのらせるようなことはさせず、家族の心を静めた。彼女は家族になすべきことを指図

*1　十八世紀前半に建設された砲台のある石造の砦。サライェヴォのコヴァチ地区の丘にある。

し、泣いてばかりいる嫁を叱り、子どもたちを驚かせるほどの大きな声をあげて神に祈った。子どもたちは、おばあさんのそばにくっついていた。銃声を怖がり、何かを質問したりしたが、すぐにまたすべてを忘れて遊びを続けた。おばあさんは、松葉杖の一つを取り上げて、何か子どもっぽい作り話を考え出して姉に話している男の子をくすぐり、笑って深い声でこう言った。

「ねえ、わたしの可愛い坊や、おばあちゃんはおまえと一緒にいて嬉しいよ。わたしは年寄りだけど、おまえはまだか弱い子どもだ。わたしたちに誰も悪い事はできないよ」

しかしお婆さんは、こう言いながら外から響いてくる爆発音と怒号に耳を澄ませていた。

銃声は遠のき、方角を変えて一方の町はずれから別の方の町はずれへと移行し、だんだんと静まっていった。遠くからラッパの音が聞こえた。ビストリック地区に最初の騎兵隊が上の方から下ってきた。兵士たちが叫び声をあげた。騎兵隊は、走るでもなく歩を進めるでもなく、雪崩《なだれ》のようにずれ込んできた。

お婆さんは、船の船長のように、部屋の中のすべてのものを大きな目を開いて見まわした。そして息子を呼んだ。

「中庭に通じる門を大きく開けておかなければならない」と息子に言い、びっくりした目で母を見ている彼に即座に説明した。

「軍隊が到着する時には中庭が見えるように門を開けっ広げにしておかなければならない。門を閉ざしている家は銃撃されるからね。怖がることはないさ。そのトルコ帽は脱いどきな。マリヤは子どもを抱いて玄関先へ出て両方の扉を半開きにしておくといいよ」

お婆さんは、てきぱきと確信をもって指揮を執ったので、それは、あたかも昔からの戦術を心得た長年の経験が彼女の口を借りて命令しているかのようだった。

彼女の落ち着いた決断力は息子に伝わり、息子は、震えてはいたが、命じられたことをすべて実行に移した。お婆さんの命令は蒼ざめた脆弱な嫁にも伝わった。

舗道を通る馬蹄の響きと人の足音が近づいてきた。軍隊がビストリック地区とシロカチャ地区に進軍してきたのだ。司令官の声がますます大きく、ますます頻繁になり、外国語で呼び交わす声、ラッパと口笛による合図の音が響いた。一瞬のうちに三人の兵士から成るパトロール隊が姿を現わした。三人とも汗だくで、埃をかぶり、日に焼けていた。銃剣の付いた小銃を下に向けて持ち、探るような眼で周囲を見ながら、ゆっくりと歩いていた。彼らの目は一様に酔っぱらったように光り、狂気の様相を示していた。

ペタルはママに命じられたとおりに行動したが、嫁のほうは、気をしっかり持つ力をなくし、小さな呻《うめ》き声をあげて、へなへなと膝からくずおれた。子どもたちは怖がっておばあさんのもとへ駆け寄り、その足元にまといついた。

兵士たちは、住居と小さな中庭を見まわしたあと、隣の家へ移動した。隣の家にはすでに白いタオルが、はためいていた。

こうしてすべてが終わった。夜の闇が訪れるとともに銃声はまったく止んだ。町の中からは軍歌と音楽が聞こえてきた。

次の日には恐怖はすでにおさまりはじめていた。商店街《チャルシャ》はまだ店を閉めていたが、何か新しい戦時下の生命力に沸き立ち、その余韻がビストリックの坂下の小さな家にも届いた。誰かが刻々と新しい、異常な情報をもたらした。近所の少年が走ってきて伝えた。

「兵隊がトルコ人の家や店を破壊しているよ。寺院《ジャミヤ》を無理やり開いて、いま何か木箱や毛布を運び込んでいる」

少年は、まるで自分が大きな事件と予期せぬ変革に参与しているかのように興奮して、さらに先へと走っていった。

しばらく経つと、別の誰かが情報を伝えにきた。

「兵士が尖塔《ミナレット》に昇って帽子を振っているよ」

こうして次々に新しい物騒な情報がもたらされ、すべての習俗・習慣がひっくり返され、変更され、許されることと許されないこととの境界が揺れ動き、消滅したように思われた。今やすべてのことが可能になり、すべてのことが許されているように思われた。

新しい軍隊の兵士たちが町じゅうに散らばっていった。兵士たちはマルゥノヴィチの家の中庭の様子を覗きにきたが、小銃に銃剣は付いていなく、彼らの顔には以前のような厳しい表情はなかった。自由でのらくらしている兵士たちは、民家に水を求め、特にラキヤ*1を要求した。町ではアルコールの販売が禁止されていたからである。兵士たちのうちの何人かはチェコ語やポーランド語を話し、その言葉でかなり楽に話を付けていた。

翌日の夕暮れにマルゥノヴィチの家へ一人の兵士が入ってきた。顔と額が汗ばんで赤く、てかてかし、目がどんよりしていることから彼が酔っぱらっていることが分かった。兵士は、いろいろなスラヴ語をごちゃ混ぜにして話した。間抜けた無表情の顔の、見るからに粘液質の醜い男だ。パンノニア平原からとんできた人間の塵の細粒のような、ちっぽけな男だ。彼は、あまり出来の良くない大きなペルシャ絨毯を肩にかついでいたが、それを家の中に入るやいなや床の上にドシンと下ろした。

兵士は、恐れおののいているペタルに言葉と身振りで、絨毯をラキヤと交換してほしい、と説明しようとした。兵士には多くは必要ではなく、あるだけのものをもらえばよかった。説明は難航した。ペタルは何かにつけ母親に助言を求める癖があったので、本能的に母の部屋を開けた。マルゥノヴィチ老婦人は、事態を把握するのに多くの時間を要しなかった。息子に厳しい視線を向けてから、彼女は穏やかな声で兵士に言った。

「うちにはラキヤはありませんよ。絨毯も必要ありません。それを持ち帰って、ほかに買い手を見つけてお売りなさい」

＊1　「宰相の象の物語」十九頁の注を参照のこと。

その日の最後の夕日の残照の中で兵士は、狼狽した生徒のように、威厳に満ちた顔と決然とした言葉の老婦人をまばたきもせずに見ていた。ペタルが兵士を絨毯ともども体《てい》よく追い返してみせると母親に約束してドアを閉めるまで、兵士は敷居の上に立ち尽くしていた。

すぐに夜の帷《とばり》がおりて夕食の時間になった。重苦しい蒸し暑さが部屋の中を支配していた。一同は黙って食事を始めた。ただ、ペタルが、酔っぱらった兵士を絨毯ごとどうにか巧く追い返したことを話した。嫁のマリヤが付言して、兵士たちが、逃げ出したトルコ人たちの家から略奪したいろいろな物を持って町じゅうを歩き回り、それらを二束三文で売り、売れない場合は、只《ただ》で置いていく、と話した。お婆さんは探るような厳しい目で息子と嫁を見た。

「欲しがる者には売ればいいし、良心に恥じない者が買えばいいのさ。だが、わたしの家には盗んだ物や奪い取った物は置かせないよ。誰も他人の不幸で自分の幸福を築くことはできないのだからね」

ここで会話は再び途絶え、夕食は沈黙をもって終わった。それからまもなく嫁は、姑のベッドを整えて、夫と共に子どもたちが眠っている自分たちの部屋へ退いた。

自室に閉じ籠ってほとんど動けない生活をするように運命づけられたアンジャ婆さんは、そうでなくても夜もベッドで動けずに眠ることは好きではなかった。しかしその夜はほとんど眠れなかった。倫理上の醜悪な行為にごく僅か触れただけでも深く傷つき、その後も長く腐敗物の悪臭のように付きまとうそれに苦しむ人々が世にはいるものだ。

眠れそうに感じはじめたとき、突然あの醜悪な兵士の記憶がお婆さんに現れた。兵士の足元には赤い絨毯が置かれていて、そのそばにみっともなくうろたえた不決断な息子と嫁がいた。

絨毯のことがお婆さんの頭から離れなかった。考えを何か他のことに転じようとしたが、すぐにまた疑念が湧き起こった。「あの兵士はどこからあれを取ったのか？　どんな家から？　もしかして寺院《ヂャミヤ》から？　今、あれを失って泣いているのは誰か？」誰も泣いていないかもしれない。きっとあれが置いてあった元の場所はがらんとしたままにちがいない。そしてアンジャ婆さんにはその空白が見えたような気がした。

腹立たしげにこの考えを追い散らし、無理やりに目を閉じたが、眠りの安らかな暗い深淵の代わりに瞼の裏に現れたのは、あの敷き広げられた赤と緑のけばけばしい模様のトルコ人の絨毯だった。それは、本質的にはもはや絨毯ではなくて、ひざまずいて礼拝しているトルコ人の果てしない列から成る広大無辺の畑であった。そこで彼らは、膝をついて座ったまま祈りの中で忘我の状態になったかと思うと、突然、地面に額を付けて、無辺の穂波に揺れる稲穂のようにお辞儀をするのだった。

お婆さんは、ゆっくりと十字を切って寝返りを打った。

しかし目を閉じたかと思うと、またもや果てしなく敷き広げられたトルコ人の絨毯が瞼の裏に現れた。絨毯の四隅の色とりどりの図案装飾の部分にはそれぞれに配置されたトルコ兵の部隊が頭上に振りかざした槍の波立つ林のように見えた。そしてこのようにして無限の軍隊が、部隊に次いで部隊と、無辺の野の遠い地平線にいたるまで続いている。——これは盗まれたすべての物——針一本から絨毯まで、絨毯から家屋まで——に対する損害賠償を正当化するための報復攻撃を準備する軍隊である。

そして再び興奮状態に陥ったお婆さんは片方の側へ寝返りを打った。こうして、無意味な幻覚を追い払おうと努めて、最後に眠りが彼女の目を閉ざすまで寝返りを繰り返した。

突然、誰かに名を呼ばれたように感じてお婆さんは目をさました。開いた窓をとおして庭からかろうじて新鮮な空気が流れ込んだ。少しばかり、一時間足らず眠ったように感じた。一瞬、彼女は身動きせずに横たわり、大きく目を開けて闇の中を見た。それから体を起こして松葉杖と衣服を整えはじめた。

人が就寝に際していだいたままであった疑念が自分の中で明確な意識にまで成長して、その厳然たる明確さによって眠りを覚ますためには最初の最も深い眠りの一時間だけで充分事足りることがしばしばあるものだ。不安に駆られてお婆さんが身支度をすると、目の前に再び人物像が現われた——酔っぱらった、胡散臭《うさんくさ》い表情の兵士、狼狽した嫁、無口な息子——これらすべてが昨夜経験した時よりもはるかに明白になり、現実味を帯びているように見えた。服を着て、最初は両手を使い、つづいて松葉杖を使い、下半身全体を小さく敏捷に動かして立ち上がりはじめた。お婆さんが他の人の手を借りないでは起き上がれなくなってから一年になる。それが今、自力でできた。ただ、このためには時間がかかり、緊張と腹立たしさと悲痛な決断のために息が切れた。けれども、体を伸ばして立ち上がるとすぐに動作が楽になった。体の全部の負担が両手と松葉杖にかかった。それに加えて彼女は壁に寄りかかった。壁に沿って彼女とその硬直した影が滑った。

軽く音を立てずに彼女はドアを開け、久しく跨《また》いだことのなかった敷居を松葉杖で越えた。開いたドアをとおして自分の部屋からもれる蠟燭《ろうそく》の光に弱く照らされた小さな廊下を通り、廊下の向こう側の終わりまでたどり着いた。そこには息子の部屋に入るドアがあった。しっかり松葉杖を握り締めた拳で我慢しきれない思いでドアをノックした。ドアが開いた。部屋の中は蒸し暑く暗かった。嫁と息子が呆然と突っ立っていた。二人の声が合わさり、それには恐怖と驚きがあった。

「ママだったの？　いったい何があったの？」

「わたしの部屋から蠟燭を持ってきなさい！」お婆さんは厳しい声で命令した。

嫁は暗闇の中で何かガサゴソと音を立てて自分のそばの物を片づけ、それから立ち上がってお婆さんのそばを通って蠟燭を取りに別の部屋へ行った。その間、息子は寝ぼけまなこでベルトをはずしたまま同じふうに口ごもりながら言った。

「何なの、ママ？　どうして呼んでくれなかったの？　どうしたの？」

「蠟燭をよこしなさい」老母は答えた。

ためらいがちに嫁は蠟燭を持ってきた。部屋はゆらめく光で照らされた。部屋の真ん中に背の高い、痩せた、髪を乱し、長い頬鬚《ほおひげ》のペタルが立っていた。その足元にはマットレスが敷いてあり、その上で男の子が拳を口に当てて安らかに眠っていた。男の子の隣には騒ぎで目を覚ました女の子のカータが座ったまま目を丸くして自分の周囲を見回していた。

蠟燭の光をとおしてお婆さんの視線は子どもたちを通過したあと部屋の前面の部分で止まった。そここには赤いペルシャ絨毯が広げられていたが、それは半分までで残りの半分は巻かれてソファーの上に置かれていた。

お婆さんは松葉杖にすがったままよろめいた。息子と嫁がお婆さんを支えようと駆け寄ったが、お婆さんは壁に近寄って壁に体をもたせて息子たちを押しのけた。そうしてソファーまでたどり着いて緊張と興奮に震えながらそこに腰を下ろした。

みんなは黙り込んだ。どこか遠くで銃声がした。歩哨兵が撃った警告砲に相違ない。お婆さんは右側の松葉杖で床を叩いた。それで二人の体はぐらりと動き、それで二人の細い影が長く伸びて崩れた。

「これをまとめて外へ運び出しなさい！」お婆さんは怒りのあまりかすれた声でこう言って、松葉杖で絨毯を打った。

息子は事の次第を説明して何か言い訳をしようとした。「酔っぱらいの兵士は頑強にねばって、朝まで絨毯を持って立ち去ろうとしなかった。それに所詮は戦争だし、絨毯はトルコ人の物だし……」

しかしお婆さんは息子の話を終わらせなかった。

「トルコ人の物だって？　たとえトルコ人の物であっても、おまえの物ではないんだよ。おまえたちは二人して何を考えているのか。この絨毯でこの家をトルコ人の旦那のハレムにしようって気かい？　おまえたちは、そういう家庭をつくりはじめているんだよ！　これが、おまえの奥方様の御意向だったんだね！」

「擦り切れて傷んでいる代物《しろもの》だよ、ママ。それに売り物の商品なんだよ。いずれは無くなってしまう物と思ってね……」

「それが、おまえの浅はかな知恵が教えたことなのか！　傷んだ物であろうが、道端で腐った物であろうが、わたしの考えとはまったく違う。おまえたちは、うちの子どもたちがこれを見て山賊や放火魔になりゃしないか、という恐れを感じないのか？　おまえたちが略奪品の絨毯を受け取れば、子どもたちは他人の家や店を略奪する人間になりかねない」

「これが戦争なんだよ、ママ……」

この無能な、無能を通り越した愚かしい弁明に、お婆さんは怒り心頭に発した。

「戦争って何だね？　戦争が誰のためになるのか？　愚か者。おまえが戦争をしたのは、戦利品を分配するためなのか？　おまえは、帝国が戦争するのは、おまえのために分捕って、他人の不幸で自分の家を整えるのと同じ状況をつくるためだ、と思っているんだね。いったい、いつから外国の軍隊と異国の貴族風の暮らしに心を奪われるようになったんだい？　ここでここの人々と共に生きて死ぬべきだ、と思わないのかい？　オーストリアの軍隊がまだ靴を脱がないうちに、おまえはこのマルゥノヴィチの家の安絨毯が気に入らなくなっている。おまえはこの絨毯の上で生まれたのであり、この絨毯はお父さんが真面目に働いて得た金で買ったものだよ。それなのにお前は、貴族風の暮らしとその他人の絨毯を欲しがっている。寺院《ヂャミヤ》の物や隣家の物がおまえたちには入り用なのか？　おまえは、誰も気が付いていない、誰も見ていない、と思っているのだろう？　それとも何かい、わたしがこんな片輪者になってしまったから、座ったきりで、恥で赤い顔をして、ぼけて目が見えなくなった隙に、山賊たちがこの家で采配を振るえばいい、とでも思っているのか？　息子よ、そうはさせないよ！今すぐ、この絨毯を外へ運び出しなさい！」

息子は朝までこの仕事を延期しようとした。絨毯をどこへ運び出して、誰にくれてやればいいのか？　しかしお婆さんは自分の考えを頑として譲らなかった。

「それを表の通りに放り出しなさい、誰か欲しい人が持っていけばよい。うちの物ではないのだから」

嫁は泣き崩れ、揉み手をして膝をついた。（その動作は彼女にとってむずかしいことではなかった。彼女はごく些細な動機でもジャック・ナイフのように体を曲げてくずおれる癖があるから。）

「それはいけないよ、ママ。こんな夜更けに家の外へ出てはいけないよ。ちょっとでも外へ出たら、たちどころに哨兵に撃たれてしまうよ」

「外へ出しなさい！」お婆さんは強硬に同じ命令を繰り返し、左の松葉杖に体重をかけて、右の松葉杖を厳然と号令するように振り回した。

絨毯は涙と溜息と無駄な不平のつぶやきをともなって巻かれて、運び出された。そのあとで蠟燭は片づけられた。好奇心と恐怖で目を丸くしてすべてを見ていた小さなカータの存在に注意の目を向けた者は誰もいなかった。理解しがたい不安がカータを心底から脅《おびや》かしたが、最後には疲れさせ眠りへと誘い込んだ。カータは暗闇の中に取り残され、眠っている弟のそばに倒れ込んで深い眠りに落ちた。しかしあの夜とあの絨毯の記憶はカータの心の奥に最も意義深い、不安に満ちた夢の一つとして深く埋め込まれた。その記憶は永遠に沈没して消えたものとカータは思っていた。しかしそれが今や……

「おい、カータ婆ちゃん！　眠ってしまったのか。長官がお待ちだぞ。さあ、行きなさい！」事務員がお婆さんのほとんど耳元で、大声で呼んだのは、もう二度目だった。カータ婆さんは、頭を垂れて視線を絨毯に集中して、深い眠りの中にいるように遠い記憶の中に沈んでいたのだった。ぎくりとして少し身震いし、お婆さんは、思わず手を上げて頭に付けたスカーフと服の乱れを直した。それから赤い絨毯を踏んでドアの開いた事務室へ向かった。カータ婆さんの幼児期の記憶に思いを深く沈めていた疲れた頭の中では、副議長を交渉相手に周到に準備し、考え抜いて確信をもっていた弁明の言葉のすべてが色褪せ、混乱していた。

アニカの時代

Аникина времена / Anikina vremena

前世紀[*1]の六〇年代には、漠然としてはいたが、強烈な知識欲、知識と啓蒙がもたらすより良い生活への願望が、この国の最も辺鄙《へんぴ》な地方にまで浸透していった。ロマニヤ山系もドリナ川もこの欲求の侵入を妨げることはできなかった。ここドブルン[*2]においてもセルビア正教会司祭コスタ・ポルゥポヴィチの心に光を注がざるを得なかった。しかしコスタ神父はすでに老境に近かった。彼は、一人息子であるヴゥヤディン、蒼白い顔の小心者の少年に視線を投げた。そしてどんな犠牲を払っても息子を学校へ行かせようと心を決めた。サライェヴォで商人となっている何人かの友人の力を借りて、「せめて一、二年神学教育を受けさせるために」少年をカルロヴツィ[*3]に送り込むことができた。そして

＊1　十九世紀。
＊2　ボスニアのヴィシェグラードの東方約十二キロ、ルザヴ川の渓谷地帯に沿う町。十四世紀前半に建立されたセルビア正教会の生神女福音教会と修道院がある。
＊3　オスマン帝国の衰退後、ハプスブルク君主国内のセルビア正教会の本拠地となる。一七一三年セルビア正教会の府主教座が置かれた。一七九一年にギムナジウムが、その三年後に正教神学校が設置された。現在はスレムスキイ・カルロヴツィと言う。セルビアのヴォイヴォディナ自治州、ノヴィ・サドの約八キロ東にある。

息子が教育を受けたのは、まさしくちょうどその期間だけだった。なぜなら翌年の末に彼の父が死んだからだ。ヴゥヤディンは家へ帰った。そこで彼は世帯を持たされ、父の跡を継いで教区の司祭に任命された。結婚後の最初の年に妻は出産した。子どもは女の児だったが、一家にはまだ前途があり、人々は、ポルゥポヴィチ家が末永くドブルンの教区司祭であり続けることを期待していた。

ところが、ヴゥヤディン神父にとっては万事順調というわけには行かなかった。何かこれといったことは言えなかったし、誰も確かなことは知らなかったが、人々は、新任の司祭と教区信徒のあいだにどこかしっくりしないところがあることを感じていた。しかし、この不調和はヴゥヤディン神父の若さや経験不足によるものではなかった。なぜなら、それは年と共に減少するのではなく、ますます増大していったからだ。ヴゥヤディン・ポルゥポヴィチ神父は、ポルゥポヴィチ家の男たちが、みなそうであるように、背が高く美男子であったが、瘦せて蒼白く、非常に引っ込み思案で無口であり、声と目にどこか老人くさい冷たさと生気の無さがあった。

オーストリア軍の侵攻の直前に*1ヴゥヤディン神父の身に不幸がふりかかった。妻が二人目の子どもを出産する際に死亡した。それ以来、神父はいっそう人付き合いが悪くなった。彼は、娘をヴィシェグラードの妻の親戚に預けて、自分はドブルンの教会に隣接する大きな司祭館に女中も置かずに引き籠って暮らした。

司祭は、決まりきった儀礼を行ない、頼まれた葬儀を行ない、洗礼式と結婚式を執り行い、必要に応じて祈禱書を読んだりしたが、教会の庭で村人と話を交わすことも飲むこともなく、若い婦人を相手に冗談を言うこともなく、儀式に対する謝礼のことで負債者と争うこともなかった。そういうわけで、概して無口で陰気くさい人間を嫌い、健全で雄弁な司祭を特に望んでいる人々は、ヴゥヤディン神父にはどうしても馴染めなかった。彼の他の欠点であれば、どんな欠点でもあれ、人々は大目に見たであろう。しかし良いにせよ悪いにせよ、とかく噂を立てるこの地域の女たちは、ヴゥヤディン神父について、彼はめそめそした人間、だから教会へは行きたくない、と言っては「味もそっけもない神父」と彼のことを話題にした。

「のろまでぼんやりした人だ」と村人たちは、ヴゥヤディン神父のことを不平がましく言っては、彼の故人となった父親のコスタ神父のことを思い出した。コスタ神父は、堂々たる体格の人物で、快活、頭脳明晰、雄弁、教区民ともトルコ人とも老若男女を問わず良い関係を保って暮らしていたため、彼の葬儀には地域全体の哀悼を集めた。年寄りたちは、ヴゥヤディン神父の祖父で、「輔祭」と呼ばれていたヤクシャ神父のことをよく覚えていた。この人は、まったく別のタイプの人間だった。彼は若い時はハイドゥク[*2]だった。彼はこの経歴を隠そうとはしなかった。「神父様、お前様はどうし

＊1　一八七五年ころ。
＊2　オスマン支配に抵抗したキリスト教徒の山岳ゲリラで、略奪品を貧民に分け与える一種の義賊的な働きもした。

て輔祭と呼ばれているのかね」と尋ねられると、彼は、微笑をふくんでおおらかに答えるのだった。
「それはな、息子よ、わしがまだ輔祭だったころ、ハイドゥクの群れに身を投じたのだ。そしてどのハイドゥクも自分のあだ名を持たなければならなかったので、わしは『ハイドゥク輔祭』と呼ばれるようになった。そしてその名がそのまま残ったのさ。ところがその後、時が経つうちにわしもちょっとばかり人様から尊敬を受けるようになったものだから、人々は、わしをハイドゥク呼ばわりするには気が引けたのだ。それで『ハイドゥク』が、オタマジャクシの尻尾が落ちるように落ちて『輔祭』のあだ名だけが残ったというわけさ」

このヤクシャ神父は、髪の毛が濃く大きな頰髯《ほおひげ》を蓄えた老人で、その髯は赤毛で死ぬまで白くなることがなく、手入れが効かないものだった。情熱的で気性が激しく厳格な人柄の神父は、教区民のあいだにもトルコ人のあいだにも真実の友人を持ち、また強力な敵も持っていた。酒好きで、そのうえ老境にいたるまで女好きだった。しかし、こういったすべてのことにもかかわらず、ヤクシャ神父は人々から愛され、尊敬されていた。

喧騒とラキヤ[*1]の酔いのなかで果てしないおしゃべりをしながらも、村人たちは、ヴゥヤディン神父がどうしてあのような人柄なのか、なぜ父親にも祖父にも似ていないのか、どうしても理解できず、推測することもできなかった。それに引きかえ、ヴゥヤディン神父は、ますます孤独のうちに引き籠り、独り身の生活の中に沈んでいた。神父の髯には白いものが混じり、もみあげはすでに白くなり、頰はこけてどことなく灰色っぽくなり、彼の大きな緑色の目と灰色の眉は、土気色の顔と区別がつかなくなっていた。長身で直立不動のぎこちない姿勢で、どうしても必要な場合にかぎって、彼は、潤いも生気もない声で話すのだった。

ドブルンの教会にすでに百年仕えてきた司祭の家系のなかで最初のある程度の教育を受けた者として、ヴゥヤディン神父は、自分の性格と態度がどれほど人にとって不愉快なものであるかを十分に自覚していた。彼は、教区民が何を求めているのか、どんな司祭を望んでいるかを知っていた。彼は、自分が、人々が心に描いている理想の司祭像とはほど遠い人間であることを知っていた。この自覚が常に彼を苦しめていたが、教区民と接触するたびに、この自己認識そのものがますます彼を抑制し、硬直させた。そしてそれは、だんだんと自分の教区民に対する根深い、克服しがたい嫌悪感へと変わっていった。

妻を亡くしたやもめ暮らしのわびしさと数々の深刻な拒否反応によって司祭と教区民との間の亀裂は急速に大きくなり、深まった。妻を亡くす以前にも世間の人々と近づきになれないこと、談笑できないこと、心を通わすことのできないことを苦痛に思っていた。今は、ますます苦しい状況になった。彼が意識して世間の前に隠さなければならなかった事柄が、今になって現出しており、そのことが彼の引き籠りを助長しているからだ。そしてこれまでに人々と交わしてきたあらゆる意見と言葉が

＊1　「宰相の象の物語」十九頁の注を参照のこと。

彼にとって苦痛となり、心の重荷となり、病的な二重人格への自己分裂となっている。今やそれが危険な状態にもなっている。自分の本性が露見するかもしれないという恐怖感が、彼をますます自信喪失、疑心暗鬼へと駆り立てている。

このようにして彼の人間嫌いは増長して、彼の中に沈殿し、内に秘めた苦汁のように、不可解な無自覚的な、しかしその範囲をますます広げた現実的な憎悪によって彼を毒した。これがヴゥヤディン神父の隠された人生である。彼は、自分自身を憎み、自分の苦しみを憎み、やもめ暮らしの司祭の孤独な人生の苦悩を憎んだ。いつもの真面目くさった顔の白髪まじりの彼が、窓辺の影に隠れて立ち、村の女たちが川でシャツを洗濯しに来るのを見るために待ち構えているような日が何日かあった。しかし彼女たちの来るのを待って、彼女らの姿が柳の木々の陰に見えなくなると、彼は胸がむかついて、風通しの悪い半ばがらんとした部屋の中に戻り、最も忌まわしい罵《ののし》りの呼び名で女たちを大声で呼ぶのだった。そのとき不可解な憎悪が彼の中に膨れ上がって喉元《のどもと》に達し、そこで言葉が途絶え、息が止まりそうになる。彼は自分のそばに激しい音を立てて唾を吐いた。他に息継ぎの仕方も表現の仕方も見つからなかったからだ。しかし我に返って、最後の狂ったような動作をしたわが身を顧みたとき、淀んだ空気の静けさの中で最後に発した呪詛《じゅそ》の言葉の意味を想い起すと、脊椎《せきつい》と頭蓋を突き抜ける悪寒《おかん》を伴った恐怖に体が凍りつき、狂気がわが身を滅ぼすという痛切な思いが彼の全身に伝わった。

これらの発作は、激しく彼の人格を引き裂き、二つに分裂させたので、人間としてまた司祭として生活し、働くことがますます困難となった。半時間後には、彼は村民と話し合いをしなければならなかった。そしてその場で蒼ざめた顔で、目を据えてうつろな声でさまざまな問いに答え、洗礼式、祈禱、聖別式の日取りを決めなければならなかった。そしてこの二つの人間のあいだの相異——一人は今しがたまで自室で世間を罵っていた男、もう一人は教会の庭で村民たちと話し合うヴゥヤディン神父——この相異に服従させられている自分。彼は、内面の痛みに痙攣《けいれん》を引き起こして、口髭を噛み、指で髪の毛を掻き、村人の前でひざまずいて叫びそうになる自分をやっとの思いで制御した。

「わたしは気が狂いそうだ!」

しかしこうして村人と話しているあいだ、彼は内心考えていた。——つまり、彼らは、自分を死んだ父親や親族たちと比較しているのだ。そして彼は、自分の父親と親族のすべての者を憎みはじめた。

こうしてヴゥヤディン神父の身に起こったすべてのことは、彼の秘められた苦痛と憎しみを増大させたにすぎなかった。そして孤独のうちに日々の生活を送り、人々と接触するたびに、その憎しみは増大していった。ついにその憎悪は、彼の生まれ持った体と同体になり、彼のあらゆる行動、願望、思考と同化した。その憎悪は、巨大化して彼の内部と周囲に、あらゆるものに影を落とし、彼の現実の生活の実質を形成し、彼の行動範囲での唯一の実質的な現実となった。昔の良家の末裔の多くがそうであるように、内気で、生まれつき高貴で正直な人間である彼は、自分の本当の状況をできるかぎり隠そうとした。この二つの現実の間を常に引き裂かれて、彼は、健全な人々が見ている方向の現実を見失わないように、そしてその人々の要求に従って働き、自分の内面の要求に従わないように超人的な努力をした。ヴゥヤディン神父が、すでに長年にわたって彼の内面にあるものが彼をそこへと駆り立ててきた世界へ、すなわち、すべての人間に開かれている明らかな狂気の世界へ移行する時が、いずれは来る。

　このことは、実際にヴゥヤディン神父のやもめ暮らしの五年目に起こった。ある日の朝早く彼は、崖の下にある日当たりの良い畑に出かけていって、そこで鍬《くわ》をふるって働く農夫たちを昼食時まで見ていた。その帰り道、崖のふもとにある松林の間の草地に田舎町《カサバ》から来た外国人の一群がいるのを見て驚いた。彼らは全部で五人いた。一人の技師、二人のオーストリア人の男と二人の女性。少し離れたところに召使たちが馬の世話をしていた。草地に毛布が広げて敷かれており、外国人たちはその上に座っていた。男たちは無帽、上着のボタンをはずしていた。女たちは軽やかなコートを着ており、その白さが目にしみた。ヴゥヤディン神父は、一瞬立ちどまったが、そのあと崖のそばの小道を急いで登って、曲がって倒れかけたような松の樹に寄りかかった。彼は、汗をかき、胸がどきどきした。松の樹の陰に身を隠して、眼下の外国人たちを奇妙な、斜視的な視座から目を凝らして見ていた。その光景は、夢の中の風景画のように思えて彼を困惑させ、興奮させた。そして夢の中でのように、ありとあらゆることが起こり得て、その光景からおよそ信じられないことが展開されるように思えた。外国人たちは、食事をしていて、きらきら光る金属製の大杯から代わる代わる飲んでいた。このことがまた彼を興奮させた。初めのうち彼は、彼らに見つかりはしないか、と恐れていた。どこかの司祭が折れ曲がった松の樹に身を凭《もた》せ掛けて女たちを熱心に見つめているところを外国人が見たら、どんなに不愉快でばかげたことに思うだろうことは、十分に意識していた。しかし、この用心深さと不作法の意識は、だんだんと薄れていって無くなった。時間は過ぎていった。彼は、自分がどれだけ長いあいだ座って、放心状態でそこの松の樹皮を指ではいでいたか、知らなかった。ついに、二人の女のうちの若いほうの娘と思える女が、立ち上がって二人の将校と一緒に森に向かって登りはじめた。女は彼のいる場所のすぐ下を通ったので、彼らの頭の天辺を見ることができた。女はステッキを不器用に使って登ってきた。女のヒップが揺れ、女の白い顔には風と乗馬のために出来た赤い斑点が見えた。それは、健康な人々の顔に暖かい日の新鮮な戸外の空気のなかで飲食のあとにときおり現れるものに似ていた。他の二人は、それまでその上に座っていた敷物で体を覆って、松の樹の下で手足を伸ばした。

その光景を見終わると、司祭は急に正気を取り戻して、身を引き締め、樹の下に寝そべっている二人を注意深く避けて通って帰路についたが、まだ丘を登っている三人の外国人に気づかれはしまいかと心配だった。

午後もかなり遅い時間になっていた。召使のラディヴォイの問いかけに答えてヴゥヤディン神父は、何かまったく支離滅裂な言葉をつぶやいた。昼食時に遅れて顔を出したことのもっともらしい言い訳をする集中力さえ欠いていた。人気《ひとけ》のない司祭館の中を歩きながら、彼はとてつもない重さを感じていた。大地と今日一日そのものが、鉛のように、燃えさしのように、樹液も甘さもない硬い木材のように、彼の上に重くのしかかっていた。彼の指には松脂《まつやに》が粘っこく付いていた。彼は猛烈な渇きを覚えた。目が疲れ、足が重かった。昼食を食べると、彼は深い眠りに落ちた。

目が覚めると、さらに気が重くなっていることを感じた。やっとのことで森の中で外国人たちと遭遇したことを思い出したが、それは何か遠い痛みのように感じられた。彼は、家を出て、近道をして岩だらけの道を少し登って松の森に来た。太陽が沈んだ。彼は下を見下ろした。林間の草地には誰も残っていなかった。散らかった紙と引きちぎられた銀紙が草の上にあり、黄昏《たそがれ》の微光の中で光って見えた。柔らかい地面に女の靴の跡が見分けられた。深く斜めに食い込んでいて、彼の眼には信じられないほど小さく見えた。彼は、男の足跡と馬の蹄《ひづめ》の跡と混じりあった女の足跡をたどっていった。足跡は、ときどき消え、また点々と現われた。彼は、夢中になって体をかがめて何か落とし物を探しているかのように歩いた。頭に血がのぼった。闇が近づいてきて、足跡はさらに見えにくくなった。

彼は、足跡が終わって、道路が始まる十字路へ来た。ここで彼らは馬に乗ったにちがいない。今やあたりに人影はなく、すでにすっかり暗くなっていた。まだ明るさが残っている空に、昼間は道路標識となっている傾いた木の柱の輪郭が映っていた。

彼は、道路沿いの柵につかまり、日に焼けてもろくなった路肩が足元で崩れるのを感じながら、でこぼこ道を歩いていった。晴れた夜だったが、蒸し暑さは和らいではいなかった。空気は淀んで息が詰まりそうで、暗さの中で頭上に鉄の大空があるみたいだった。彼は、ちょろちょろ流れる小川を渡ったが、小川は涼しさも新鮮さも与えてくれなかった。ふと気が付くと、彼は自分が所有するプラムの果樹園の中にいた、そこは彼の家からさして遠くなく、暗闇の中にその家の輪郭が現われていた。疲れて呆然としていたので、彼は足を滑らせて草の上に転んだ。しばらく休むと、突如、今日見た女たちの記憶が再び目の前に浮かんだ。その記憶と並んで疑念が生じた。——自分は実際にあの女たちを見たのか、それとも想像したのにすぎなかったのか？　この疑念は、初めのうちはごく普通の単純なものだったが、やがてゆっくりと彼を苦しめはじめた。興奮して彼は跳び上がった。事実なのか、そうではないのか？　確かに事実としてあったのだ。そうして彼は、再び草の上に座りたくなったが、深呼吸をして気を取り直し、あたりを見まわした。

あたりは暗かった。村のにぶい重たげな闇があった。その闇の中で何かの音が遠くから聞こえてきたが、それは、悪魔的な夜の中に沈む前の世界の断末魔の呻《うめ》きのように、寂しく不気味だった。そしてあの疑念が、こめかみに刺しこむ痛みのように、再び湧き起こった。あの女たちは現実だったのか、それとも想像が創りあげたものだったのか？　この疑念が再生するたびに、彼は全身が震えた。彼は、頭が混乱して、先ほどそこから帰ってきた所へ向かって歩きだした。彼は、闇の中でつまずきながら、ついに道路標識の木の柱のところまで来て、その柱に両手でつかまった。彼は、身をかがめて、増水した小川のほとりの少し湿った、あの粘土質の土に付いた足跡を手探りで探しはじめた。彼は、ひざまずいて地面に再び指を走らせて女の靴の跡を捜し、恐怖に震えながらこの日の記憶が空想から出たものか、それとも現実なのかを確かめたい欲求に掻き立てられた。熱く燃えて震える指の感触からは解明できるものは何も得られなかった。

「わたしは見たのだ。生きた男たちと本当の女たちがいたのだ」彼は自分につぶやいた。それでもなお、さらに熱に浮かされたように、彼は、指で足跡を探し、黄昏の中で見た、あるいは見たと思った包み紙を見つけようと、闇の中に目を凝らした。ついに、彼は探索を諦めざるを得なかった。彼は、死の宣告を受けた人のように、再び果樹園へ戻っていった。生まれ持った自分の五感に対する自信が揺らいだ。彼は、暖かい野草の上に仰向けに寝た。十字架に付けられたような格好で手足を伸ばし、自分自身の筋肉と骨の計り知れない重みに釘付けにされたように長いあいだ仰向けに横たわっていた。人声が彼を驚かせ、彼の意識半ばの夢を破った。近隣のタシッチ家の打穀場で火が燃えていた。

そして家人たちが火の周りに集まっていた。火の輝きのなかで動きまわる男たちと女たちの姿が見えて、また暗闇のなかに消えた。高い声と低い声が交互に聞こえたが、小川と道路を隔てた遠くにいる彼には言葉は聴き取れなかった。

タシッチ家の人々が小麦を床に広げようとしていたのだった。猛暑のさなかには真昼の微風は軽すぎてもみ殻を吹き飛ばすことができないので、打穀はしばしば夜間に行なわれる。猛暑の時にも、決まって九時ごろ山の谷間から風が吹いてくる夜を待つのだ。

火は一方向へ動いていく。若い娘たちが燃える松明《たいまつ》を高く掲げて働く人々に光を当てている。長い白い袖が彼女らの伸ばした腕に垂れている。彼女たちは動かないが、ときどき松明を掲げる手を持ち変える。農夫たちはシャベルで穀粒を空中に投げ上げる。赤い火の輝きのなかで穀粒が飛び上がっては、大粒の雨のように打穀場に落ちる。もみ殻は風に乗ってゆっくりと飛んでいって散らばり、闇のなかに消えた。

人々の声が突然、彼の感覚を呼び覚ました。その日一日をとおして司祭の中で蓄積された苛立ちが一度に盛り上がって、頂点に達した。彼は体を震わせて、どもりながら言った。

「あの者たちは、夜だというのに、静かにしてくれない。闇の中にもぞもぞうごめいて松明を揺り動かし、袖とスカーフをゆらしている」

一連の心像が彼の前に現れた。――松の樹の陰に隠れて覗き見た外国人の女性たちの朝の光景、黄昏と暗闇の中に消えた足跡のよろめきながらの探索、そして今、この虚しい夜と、闇の中に突然開けた薔薇色の窓から見えるような、シャベルを振るう男たちと滑るように動き手を振り動かしている女たちの姿を照らし出している火。こうして、彼の内密の、憎悪へと変じたあの苦難と苦悩に満ちた、存在のすべてが眼前に現れた。その他の存在――教会で礼拝を行ない、農民の話を聞いてやるヴゥヤディン神父、市の立つ日に町に出かける女たちとおじけた子どもたちが道を譲ってくれるのを祝福して彼らの手にキスをするヴゥヤディン神父――この最後の痕跡は消え失せた。彼を正気に返らせ、彼が欲するままに、衝動に駆られるままに行動することを阻止する手立ては、今や何一つない。

まるで追われている人間のように、ぶつぶつぶやきながら、彼は、ほとんど超人的な速さでプラムの果樹園を横切り、自宅の暗い廊下を走り抜けると、教会の庭とタシッチ家の打穀場が見渡せる部屋の中にいた。まるでその存在に気が付かなかったように家具にぶつかりながらヴゥヤディン神父は、いつも弾が込められている猟銃が掛けてある壁へと突進した。即座に銃を摑むと、それを肩の正しい位置において構えることなく、松明の灯りで照らされている打穀場に向かって発砲した。引き金を引くと、振動が彼の腕を捻じ曲げて猟銃が両手からとび出しそうになる時の発砲は、何か快感のようなものがあった。彼の胸を激しく打つ銃の反動さえ気持ちが良かった。彼が、悲鳴とそれに続く長い助けを呼ぶ声を聞いたのは、二発目を撃った後だった。松明が揺れ、それから倒れた。打穀場の床に火を残したまま、働き人たちは、逃げ出した。男の声も聞こえたが、それに勝る年寄の女の泣き声が闇を引き裂いた。

「ヨヴォ、息子よ、わたしらは殺される！」

その夜のタシッチ家の打穀場に向けての発砲は、ヴゥヤディン神父が長年にわたって格闘し、苦悩のうちにこれまで隠しつづけてきた内面の現実の最終的かつ完全な解決の突破口を示すものだった。この内面の現実の論理の帰結として、彼は暗闇の中にあっても棚に置いてある大型のナイフを見つけ、それをしっかり摑んで夜の闇の中へととび出した。

彼は、その季節に水が浅くなり、ぬるんでいたルザヴ川を歩いて渡った。川の向こう岸に着くと、息が切れて疲れ果て若い柳の樹の間の砂地に腰を下ろした。まだぶつぶつつぶやきながら、傷を負っているかのように、胸と額を水で冷やした。

翌日、ヴゥヤディン神父が狂気の果てにタシッチ家の人々に向かって発砲し、ルザヴ川の対岸の森の中に逃げ込んだというニュースが田舎町《カサバ》じゅうと村じゅうに広まった。その話は信じがたく、誰もそれを理解することも説明することもできなかった。特に、町の人々は、ヴゥヤディン神父を教区の農民よりも尊敬していたので、事件を信じがたく思った。農民は、すべてのことを町民以上に冷静に単純に受け止めたが、事件が事件だけに困惑し、自分たちなりに司祭に同情した。市の立つ日だった。市に向かう途中あるいは市から帰る途中で出会った農婦たちは立ちどまって――鉢合わせした二匹の蟻《あり》が互いに臭いを嗅ぎ合うように、言葉よりも眼差しで――お互いの健康状態を尋ね、それから十字を切って「偉大な恵みぶかい神」に自分たちのご加護を願ってから、ヴゥヤディン神父の話に移った。

田舎町《カサバ》ヴィシェグラード[*1]は、ネヴェシニェの叛徒[*2]を追跡するために集められた憲兵と義勇兵にあふれていた。すでに前から彼らは、ヴゥヤディン神父を捜し出して逮捕するために周囲をくまなく捜索していた。農民たちは憲兵たちに、ある森の中でぼろをまとって裸足で無帽、ナイフを手にして獲物

＊1　ヴィシェグラードはボスニアのドリナ川とルザヴ川の合流点に立つボスニアの小都市。十五世紀半ばから一八七八年までオスマン帝国の支配下にあった。この作品の中では「カサバ」（田舎町）という言葉で代名詞的に表現されている。アンドリッチの名作『ドリナの橋』の舞台となった町。「カサバ」また「チャルシヤ」（商店街）については「宰相の象の物語」七頁の注を参照のこと。

＊2　一八七五～七八年にオスマン支配に抵抗するセルビア人たちがトルコ人の徴税人に対してヘルツェゴヴィナのネヴェシニェで起こした反乱がボスニアまで広がり、ロシア・トルコ戦争とオスマン支配の終焉をもたらす「東方危機」の口火となった。

を狙う野獣のようにうろついている司祭を見た、と話した。パトロール隊がその森に到着したとき、司祭は姿を消していた。彼は、山の中に逃げ込んで、そこで羊飼たちの一群を脅かして追い払い、彼らの残した焚火《たきび》で暖をとった。羊飼たちの焚火の火は遠くからも見えたので、彼の居場所を知らせた。憲兵たちは、夜が明ける前にそこに到着し、眠っている司祭を発見した。焚火の火は消えかかっていた。司祭が逮捕のさい抵抗したので、憲兵たちは仕方なく彼を縛り上げた。

次の日、憲兵たちは、ヴゥヤディン神父を歩かせて町を通った。神父は、後ろ手に鎖で縛られ（鎖の端を憲兵たちが握っていた）、不自然な速さで闊歩《かっぽ》していた。彼の無帽の頭は後ろにのけぞったようになっていたので、長い灰色の髪が肩に垂れていた。彼は、下唇を噛み、目を半分開けていた。空に向けた顔には狂気を示すようなところはなく、殉教者の深い苦痛の表情があった。彼が視線を下に向けた時だけ、その血走った眼が理解力を失った鈍った表情を表した。すべての人が彼に同情した。女たちは泣いた。当局も当惑した。憲兵たちは、司祭を縛っておくことはしたくなかったが、鎖をはずすと、彼は抵抗して逃げ出そうとした。それで彼は鎖で縛られたままサライェヴォに移送された。サライェヴォのコヴァチィ地区の大きな病院の薄暗い部屋で自分自身のことも世間のことも意識しないまま十年以上生きた。

不運なヴゥヤディン神父を最後にポルゥポヴィチ家は断絶した。ドブルン教区には見知らぬ司祭が赴任してきた。ヴゥヤディン神父がサライェヴォの病院で死去した時は、彼はすでに忘れられた存在となっていた。農民たちのあいだでは彼は話のついでに出るにすぎなかった。（「ヴゥヤディン神父の気が狂ったのは、あれは夏のあいだのことだったなあ……」）町では、反対に、ヴゥヤディン神父の悲運は、もっと多くの動揺をもたらし、その後しばらくのあいだ人々の心と考えを占めた。それは、彼らにとって何か隠された呪詛、予想もしなかった奇妙な苦悩を象徴していたので、彼らは、不運な司祭への同情のうちに彼ら自身の運命と彼らの近親者の運命についての予感をいだいていた。誰しもが、この悲運の原因の解明を探求し、そうすることによって自分たちの心に休息を与え、痛々しい記憶を和らげることを望んだ。しかしその努力にもかかわらず、彼らは、ヴゥヤディン神父の生涯のなかで彼の奇妙な終局を説明できるようなものに何も思い当たることができなかった。ヴゥヤディン神父の運命は、硬直した、単純な、不可解なものとして彼らの面前に立ちつづけた。——元気のない子ども、孤独な青年、不幸な男。

ついに、ヴゥヤディン神父の記憶と彼の苦悩は、町の人々のあいだでさえも色褪せはじめたが、別の災難の記憶と長らく忘れ去られていた昔の出来事の記憶を呼び覚ますきっかけとなった。例えば、ポルゥポヴィチ家のことが話題に上ると、彼らは、ヴゥヤディン神父やその父親や祖父の話にとどまらず、彼の曽祖父である有名なドブルンの教区の長司祭メレンティイェに話がさかのぼり、それに関連して「アニカの時代」に話が及ぶのだった。

アニカの話を最初に口に出したのは、ムラ・イブラヒム・クラだった。彼は、学識のある不思議な人物に見られることを好んだが、実際は怠け者、軟弱な男、無学な男で、その祖父の名声と財産で暮らしている。祖父は、有名なムデヴェリヤ[*1]のムラ・メフメド、百一歳まで生きた賢明で学識豊かな人物だった。そのムラ・メフメドが残した書籍と書類のコレクションのなかには、彼が自分の町で起こったすべての出来事ならびに彼の知識の中にある世界的事件を記録した黄ばんだ数巻があった。洪水、農作物の凶作、近辺および遠方の戦争、ならびに日蝕と月蝕、天空の神秘的な兆候や現象、当時田舎町《カサバ》とその住民を興奮させたすべての出来事が記録されていた。ドイツのある町で悪魔が生まれ、三十センチほどの身長になってビンに詰められたという報告につづいて、スルタンに刃向って戦争を行なうという大それた考えを起こしてエジプトに侵攻したボナパルトなるキリスト教徒の将軍に関する記事がある。そして数ページ先にはベオグラード州でラーヤー[*2]が蜂起した経緯、悪しき人々に煽動されて彼らが向こう見ずの行動に走ったことに関する記述があった。そしてこの事項の次に以下の記入があった。

「同じ年、この田舎町《カサバ》に一人の異教徒の女（神《アラー》よ、すべての不信仰者を呪いたまえ！）が悪徳に身をゆだね、その忌まわしき害悪を我らの町のみならずその外の遠くまで及ぼした。おびただしい数の男、老いも若きも、女の所へ行き、多くの若者がそこで己が身を穢《けが》した。そして女は、権力も法も自分の足元に置いた。しかし、女に対して報復の手を下す者があり、女は相応の天罰を受けた。そして人々は再び立ち直り、神《アラー》の戒律を心に留めるようになった」

ムラ・イブラヒムがコーヒー店でこの記事を人々の前で読み上げたことがきっかけとなって、最長老の人々が遠い昔の子ども時代に古老たちから聞いた話を思い出しはじめた。こうして、長いあいだ忘れられていたアニカの時代が想起されることとなった。

その「アニカの時代」とは。――

一

アニカが世俗の権力と教会権力を含めたキリスト教世界全体を相手に、特にドブルンの教区司祭メレンティイェを敵に回して抗争した時代のことは、忘れ去られてすでに久しい。しかしある時期のことは、よく記憶されており、話題にのぼることが多い。人々の会話のなかで「アニカ旋風が荒れ狂った時代」が時代評価の不変的な判断基準となる。田舎町《カサバ》では、男たちも女たちも、群れの羊のように互いによく似ている。そんな鄙《ひな》びた町にも、風が植物の種を運ぶように、異端児が運ばれてくることがある。異端児は、堕落し、常軌を逸して災いと風紀紊乱《びんらん》を呼び起こした。それは、その元凶が打倒されて都会の古い社会秩序が回復するまで続いた。

＊1　イスラム教宗教財団理事長。
＊2　「宰相の象の物語」二五頁の注を参照のこと。

アニカの父親は、マリンコ・クルノイェラッツというヴィシェグラードのパン屋だった。彼は、若い時分、ほとんど女性的な美貌の持ち主として知られていたが、早くから老けこみ、早々と身を滅ぼしてしまった。ある日――その頃は四十歳ぐらいだったはずだ――彼は、ヴィシェグラード郊外の川向こうにある自分のプラムの果樹園へ見回りに出かけた。そこで彼は一人の農夫と出くわした。農夫は息子を連れており、プラムを盗んでいるところだった。彼は棍棒で泥棒を即座に打ち殺した。子どもは逃げ去った。その朝、マリンコは警察に逮捕された。彼は、サライェヴォに近いヴィディン刑務所での労役刑を言い渡された。旅行者たちの報告によれば、他の囚人たちと一緒に鎖を鳴らしながらジュータ・タビヤ[*1]へ石灰石を運んでいるマリンコを見たという。

マリンコは、ヴィディンの刑務所で四年服役した。マリンコは、ヴィシェグラードに帰ってきたとき、新しい妻を連れてきた。彼の最初の妻は、彼の服役中に死亡した。最初の妻との間には子どもはいなかった。マリンコは再びパン焼きの仕事にとりかかり、災難以前と同様に平穏に暮らした。

二番目の妻は、アンジャと言い、マリンコよりもずっと若く細身で腰のあたりがくびれており、顔には苦労した人の謙虚な表情があり、物腰にはどこか優雅な、異国風でおどおどしたところが見られた。

町の人々は、彼女に好意も敬意もいだかなかった。みんなが信じているところによれば、クルノイェラッツは刑務所でアンジャと知り合ったので、彼女はヴィディン刑務所の名に因んでヴィディンカと呼ばれていた。クルノイェラッツは、この話が嘘であり、アンジャは、彼が刑期を終えたあと、彼が働かせてもらっていたパン屋の娘であることをみんなに納得させようと虚《むな》しい努力をした。

この女がアニカの母親である。マリンコは彼女との間にもう一人、子どもを儲けた。男の子でアニカの兄である。その子は、青白く痩せて背が高く、優しい目をしていたが、精神遅滞児だった。彼の名はラレと言った。ラレは、子どもの時は母親にくっついていたが、長じて父親と一緒にパン焼き窯のそばで働くようになった。彼は、他の少年たちと連れ立って外出することもなく、酒も煙草《たばこ》も飲まず、女の子には見向きもしなかった。

アニカがいつ生まれたのか、どのように育ったのか、誰も正確には覚えていない。

引っ込み思案で、人付き合いの悪い母親のそばで背の高い痩せた少女に成長したアニカは、不信感と自尊心に満ちた大きな目をもち、小さな顔に比して大きな口は、今にも泣きだしそうに見えた。彼女は大きく成長したが、上にだけ伸びた。母親は、娘の頭に髪の毛がまったく見えないようなやり方でスカーフを巻いてやったので、子どもはさらに痩せて奇妙に見えた。全身、硬直したような、痩せこけた少女は、自分の背の高さを恥じるようにうつむいて、反抗的に唇をとがらせ、目を伏せて歩いた。人の目を引くところがなく、めったに外出せず、父親の店にもごく短い時間しか顔を出さないクルノイェラツの娘がほとんど注目されなかったことは、驚くに当たらなかった。

＊1　「絨毯」一〇五頁の注を参照のこと。

非常に早く始まった長い湿った冬のさなかに、氷も雪もない異常な神現祭[*1]の日が訪れた。十字行[*2]は、ぬかるみのなかを渡って進んだ。時ならぬ春の陽光に教会の幟《のぼり》に付けたイコンがきらめき、人々の目が眩んだ。投げ込まれた十字架を引き上げて浄められた川の水は、春の時のように、氷が張らず、緑色で揺れ動いていていた。

教会堂に入る際また出る際に、クルノイイェラツの娘が人々の目を惹いた。相変わらず細身ではあったが、痩せこけて体を曲げていたあの少女は、ひと冬のあいだに色が白くなり、背筋がぴんと伸び、ふっくらしてきた。目は大きくなり、口は小さくなった。彼女は、変わった仕立ての繻子《しゅす》のコートを着ていた。町の人々は、彼女に目を向け、この若い娘は誰で、どうして一人で教会に来たのだろう、と不思議に思った。実際に、彼女は、どこか他の都市から、異世界から来た人のように思われた。

アニカは、ゆっくりと今までとは違う足取りで、今まで人に見せなかった顔の表情で、周囲を見回すことも自分を見つめている人々に目をくれることもなく、真っすぐに教会の庭の門に向かって人の群れをかき分けて歩いた。門のところで彼女は、一人の男性とあやうくぶつかりそうになった。青年は、「よそ者《ストラナツ》」と呼ばれているミハイロ・ニコリンだった。二人は、ちょっとどぎまぎし（男のほうが女以上に）、一瞬立ちどまったが、続いて敷居をまたぎ、またほとんど同時に門の外へ出た。

神現祭の次の日曜日、アニカとミハイロは同じ教会の門のところで会った。しかし今回は偶然の出会いではなかった。ミハイロがアニカを待っていて直接彼女に接近したのだ。町の人々は、アニカの突然のただならぬ変貌に驚かされたが、同じくミハイロの変わりようにも驚いた。同じ年ごろの娘たちと一緒に外出したこともない彼が、アニカの来るのを待って、しかも連れ立って歩いたからだ。田舎町《カサバ》は、クルノイェラツの女の子が急激に娘らしくなったこと、容貌においても服装においても他の女性たちとは比べようもないほどに際立って美しくなったことの話で持ち切りだった。

アニカが初めて町中《まちなか》に出たことは、世間を騒がせたばかりでなく、アニカ自身の心をも騒がせた。アニカは、今までとは違った眼で自分の周囲のすべてを見るようになった。そして自分の体に初めて気が付いたかのように、自分の身を大切にし、身だしなみに気を配るようになった。

その年の春は、のろのろと気まぐれにやって来た。天気の良い日には、アニカは庭に出て胸いっぱいに空気を吸い、目をしばたたかせた。散歩に飽きると、アニカは家の中に戻ったが、部屋が寒く暗く感じられたので、身震いして再び外へ出た。そして太陽が中庭の壁の後ろに隠れると、身震いして影が濃くなった場所を急いで離れて、できるかぎり高い場所へ登ってもう一度太陽を見ようとした。空が曇り、みぞれが降る寒い日には、アニカは部屋の中に籠り、暖炉に火をともし、暖炉の前に座っ

＊1　旧暦一月六日／新暦一月十九日。

＊2　東方正教会では「神現祭」に十字行が行われる。その日は「主の洗礼日」であるために「聖水式」を行なう。十字架を掲げた行進が近くの川へ行き、十字架を水の中に投じる。泳ぎ手が投げ込まれた十字架を追って摑み取り、十字架を再び教会へ戻す。十字架は、ヨルダン川で洗礼者ヨハネから洗礼を受けたキリストと同一視され、水は浄められる（成聖されて聖水となる）。

て火を見つめていた。服の胸元の紐をゆるめ、腋の下の少し下のところへ手をもっていった。そこでは痩せた少女のあばらから胸が大きく膨らみはじめていた。そこの皮膚は張りがあって体全体のなかで最もなめらかだった。彼女は、何時間もその部分に手のひらを当てたまま火と何か目に似た暖炉の通気口を眺めていた。そうしているあいだ、すべての事物が彼女に何かを話しかけ、すべての事物と話を交わしているように思えた。そして何かの用事で名を呼ばれると、仕方なく胸から手を離して部屋から出ていき、酔いが覚めたように身震いした。そのあと部屋に戻って再び火のそばに座ったが、長いあいだ気持ちが落ち着かなかった。さっきまで手を添えていた箇所がどうしても見つからないように思われた。つい先程まで手にしていた大事なものを水に流してしまったような気がした。

こうしてクルノイェラツの娘は、自分自身の事を考えて物思いにふけり、無口で何ごとにも無関心な生活を送っていたが、日に日に整った姿の美しい女性へと成長していった。少女時代は、すみやかに秘密につつまれて過ぎ去った。夏が過ぎ、秋が過ぎ、再び冬が来た。日曜日と祭日にはアニカは近所の青白い顔のひ弱な娘に伴われて教会へ行った。最初のうち、いつもミハイロは教会の庭でアニカと会い、二、三言葉を交わした。しかし時が経つにつれて、別の青年たちがアニカに接近するようになった。次の冬になると、内気な痩せこけたクルノイェラツの少女の域を超えて完全に成長した美しい長身の若い娘は、男たちの欲望と女たちの噂話の主たる対象となった。

同じ年、マリンコが死んだ。息子のラレが父親の仕事を受け継いだ。若くして精神遅滞の男ではあったが、ラレは腕の良いパン焼き職人であることを示し、父親の顧客を大切にした。

その時まで影のように生きてきたアンジャは、ますます瘦せ細り、腰が曲がった。彼女は、自分の娘が好きになれず、折り合いのつかぬ生活を送っていたが、娘のほうは、その間に一般に少女たちが自己中心的になり内向的になって、両親や周囲の人々に無関心になる年齢に達していた。夫の死をもってヴィディンカとこの町との唯一の絆《きずな》が消失した。彼女はほとんど話さなくなった。彼女は泣くこともなかった。彼女は、自分の周囲のすべてのものを、心を亡くしたうつろな眼で見ていた。何か特別な病気かも知れないが、その診断を受けようともせず、生命の火が消えてゆき、その年のうちに死亡した。アニカが父の葬儀のために着た喪服を脱ぐいとまがないほどの急死だった。

伯母のプレマが家に移り住んできたので、アニカは孤独ではなかった。プレマは、死んだ父マリンコの腹違いの姉で、半盲の老婆だった。プレマは、波乱に富んだ不幸な青春時代を過ごした寡婦だった。その若い時代は、はるか遠い昔のことで、彼女自身を含めて誰もどんな不幸と苦難がその身に起こったかを覚えていない。その半盲の伯母と少し知恵遅れの兄にはさまれてアニカは暮らすことになった。両親の死、彼女の周辺に生じた空虚な雰囲気、彼女の着ている喪服、これらのすべてが彼女の非常な美しさと異常な性格を引き立たせた。

アニカは兄よりも頭一つ分だけ背が高かった。そしてなおも成長し、大人になりつづけていた。絶えず変化していった。のびのびとした様子が見えるようになり、黒い目は青味を帯びるようになり、肌はますます白くなり、動きはゆっくりとなり、不自然さがなくなった。田舎町《カサバ》はアニカの結婚のことを話題にしはじめた。若者たちも教会でアニカにいろいろと話しかけた。アニカは、そういう青年たちをみな等《ひと》し並みに観察し、冷静に話を聞いていた。ミハイロの話を聞くことが最も多く長かったが、はっきりとした返事は決してしなかった。アニカは、話す時は、蒼ざめた唇をほとんど開けずに押し殺したようなかすれ声で話した。彼女が最もしばしば発する単音節の素っ気ない言葉は、言葉としてはほとんど反響せずに、発したとたんに消えて失われた。こうしていずれの場合も、人の記憶に最も生き生きとした印象を残したのは、彼女の声や発言内容ではなくて、彼女の顔の表情だった。

少女だったアニカがますます風変わりな謎めいた女性に成長するにつれて、田舎町《カサバ》は、ますます彼女のことを気にしてその結婚を話題にするようになり、彼女の結婚相手として真っ先にミハイロの名を挙げた。

ミハイロは、六年前にニコラ・スゥボティチ親方の徒弟としてこの田舎町《カサバ》に来た。その前はサライェヴォの同じスゥボティチの店で二年働いた。ニコラ親方は、家畜と毛皮を扱う商人で、真面目に仕事をしていれば一流の商人になっていたはずだが、彼の欠点である二つの情熱が成功を妨げた。放浪癖と賭事である。彼は一つ所にじっと落ち着いていることができない性質である。まだ若い時に妻を亡くし、以後、二度と結婚しないでいる。大胆不敵な性格、非常な怪力の持ち主、頭の良い人物で、仕事においても賭事においても、多くの場合、運が付いていた。彼の大きな幸運は、八年前にサライェヴォでミハイロを徒弟として雇い入れ、その後、三グロシュ*1の薄給で仕事仲間として用いたことである。ニコラ親方が結局は負けて、すってんてんになって帰ってくるに決まっているカード賭博に夢中になってどこかへ出かけているあいだ、ミハイロは、親方の留守をしっかり守り、こつこつと働き、利益を正直に分配してヴィシェグラードの店を経営した。そのような着実な働きぶりによって彼はついに田舎町《カサバ》の人々の信頼を得るようになった。初めのうちは、もちろん、町の人々は、すべてのよそ者をそう見るように、敵意と不信の眼でミハイロを見ていた。しかしミハイロは、財を成し、地位を築いたことにより田舎町《カサバ》で一人前の人間として認められ、自立することができた。

ミハイロは自分の主人の家で暮らしていた。家ではニコラ親方が結婚した時から家政婦を務めている老婆が家事を行なっていた。読み書きができ、有能で仕事熱心なミハイロは、主人の仕事の大部分と責任を一手に引き受けていた。その仕事ぶりは別として、彼は、自分が何事においても町の他の人々と変わらない者になるように努力していた。すべてにおいて他の若者たちがするように自分もした。彼らと一緒に外出し、酒を飲み、歌をうたった。多くの人が彼に結婚の世話をしようとしたが、その都度、冗談めかして結婚話を断り、あるいは沈黙することによって拒否した。それ故に二冬《ふた》前に彼がアニカに会い、彼女と話をするようになったことは、人々にとって大きな驚きであったが、それ以上に大きな驚きは、この春彼がアニカと会うことを突然やめたことだった。この不思議なクルノイェラツの娘と得体の知れないミハイロとの間にいったい何があったのか、町の人々は、いぶかり、謎につつまれたまま、あれこれ推測するしかなかった。(そうこうするうちにアニカを取り巻く若者

＊1　「宰相の象の物語」五七頁の注を参照のこと。

たちの群れはますます大きくなり、騒がしくなり、ミハイロのことは話題にならなくなった。）いったい何がミハイロとアニカの間を引き裂いたのか、この沈滞した田舎町《カサバ》では誰一人、謎を解くことができなかった。このニコラ親方の店の番頭の内面に何が隠されているのか、このおとなしい働き者の外面からは誰も推測することができなかった。

ミハイロの先祖は、サンジャク*1の出身である。彼の祖父は、ノヴァ・ヴァロシを出てプリズレン*2に移り住んだ。彼の家は代々鉄砲鍛冶屋だった。プリズレンで彼の父は、その鉄砲鍛冶職で財を成し、父の兄弟の一人は、教区司祭だった。家族の者は、ミハイロを同様に司祭にしようとした。読み書き能力があり、大の本好きだったからである。鉄砲鍛冶屋の四代目に当たるミハイロは、病弱な子どもだった。一族は、恵まれた環境のなかで生活し、同じ手職をずっと続けていたが、四代目ともなると、優雅になり、かなり洗練されるとともに虚弱化したのである。しかしミハイロの父親は若くして死んだので、ミハイロは、兄と一緒に鉄砲鍛冶の仕事を続けることになった。

父の死後、兄弟は一緒に住み一緒に仕事をした。ミハイロの兄は、二十三歳だったが、自分の結婚相手を探そうともせず、自分よりも先に弟が結婚することを許さなかった。ミハイロは、女性への欲望を抑えがたく大いに悩んだが、この問題で兄と衝突し、喧嘩別れになることを恥ずかしく思った。女性への欲望に苦しんでいたある日、ミハイロは、リュビジュダにある小さな持ち家からの帰り道、街道の十字路のそばにあるクルスティニツァの旅籠《はたご》に立ち寄った。

まだ暑い時で、旅籠にクルスティニツァのほかには誰もいなかった。クルスティニツァは赤毛で丸ぽちゃの三十歳ぐらいの女だった。二人が話しているうちに女が異常な近さまで接近した。ミハイロは、体全体が震え、思わず女に手を伸ばしたが、女は何の抵抗もしなかった。その時、彼女の亭主のクルスタがどこからともなく現れた。亭主は病気の陰気くさい男であり、見たところ、丈夫で敏捷な女房の尻に完全に敷かれていることが判った。クルスティニツァは、ミハイロに次の日の夕方また来るように、ささやいた。

その夜は、興奮と甘い満足感でほとんど眠れなかった。次の日の夕刻、息苦しさと不安を覚えて旅籠に着いたミハイロは、こんなことがあり得るのか、本当に起こったことなのか、まだ十分には信じられないでいた。しかし、実際に女が彼を待ち受けていて、どこかの個室に通したとき、耐えがたい重荷が取り去られて、目の前に神の創造による大きな美しい世界が開けたように思われた。

その月のうちに二度、彼は女のもとへ行き、ひそかに夜を過ごし、同じように人に気づかれずに家へ帰った。愛の幸福に彼は満たされた。ミハイロは、亡霊のような人間であるクルスタの存在を意識したことがなかったし、クルスティニツァが未来のこと、自分の運命のことを語り、いつかはきっと

＊1　サンジャクは、オスマン帝国支配下に制定された州の下位区分としての県。ここでは南セルビア。ノヴァ・ヴァロシ（「新町」の意）は、その南セルビアの都市。

＊2　プリズレンは、コソヴォにある都市。十四世紀にはセルビア正教会の都市として繁栄した。

神が彼女を憐れみ自由にしてくれるだろう、と話したことを気にも留めなかった。しかし四度目に旅籠を訪れたとき、庭の垣根のそばにいるはずのクルスティニツァの姿がなかった。しばらく待っていると、クルスティニツァと夜を共にしたあの個室から激しく言い争う声とそれに続いて悲鳴が聞こえてきた。ミハイロは、体がこわばったが、勇を鼓して家の中に入りドアを開けると、クルスタとクルスティニツァが取っ組み合いの喧嘩をしていた。クルスタは右手に斧を持っていたが、クルスティニツァが亭主をしっかり押さえていたので、斧を握った亭主の手は完全に硬直したようになっていた。格闘で息を切らせ、夫と妻は、喧嘩の頂点を示す口汚い罵りの言葉をあえぎながら互いに浴びせていた。ミハイロがびっくり仰天し、戸惑いながら敷居をまたいだとき、クルスティニツァがようやく夫を投げ倒したところだった。彼女も夫と一緒にもつれて倒れ込んだが、斧を握った夫の手を瞬時も放さなかった。妻は、野獣のように、雪崩《なだれ》のように、落石のように夫の上にのしかかり、手と胸と膝で全体重をかけて全力で押さえた。夫は体をもぎ離そうとして狂ったように脚をばたばたさせたが、彼女は体全体で顎まで使って夫をますます強く押さえつけた。彼女は、自分の最も小さな筋肉さえゆるめないよう、圧力を弱めないように夫を押さえながら、ミハイロをちらりと見て、エネルギーを保存するかのように息を殺した声で言った。

「脚を！　こいつの脚を押さえて！」

あの時、自分はクルスタの脚の上に座って、自分のベルトに挿していたナイフをクルスティニツァが引き抜くのに手を貸した格好になったのか？　毎日毎晩、日々の食事と就寝のように、いやそれよりもっと頻繁に、ミハイロはこのことを自問して、八年目を迎えた。そしてそのたびに、人の目に見えない鍛錬の業火の中を通ったあと、そんなことはあり得ない、信じられない、なぜなら人間はそんなことはすべきではなく、そんなことはできない、と自分に言い聞かせた。しかし闇が彼を覆うと、闇の中で彼は自分に真実を告げた。――自分はあのことをやった。クルスタの脚の上に座った。そしてクルスティニツァがナイフを抜き取ったのを感じた。彼女がクルスタを刺す音を聞いた。三回、四回、五回。一人の女ができるかぎり、見境なく男のあばら骨の間、脇腹、腰をナイフで刺した。そうだ、自分は、信じられないこと、不可能なことをやったのだ。そしてこの恐るべき恥ずべき行為がいつも彼の前に立ちふさがった。――変わることなく取返しがつかないものとして。

あの後、彼は外へとび出して、旅籠の前にある湧き水の水槽の縁《へり》に腰かけた。夜の静寂《しじま》のなかでゴボゴボという水音がした。(それは彼には雷鳴のように聞こえた。)そして冷たい水に両手を浸した。

まだ震えが止まらなかったが、彼は気を取り直した。今しがた見て感じたことをすばやく思い返した。これぞまさしく本質においてこのひと月の間のあの狂ったような興奮状態であり、彼の中で湧きあがり、満ち溢れ、影もなく疑いもなく悪事の予感もなかった無限の幸福の意味なのだ。そして奇妙なことに、彼の目の前で起こり、彼自身その一端をかついだ恐ろしい出来事と不幸を考える代わりに、彼の考えは、狂ったように、常にひと月の幸福に戻り、その本体を暴き出して、恥さらしにしようとしている。なぜなら、彼の中に、夜明けのように、酔い覚めのように、ますますしっかりした認識が呼び起こされたからだ。――彼とクルスティニツァとの関係は、そもそもの初めから恐るべきもの、恥ずべきもの、冷酷無情なものだったのだ。彼の愛への渇望も、ひと月のあいだ彼の中に湧き立った幸福も、今やどこにもない。彼は、この悲劇の中での動機、道具としての意味のない、ごく微小な要素であるにすぎない。クルスタとクルスティニツァの間には、ミハイロのまったく与《あずか》り知らない、そして彼ら二人が長いあいだ解決しようとしていた――そして今や最終的に消去されてしまった――重大な貸借関係の問題があった。彼は、裏切られ、恥をかかされ、奪われ、永遠に打ち砕かれたように感じた。彼は、自分のまわりに罠が仕掛けられていたように感じた。夫と妻がそれぞれの立場に立って、深い宿怨につつまれて第三者を引き入れようと仕掛けた罠だ。これが彼の幸福だったのだ。

クルスティニツァの声に彼はぎくりとした。彼女は、半開きのドアの奥からほとんどささやきに近い、押し殺したような声でミハイロの名を呼んだ。彼は、立ち上がって彼女に近づいていった。彼女は、左手でドアにつかまり、右手にもった彼のナイフを渡そうとしてぶっきらぼうに言った。

「洗っといたよ」

そのナイフを受け取ったら、どんなことになるか、はっきり分かっていたので、ミハイロは、急いで一歩脇へさがり、それからいきなり右手で女に強烈な一撃を食らわせた。女はドアから手を離して、ドスンと鈍い音を立てて部屋の中に倒れこんだ。それは、彼女が夫を刺した打撃とあまり変わらない一撃だった。ミハイロは、開いたままのドアの外に出た。部屋の中には蠟燭《ろうそく》の弱い火が静かに燃えており、気を失ったクルスティニツァが粗い麻布をかぶせられたクルスタの死体と並んで横たわっていた。

ミハイロは、急いで街道に出た。湧き水はゴボゴボと音を立てて湧き、水槽からはパシャパシャと音を立てて水が溢れ出ていた。


ミハイロは、夜が明ける前に誰にも気づかれずに町に帰った。着替えをして朝になったら裁判所へ出頭するつもりだった。しかし家に着いて中庭を通って自分の部屋に入り、部屋の中で懐かしい調度品を見まわして、すべてのものが昔のままであり、前夜旅籠へ出かけていく前、ひと月の愛の幸せの前とまったく変わっていないことを知ると、にわかに浮かんだ考えがますます急速に明確な形をとりはじめた。――自分は当局へ出頭すべきではない、逮捕されたとしても官憲は無実の男を逮捕したにすぎない。なぜなら、告訴される犯罪に関しては自分には罪が無いからだ。彼の罪は、別な倫理的なものであり、もっと重い。しかし官憲、裁判所が身柄を拘束するならば、彼はそれを不法逮捕と見なし、逃亡するつもりだ。そして必要とあらば、権力から身を護り、闘い、新たな殺害さえする覚悟だ。彼は、熱病に浮かされたようになって、今や体じゅうの力が震え、視界が暗くなり、彼の内部のすべてが混乱状態になったが、自首する必要はないばかりでなく、逮捕されることを許してはならないという認識が明確になり、決定的となった。彼は逃亡を決意した。

この鉄砲鍛治屋の息子、司祭になる運命になかった不幸な青年は、その朝、裁判官になったつもりで自分と他人を裁いた。その不運の中にあって自分は立派な人間であり、その裁判の中で正しく罪なき者であった。時間感覚の中でのみ彼は誤っていた。彼は自分の内部で起こったことによって時を計った。ミハイロにとって時間は実際の時間よりもかなり遅く進んだ。

着替えをして逃亡に必要な最小限度の物を準備していた時、家政婦のイェヴラが入ってきて近所で聞いたという話をしはじめた。昨夜、商店街《チャルシヤ》が店を閉めていた時間にハイドゥクの一団がクルスティニツァの店を襲い、クルスタを殺害し、クルスティニツァに傷を負わせたという話を伝えた。クルスティニツァは、傷を負いながらも、すべてのことを報告し、店を襲撃したのは「ギリシャ人の盗賊団」であると詳細に話した。

店が開いている商店街《チャルシヤ》を通って町を出るには遅すぎたので、彼は、もう少しイェヴラの話を聞いてしばらく家の中にとどまって、この信じがたい奇蹟に似た知らせを確かめるまで待とうと心に決めた。そして、もし門のあたりに官憲か役人の姿が見えたら、菜園を抜けて柳の木立の道を走って逃げるつもりだった。

その日遅く彼は用心ぶかく町へ出かけていった。もし彼に嫌疑がかかり、官憲が近づいてきたら、殺すか殺されるかの闘いをせざるを得ないと、手に握ったナイフをポケットの中に隠し持ち、体の震えを抑えて決意を固めていた。ミハイロは、本当に町の人々には自分の心臓が鼓動する音が聞こえないのだろうか、といぶかりながら歩いていった。平気な顔を装って彼は、クルスティニツァの旅籠に強盗団が押し入った事件の顛末に耳を傾け、この事件をきっかけとして人々がクルスティニツァについて話すことを聞いていた。自分でもそれに何か言いたくなる気持ちさえ起った。夜も眠れず、食事も喉を通らない日が何日か続いたが、彼は一刻一刻と生命を引き延ばしていった。

何日かが経ったとき、クルスティニツァが、誰も見ていないハイドゥクに襲われた自分の話を固執しており、彼女の証言に誰も疑いをいだいていないことが明らかになった。クルスティニツァは元気を取り戻した。クルスタの喪に服しながら旅籠の経営を続けた。自分の未亡人の姉とその男の子を家に住まわせ、一人暮らしではなくなった。こうして危険が過ぎ去ったとき、ミハイロは、全身の力が抜けて病の床に伏した。

病床で悪夢の火が燃え盛る最中《さなか》のうわごとにも彼は自分の秘密を洩らすことがなかった。三週間後、回復して起き上がったとき、彼は、クルスティニツァが依然として秘密を守っていることを知った。そのとき、のちに自分でも驚くほどの落ち着きをもって旅立ちに必要なものを、少しずつゆっくりと、そして世間の目にも親族の目にも付かぬように、準備しはじめた。彼の兄は、生まれつき欲の深い男だった。そしてそのことがミハイロの旅立ちに役立った。家業を棄て自分の働いた分の一部を現金でもらうことで、兄の同意を得て広い世界へ出ていくことが可能になった。実際に、こうして抜け目なく出発の準備を整えて、ある日、疑惑も驚きも引き起こすことなく、彼は町を去ることができた。

しかし最初の丘を越えてリュビジュダの自分の所有の耕地と畜舎が視界から消えると、彼は勇気を亡くし、心の平静さを失った。彼は自分が呪われた人間、狩り立てられている野獣であるように感じた。脇道や近道を選んで時間と距離をずらして居酒屋に立ち寄り、ジグザグ状の進み方をして足跡を混乱させ、誰とも分からぬ追跡者の目をくらまそうとした。しかし現実的な危険がなくなると、彼のうちに別な恐怖が大きく膨らみはじめ、病的な幻想とぐらついた良心のゆらめきが生じはじめた。彼は、親戚が住んでいるノヴァ・ヴァロシの町を迂回して通った。こうしてどこかプリボイの町の近くの旅籠に入って、初めてパンと煙草を買った。

生まれつき慎み深く、父親と兄によって厳格に育てられたミハイロは、それまで煙草はほとんど吸わなかった。しかしあの時以来、煙草を好むようになり、しきりに吸いはじめた。目の前の煙草の絶えざる小さな火、また目と喉をくすぐって人に泣かずに涙を流させ、そして空気を吸い込み吐き出しても溜息とは呼べないあの紫色の煙は、何とも言えない慰めを与える祝福である、と彼は思った。それから何年も煙草の火は彼の目の前で輝き、指の間で燃えた。その紫煙は、いつも同じにも見え、また絶えず変わるようにも見えたが、彼の思いをあの恐れていたことから逸らしてくれ、そして例外的に幸せな時間には、彼を完全な幸福への沈潜と忘却の世界へと導いてくれた。――パンのように彼を養い、親友のように慰めてくれた。夜、彼は、他の人が愛する人との邂逅を夢見るように、喫煙を夢に見る。しかし夢が悪夢に変わり、クルスタの死体とクルスティニツァの目が現われると、叫び声を上げて目が覚め、素早く銃を取るように、あるいは一人では眠れない人が添い寝をしてくれる人の手を握るように、煙草を摑むのだった。そして暗闇の中で火打石を打ち、煙草がその火花をとらえると、気が楽になり、闇の中で目に映らない紫煙が不安を掻き立てられた心から重荷を吹きとばしてくれると、いっそう気持ちが落ち着くのだった。

ミハイロは休まずに旅を続けた。ヴィシェグラードは先祖の故郷に近すぎるように思えたので迂回した。ロマニヤ山麓の大きなオボヂャシの旅籠で彼はニコラ・スゥボティチ親方と知り合いになった。親方は、ヴィシェグラードとサライェヴォの間を絶えず行き来している人で、ミハイロを家畜商として雇った。これは放浪生活のあとの最初の安らぎだった。実際に、つらい生活と粗野な習慣の環境に不慣れな彼は、多くのことを耐え忍ばなければならなかったが、それらすべてのことは、思いがけず降って湧いた大きな恩恵の前に消え失せた。彼は仕事に没頭し、他の若者と一緒に家畜のあいだで、人と取引でごった返す市場で一所懸命に働いた。

二年間彼はサライェヴォで働き、主人のお供をして旅をした。その後、ニコラ親方は、ミハイロを他の若者たちのなかから抜擢し、すでに述べたように、番頭役の仕事仲間に取り立ててヴィシェグラードの店を任せた。初めのうちは、二つの川[*1]の合流点に立ち山々に囲まれ、人を小馬鹿にした態度の疑いぶかい人々のいるこの町は、彼にとって暮らしにくかったが、時と共に環境になじみ、町の人々と親戚のように親しむようになった。この過程で彼の内面の苦悩は和らぎ、忍びやすくなった。

去年、クルノイェラツの娘アニカの姿を見たとき、それまでは有り得ないもの、望むべくもないものと思っていた未来への展望が明るく開けた。クルスタの殺害と自身の自殺願望へ傾く考えが彼の内

*1　ルザヴ川とドリナ川。

部で一つの強迫観念に変形していた、あの黒い恐ろしい意識の濁流が一度も彼の中を貫流しなかったまる一昼夜を、その日彼はこの数年間で初めて迎えることができた。この世界にはあの旅籠での夜明け以前の生命を取り戻してくれる何かがある、という思いが彼を立ち直らせた。

しかしこの希望と思いを超えてさらに進み、仕事を実行すべき段になると、ミハイロの眼前に彼にだけ見える克服しがたい障害が立ちふさがった。青春の萌芽期に心が揺すぶられてくず折れてしまった彼は、この娘に近づく正しい道を見出すことができなかった。喜びをもって誠実に彼女に近づこうとすると、突然、体に戦慄が走って尻込みしてしまうのだった。アニカに心惹かれて幸せを感じてはいた。同時に彼の内なるクルスティニツァが彼の心を脅《おびや》かすからだ。抗しがたい衝動に駆られて、彼は娘の微笑と振る舞いを見たくなり彼女の出現を待っていたが、後になって一人になったとき、彼女の言動を静かに考えた。そしてアニカの言動の中にクルスティニツァとの類似を探していた。そして同時に、それが実際に見つかることを恐れていた。このことが彼の幸福感に害毒を及ぼし、彼の顔を暗くし、娘に対して不可解な態度を取らせることになった。こうして一年が過ぎた。二人の間には正しい相互理解もなく、終局的な決裂もなかった。（しかしその間、娘はますます美しくなり、ますます神秘的になり、周囲の者たちはますますその美貌に魅了された。）そのような状況下にあって別離は避けられなくなった。次の春、まったく些細な動機でそれは起こった。

ある日のこと、アニカの伯母のプレマがミハイロの家を訪ねて来て、アニカが彼に会いたがっているので来てほしい、と告げた。若い娘の家を訪ねるのは適当ではない、と彼は思ったが、仕方なく同意した。

クルノイェラツの家は、この田舎町《カサバ》の他のどの家よりも豪華な家具が備えられていた。それは、裕福さと言うよりも、調度品や絨毯《じゅうたん》がどこか異国風で色彩が鮮やかなことで趣味の良さを示していた。この家の中にあってアニカはますます背が高く風変わりな麗人に彼には見えた。彼女は、ミハイロに来てもらったのは、聖ゲオルギウスの日に彼が何をするのか、その予定を訊きたいためだ、と説明した。彼女の低いかすれ声、微笑の無い白い顔と彼女が彼に尋ねた些細な質問とのあいだには大きな不均衡があり、それがミハイロの心をますます混乱させた。話が決まったあと、ミハイロは、聖ゲオルギウスの祝日[*1]のピクニックには「もし生きていれば」何とかして行く、と約束した。するとアニカはそれに付け加えて言った。

「あたしも行くわ。もし結婚しなければね」

「この数日中にきみが結婚するなんて、そんなことはないだろうよ」

「やろうと思えば、いつでも何だってできるわ」

「きみは結婚なんてしないさ、しない」

＊1　旧暦四月二十三日（新暦五月六日）。春の最初の日と考えられ、農耕牧畜が開始される日。若者は郊外の行楽会に出かけ、娘たちはその前夜に結婚占いをする習慣がある。

「できないと思う?」

この最後の言葉は、異常な口調で発せられたので、ミハイロは思わずアニカの顔を見た。

アニカの目は、いつもは暗い目なのに、この時は内側からの光に照らされているように明るく、心の内奥を見通せなくしていた。――目は、一瞬同時に血と涙にあふれ、血と涙の色と熱で燃え上がって、その目の表情は鋭く、明確に硬くなった。ミハイロは、その目をまともに見て目が眩んだが、その目の表情が変わり、錯覚か幻覚のように消えることを期待して不信感にとらわれた。しかし彼女の眼付はますます鋭くなり、険しくなり、彼に向けられた目の光はますます生気を帯び、強力になっていった。その瞬間彼の内にひらめき、だんだんと明確な形を取っていった考えから彼は身を護ろうとした。そしてその考えを自分から投げ捨てたい思いになり、それを声に出して叫びたくなるのをかろうじて堪えた。それは、かつて旅籠で見た、そしてその後、夢の中で何度も見た、不幸な最も恐ろしい夢で彼を苦しめたあの眼差しだった。

クルスティニツァの獣じみた恐ろしい、読み取ることのできない企みに満ちた眼差しが彼を見つめていた。あの隠された企みから逃げ出すべきだったが、十分遠くまでは逃げられないでいた。ミハイロは、思わずかすれた叫び声をあげて、自分の心の目を覚まし、彼女の目の魔力を打ち砕こうと急いで必死の力を奮い起こそうとした。それは、あの息苦しい家畜小屋の床の上で、また街道沿いの居酒屋で何度も試みたあがきだった。しかしその目は彼の視界から消えることなく、彼の眼前で変わることも動くこともなく燃え輝いた。こうして彼が夢と現実の間をゆれ動いているあいだ、アニカの問いかけが絶えず耳に響いているように思われた。

「できないと思うの？」

この言葉は、ただ一回彼女が発しただけなのに、百倍に強さを増して彼の耳に繰り返し聞こえた。この間《かん》ずっと二人は、互いに目をそらせずに見つめ合っていた。それは、まるで最初の数日恋人同士が見つめ合うようでもあり、森の中で出くわした野獣がにらみ合っているようでもあった。ついに、長い愛の見つめ合いにも終わりが来た。ミハイロはアニカの目から視線をそらして、その視線を彼女の柔らかい肌と薔薇色の爪をした美しく強そうな手に向けた。このことが、ついに彼の恐怖の実態を認識させ、未来への希望を放棄させた。彼は、窮地に追い込まれた獣のように、後ずさりした。

恐怖に震えながらも、彼は勇を鼓して相手を惑わす手を考えた。逃げ出して自分の後ろでドアをパタンと閉めたい衝動を抑えて、冷静に別れを告げ、落ち着いた足取りで部屋を出ていった。脊椎に戦慄が走ったけれども、彼の後ろでドアが閉まった。どうにか中庭を抜けて道路を少し歩き、その時刻には人通りの少ない十字路に出た。人気《ひとけ》のないその小広場の泉には水がこんこんと湧いていた。ミハイロは、何か無理のない、これから先確実性のあることをするかのように、石造りの樋《とい》に近づき、その端に腰を下ろして水の流れに両手を浸した。泉の水の流れは、彼の頭を冷やし、気持ちを落ち着かせ、今やまったく疑いもなく夢の中の恐怖と同じである現実に彼を引き戻した。

ミハイロは、影と幻想と闘うように、この自分の考えと戦い、つらい数日間を過ごした。この一年間アニカへの思いが彼の心の支えであった。今や彼はこの思いを棄て去った。そしてそれは彼自身の生命を棄てたのと同じように彼には思えた。
プレマが、もう一度アニカが彼を呼んでいる、と言いに来たとき、彼は、行くことができない、と答えた。聖ゲオルギウス祭の前夜になって、再びピクニックに行くかどうかの問い合わせが来たとき、行かない、と彼は答えた。さらにもう一度アニカは聖ゲオルギウスの次の日「来るか来ないか教えて」という伝言を託してきた。「行けない」と彼は答えて、打たれることを待つように、反応として起こる出来事を待った。（重病人のように、彼は自分のことしか考えることができなかった。その間《かん》アニカの身に何が起こるかを考えることも、予測することもできなかった。）

事件は、すぐに起こり、それは人々の想定を超えた深刻な悪いものだった。

聖ゲオルギウスの祝日は、アニカが自《みずか》らを表沙汰にした日として人々の記憶に刻印された。それからエリヤの日[*1]に定期市が開かれる前にアニカは堂々と旗を掲げた。男たちのための家を開いたのだ。どこかの村からやって来た流れ者の女イェレンカとサヴェタを雇い、従業員とした。その時から一年半アニカは害悪と災いを振り撒くことに専念した。それは、世の中の人々が家のことや子どものことやパンのことに心を奪われている様に似ていた。アニカは、田舎町《カサバ》ヴィシェグラードのみならず、その近郊全体、またその外側の地域までの男たちに情欲の火を点じ、燃え上がらせた。それまでの時代では多くのことが忘れ去られ、多くの苦難が公にされず見過ごされてきたが、このアニカの時代になって初めて女の背信者が起こすことのできる悪と災いが認識されるようになった。だんだんとアニカの家の周囲に男たちの野営が形成されるようになっていった。夜、何人の男たちが来たか、誰にも分からない。老いも若きも、独身者も既婚者も、未成年者も、遠くチャイニチェやフォチャからの流れ者さえ来た。恥も理性も失った何人かの者たちは、昼間のうちにやって来て中庭に座り、許可された場合は家の中に入り、あるいはポケットに手を突っ込んでときどきアニカの部屋の窓に目をやりながら、路地をうろうろ歩いていた。

最も向こう見ずで最も熱心な訪問者の一人に、やつれた顔にいつもどんよりとした目を大きく見開いている、痩せた体の金銀細工師のターネがいた。彼は、門の陰の何かの木箱に腰を掛けて何も言わずにアニカの姿が見えるのを待っていた。イェレンカやサヴェタは彼の眼中になかった。彼女たちは、彼がいるのを気が付かないかのように、彼のそばを通り過ぎて中に入り、客を待って客と一緒に自分たちの部屋に入った。ターネは、台所まで入ってみたもののそこで追い出されたので、中庭のどこかに所かまわず座って、彼を追い出したイェレンカとサヴェタにおずおずと微笑みかけた。

「なあ、おれをここに居させてくれよ、お嬢さん、おれが何か悪いことでもしたかね？」

そして、そこに座っていなければならない運命がつらい、と嘆きながらそのまま何時間も待っていた。ときには勝手に立ち上がって何も言わずに立ち去ることもあるが、次の日に再び来る。家に帰ると、かみさんのコサラ、太い眉が一本につながった色黒のたくましい農婦に怒鳴られる。

＊1　旧暦七月二十日（新暦八月二日）。

「また、あの売女《ばいた》の庭に座っていたんだね、この出来損ない！　あの女たちの家に残っていればいいじゃないか！」

「ああ、おれはあそこに残っていたかったのだ」彼は悲しげに同じ言葉で答えたが、心ここにあらず、というように見えた。この放心状態にコサラは、怒り心頭に発し、ものすごい罵声を浴びせたが、ターネは、ただ手を振るだけで、ときどき夢の中から返事をしているような答え方をした。

　アニカのところへ来る者たちのなかにはナズィフのような、完全に頭のおかしな者もいた。そのナズィフというのはある高官《ベグ》の家の子で、体の大きな知恵遅れのおとなしい少年で、聾啞の白痴だった。彼は一日に二度窓の下を通り、理解できない唸り声をあげてアニカを呼ぶ。最初の時、アニカは彼をからかってみた。ナズィフは開かれた窓の下から一握りの砂糖を差し出した。

「それじゃ足らないよ、ナズィフ。足らないんだよ」アニカは笑いながら叫んだ。

　白痴は、自分に言われたことをどうにか理解して、家へ帰り、兄の金を盗んでそれで二オカ*1の砂糖を買い、窓の下に戻った。アニカが顔を出すまで彼は唸った。彼女に砂糖をふるまう幸福感で彼はにやにやした。アニカは、けたたましい笑い声を立てた。それではまだ足らないことを手と頭のジェスチャーで知らせた。ナズィフは悲しげに唸りながら帰っていった。

　その日以来、ナズィフは毎朝、砂糖をいっぱい入れた手籠を持ち、幅広の帯の下、ポケットにも砂糖を詰めて来るようになった。アニカは、すぐにこの馬鹿をからかう遊びに飽きた。狂人のしつこさに腹を立てて、サヴェタとイェレンカを使って彼を追い払わせた。ナズィフは抵抗し、不規則な唸り声をあげながら去っていったが、次の朝早くさらに多くの砂糖を持ってアニカの窓の下に現れた。女たちは再び彼を追い払った。その後は、一日じゅう彼は砂糖の籠を持って何か歌うように唸りながら町の中を歩き回った。子どもたちが彼の後を追い、からかい、彼が大事に抱えている籠から砂糖を盗んだ。

真昼間にアニカの家を訪ねる勇気のない男たちもいた。彼らは、夜を待って定期的に現れるようになったが、彼らの多くはアニカの家の中に入れる見通しがついていたわけではない。こういう状況の中である男性が泉の石造りの樋に腰かけ、一晩じゅう煙草を吸っているだけだった。彼は、暗闇の中に誰にも見られずにやって来て、また誰にも見られずに立ち去った。夜が明けると、彼が座っていた場所に木屑と煙草の吸殻の山が残っていた。それは、どこかの不幸な青年だった。どこの誰だか分からない。アニカは彼を知らないし、青年は彼女を外見で知っているにすぎなかった。なぜなら、すべての人がアニカを目当てにだけ来るわけではないからだ。ある者は、あらゆる悪に惹かれる性向があって来る。ある者は、生まれつきの出来損ないで救いようもない者として来る。こうして、この家の周囲と十字路に集まるのは、すべて神の戒律を守らない者たち、それを破る者たちである。アニカの家に群がる男たちの輪は急速に広がり、弱い者や不道徳な者ばかりでなく、健全な理性のある者ま

＊1　約二・六キログラム。

で、ますます多くの人々を巻き込んでいった。

最後には田舎町《カサバ》でアニカの家へ行ったことがない者あるいは彼女に近づこうとしなかった者は、ごく少数の青年だけになった。最初のうちは、男たちは夜こっそりと遠回りして単独でその家へ行った。アニカのことは町では何か恥ずべきこと、恐ろしいこととして話されたが、同時にそれは、はるか彼方《かなた》にあること、ほとんど信じられないことであった。しかしアニカのことが頻繁に話題になり、繰り返し話され、噂が広まるにつれてその害悪は、いっそうはっきり理解できるものになり、身近な日常的なものになっていった。初めのうちはアニカの家へ行く者は後ろ指をさされたものだったが、最後にはそこへ行かない者が嘲りを受けるようになった。最初の試みでアニカに接近できた者はごく少数の男たちであり、残りの大部分の者たちは、イェレンカやサヴェタで満足するほかはなかったので、羨望、男のプライド、虚栄心が、それなりに彼ら自身を損ないはじめた。拒否された者たちは、二重の恥辱――彼女の家へ行ったこと、受け容れられなかったこと――を晴らす希望をもって再び来る。一度受け容れられた者は、自分を制することができなくなって魔法をかけられたように何度も何度も戻ってくる。

女たちだけがメイダン地区から降りかかる災いにこぞって心を痛めて反対し、果敢に女性特有のやり方で深く熟慮することなく、なりふり構わず闘いに挑んだ。しかしこの闘いは、容易なことではなく、危険を伴わないわけには行かなかった。リスティチ一家はこの闘いで破滅に追い込まれた。

リスティチ老夫人は、裕福な未亡人で、男勝りの進取の気象に富み、決断力のある女性だった。娘はすでに嫁に出し、一人息子にも嫁を取らせた。息子は、薔薇色の頰をした小柄な男で、おとなしい性格であるが有能な商人であり、いつも自分より年上の人間だけを仕事仲間に選んで金を稼ぎ、一家を支えていた。母親が早々と息子の嫁に選んだのは、フォチャ出身の美しい、気立ての優しい、金持ちの娘だった。若夫婦にはすでに二人の子どもがいた。

その年の冬のこと、ある死者追悼会の席で集まっていた女性たちが、いっせいにアニカのこと、自分たちの家の男たち、息子たちのことで恨み言を述べはじめた。そのときリスティチ老夫人が死者の霊のために献杯して、挑発的に声を上げていった。

「神かけて、負けてはいけませんよ。わたしにも息子がいます。私の目の黒いうちは、あの毒婦の家の敷居をまたがせませんよ」

アニカについて話されたことは全部筒抜けで翌日には、リスティチ夫人の言葉はすでにアニカの耳に届いた。その次の日、アニカは手下を介してリスティチ夫人に伝言を届けさせた。

「今日からひと月以内にあなたの息子である幸運児は、土曜日の売上金を全部持ってわたしの家へ来ることになる。そしてあなたはアニカがどんな人間であるかを知るだろう」

リスティチ家の人々は、多少の不安と心配を感じていたが、老夫人は、声を大にして狂気の毒婦を罵倒し続けていた。その時期、アニカの引き起こした狂騒は頂点に達し、男という男はみな、メイダン地区に群がり、あるいは一目でもアニカを見ようとして来た。あの死者追悼会の後の土曜日のこと、若いリスティチが酔いつぶれて、仲間たちにほとんど担がれるような格好でアニカの家を訪れた。彼は、アニカの家の門に横たわり、足をばたばたさせて金をばら撒き、狂ったようにアニカと母親の名を同時に呼んだ。イェレンカとサヴェタは、彼を見おろすように突っ立っていた。そして誰か彼を中へ運び入れてくれる人が来れば、彼を門の中へ通そうとしていた。明け方、アニカはサヴェタに手配を命じて二人のトルコ人の若者を使ってリスティチを家まで送らせることにした。

リスティチ老夫人は、嫁と共に、息子の帰りを待っていたが、夕食までに帰ってこなかったので、町じゅうを探し回った。息子が実際にアニカの家へ行ったことを知って、老夫人は、家へ帰ると、部屋の真ん中で倒れ、口から泡を出し、そのまま意識が戻らなかった。細身で、黒髪、目が大きく蒼白い顔の嫁は、別の部屋へ行き、灯明の前で十字を切ってアニカを呪いはじめた。

「女よ、お前なんか、気が狂ってうろつきまわり、鎖につながれて引き回されるがよい。罰が当たって体じゅう出来物だらけになって膿ただれるようになれ。自業自得。自分が嫌になって死にたいと思っても死神がお前を欲しがらない！　アーメン、大いなる唯一の神さまに御願いします。アーメン、アーメン」

その時、涙が高波のような強さでどっと溢れ出たので、嫁は目が見えなくなり、平衡感覚を失って床にドタンと倒れた。手探りで伸ばした手が当たって灯明が倒れ、火が消えた。夜遅くなって嫁は我に返り、倒れたさい散乱したものを片づけはじめた。こぼれた油で汚れた床と絨毯を洗い、灯明に新たに油を入れて火をともし、灯明の前で三度十字を切って無言で頭を下げた。彼女は揺り籠で眠っている子どもをもう一度見た。すべてが整ったとき、彼女は、祭壇のもとに座り、膝の上で手を組み合わせて夫の帰りを待った。

田舎町《カサバ》ではすべてのことが筒抜けに知られる。心の秘密も体の秘密もない。嫁の呪いも翌日にはアニカのもとに届いた。その日の午後、アニカの下女の片目のジプシー女が来て嫁を呼び出し、銀貨、銅貨がいっぱい入ったスカーフを手渡した。中庭の奥へ身を引いてジプシー女はアニカからの伝言を伝えたが、それはジプシー女にとってもつらい任務だったらしい。

「それはアニカからの贈物のショールです。リスティチ夫人が息子と嫁と一緒に数えろ、と言いました。売上金は全部あります。一文も欠けていません。旦那も返します。金も返します。玉代《ぎょくだい》と同額を返しました。あなたの呪いは少しも恐れていない、と言っています。呪いは何の役にも立ちません」そう言ってジプシー女は逃げ去った。

アニカをこぞって憎悪する女性たちと並んで、アニカの最大の敵はペタル・フィリポヴァッツ親方だった。彼の息子のアンドリヤは、最も多くアニカの家を訪れる男たちの一人だった。彼は家の長男で、鈍重な青瓢箪《あおびょうたん》、いつも眠そうで放心したような青年だが、アニカに対する情熱においては誰にも引けを取らず強硬だった。最近、アンドリヤはアニカの家へ来なくなった。それは、父親がある夜、彼を殺そうとしたからである。そしてもしも母親が息子をかくまい、救わなかったならば、父親は確実に息子を殺したであろう。今や若者は家畜小屋で寝泊まりし、母親がこっそり彼に食事を運んだ。そして母親は、毎日神に祈り泣いたが、すべてを夫に知られないようにしていた。それは、ペタル親方が三十年連れ添った妻を、もし妻が背教者の息子のために一度でも溜息を洩らしたり、涙を流したりするのを知ったら、家から放り出す覚悟だったからだ。

ペタル・フィリポヴァッ親方の店にはアニカを憎み、非難する人々が集まっていた。巻き煙草をふかし、四方山話《よもやまばなし》が一通り終わると、話はメイダンの娘のことに還る。アニカとの関連で「ティヤナの騒動」が何度も繰り返し話される。その騒動を直接記憶している者はいないが、古老たちに聞かされて知っている話だ。

七十年以上も前のこと、ティヤナという名の羊飼いの娘がその美貌で有名になった。彼女は、恥も外聞もかなぐり捨てて田舎町《カサバ》の男たちの情欲に火を付けた。大きな市が立つ日、その女は、商店街《チャルシャ》の店を、ペストか洪水に襲われた時でもあるかのように閉めさせた。彼女をめぐる騒動と争いはそれほど大きかった。サライェヴォの金銀細工師たちやスコピエの銅製食器を商う商人たちがやって来て、彼女のところに商品や稼いだ金を置いて一文無しになって手ぶらで帰っていく。どうしようもない女だった。しかし、ある日彼女は、突然現れたのと同じように突然、姿を消した。

ティヤナのまわりを最も熱心にうろついていた男たちの一人にギリシャ人と呼ばれていたコスタがいた。両親のいない金持の青年だった。彼は、ティヤナとの結婚を望んでいたというが、ティヤナは耳を貸そうともせず、それまで以上にならず者たちを集めた。トルコ人もいれば宗教を異にする男たちもいた。その青年は身を引いて、田舎町《カサバ》から消えた。後で分かったことによれば、彼はバーニャ修道院へ行き、修道士になり、そこで病気になった。そして彼のことは忘れられた。しかし、ちょうど一年後、ティヤナが全盛を誇り、神も人もその勢力に辟易《へきえき》していた時に、そのコスタが突然姿を現わした。髪も髭もぼうぼう、痩せこけて野人のように見え、半ば修道士風、半ば農民風の服装をしていた。修道士としての頭陀袋《ずだぶくろ》も杖も持たず、代わりに短銃を二挺ベルトに挟んでいた。彼はまっすぐティヤナの家に乗り込んで、彼女の部屋を乱暴に開けて彼女を狙って数発ぶっ放した。しかしティヤナは、軽傷を負っただけで、町の通りに逃げ出した。メイダンを走っているあいだにスリッパが脱げ、首から金貨をつないだ首飾りが落ち、髪からピンが落ちた。彼女は旧市街の下の森林地の方角へ走った。溝のあるところに着くと、疲れ果てて溝の中に落ちた。修道士は女を捉えて殺害した。

そこに女は一日じゅう体を曲げて横たわっていた。髪が乱れ、青い絹のチョッキには黒い大きな傷跡が見えた。手に鞭をにぎり、口を大きく開いていた。それは彼女が遠くにいる羊の群れを見守っているかのように見えた。夕暮れに二人のジプシーが女をその殺された場所に埋葬するために町から派遣されてきた。殺害者は、森の中へ逃げ込んだ。誰も彼を捜索しなかった。しかし三日後にティヤナを埋葬した小塚の上に喉を掻き切って死んでいる彼が発見された。その場所は、今もティヤナの墓と呼ばれている。

こうして、いくつかの家や店で似たような寄り合いや会話が行われているあいだ（概して、店では過去の事件が話され、家では次々に起こる家庭の不幸が話されていた）、メイダンでは悪事と女の奔放の戯れが続けられていた。アニカがドブルンの教区司祭メレンティイェと、その息子の輔祭と呼ばれているヤクシャのことで、闘いを始めたのは、ちょうどその時期のことだった。

二

アニカの評判は、すでに遠くまで知れ渡っていたが、ドブルンの教区司祭の息子、ヤクシャ・ポルゥポヴィチは、田舎町《カサバ》に行くことも、アニカに会いに行くことも考えたことはなかった。彼は、女よりもラキヤが好きで、またラキヤよりも自由と放浪生活が好きだった。

ヤクシャは二十歳で、ドブルンとヴィシェグラードの二つの地区のなかで最も背が高く腕力の強い若者だった。彼は、チャイニチェまで出かけていき、そこで狼の子《クリャコヴィチ》と呼ばれているネジョとレスリングを行ない、フォール勝ちをした。

色白、赤髪、緑色の大胆不敵な目をしたヤクシャは、父親とは対照的だった。父親は、痩身で長身、若い頃から白髪頭、蒼白い顔、眉間に皺《しわ》を寄せていた。この長司祭は、自分自身にとっても他人にとっても重苦しく、一生涯何か重苦しい考えを内に持っているタイプの人だった。息子のヤクシャは、ミリサヴというトルナヴツィ出身の金持で明るく善良な性格の母方の祖父に似ていた。

長司祭は一人息子を溺愛し、息子が粗暴で落ち着きのないことに心を痛めていた。ヤクシャが輔祭を務めるようになってまだ一年だったので、今や父親は、息子を正式に司祭職に就かせるため結婚を強く勧めた。しかしヤクシャは司祭職にはあまり関心がなく、結婚話に関してはまったく聞く耳を持たなかった。長司祭の妻は、やつれた暗い顔の老婆だが、善良で、ケチと言えるほどの倹約家、ある時は息子を弁護し、ある時は夫を助けた。そしていつも両者を想って泣いていた。

その冬、ヤクシャは少し落ち着いた。家にいることが多くなり、結婚話が出ることに逆らわなかったが、自分自身は何も言わなかった。聖ゲオルギウスの日のあとにサライェヴォから主教のヨシフが訪ねてくることになっていた。長司祭は、それまでに息子を結婚させて、主教の按手により息子に司祭職叙任を受けさせたい、と願っていた。その冬の終わりにヤクシャは所用でヴィシェグラードへ来た。

魚の産卵期だった。二月の末と三月の初めに魚の大群がルザヴ川を下る。ふつう魚群は、三つの大きな群れになって間隔を置いて数日のうちに移行する。そのような魚群のうちの一群の移行は、夜、ふつう夜明け直前に起こり、正午まで続く。その時は、すべての人が、漁師はもちろん、産卵期から次の産卵期までの一年間に一度だけ魚を獲る人も、魚を獲る。網を持つ者はみな、ルザヴ川に行き網を投げる。子どもたちは浅瀬に入って鍋であるいは素手で魚を捕まえる。卵や白子を放出している、目が眩んだような、麻痺したような状態でいる魚はすぐに捕まる。

この三日間は毎年早春に定期的に必ず祝われる一種の祭りとなっていた。家々では油のにおいが立ちこめ大量の魚が食傷するほど食べられ、魚の値段が暴落する。最後に獲れた魚は、ふつう近隣の農民が大量に買い入れて荷車に積んで村に持ち帰り、開いて干物にする。

その朝、ドブルン街道を馬で通りながらヤクシャは目の前に広がるルザヴの流れを見た。そこでは漁師たちや子どもたちが蟻のように群がり動いていた。太陽は明るく輝き、地面からは陽炎《かげろう》が立ち、跳ねる魚が光って見えた。

ヤクシャはヴィシェグラードでの用事をすばやく済ませ、明るいうちにドブルンへ帰ろうとしていた。しかし人に誘われて、とある店へ立ち寄った。そこでは商家の息子たちが魚で軽食を取り、度の弱いラキヤを飲んでいた。彼らは、ガズィヤを相手に冗談をとばしていた。ガズィヤは、最も有名な漁師で、漁師はみなそうであるように、大酒飲みだった。ガズィヤは濡れた網を手から離さずに立っていて、網からは重い鉛玉が垂れ下がり、水が彼の裸足《はだし》の足の前の床に滴り落ちていた。彼は獲った魚を全部売り上げた。腰まで濡れて少し震え、ラキヤの小瓶を一気に飲み干した。若者たちは、今年の魚群はどれほどの規模で、どれだけ獲って売ったか、と彼に訊いた。しかしガズィヤは、すべての漁師がそうするように、迷信的に本当の捕獲量を隠し、巧みに答えをはぐらかした。

「あんたは大金を儲けてアニカに贈物をするつもりだ、と聞いているよ」若者の一人がからかった。

「何でおれがアニカに？　お前さんたち旦那衆のせいで、おれには番が回ってこねえんだ」彼は、巻き煙草を巻きながら、四股《しこ》を踏むように足を動かして反論した。

本当は、彼はアニカに近づこうとして無駄骨を折った多くの男たちの一人だったが、若者たちが彼をからかったのは、自分たちがアニカのことを話すきっかけをつくるためにすぎなかった。

ガズィヤは、飲み代を支払って、難をのがれるように、まだ寒さに震えながら店を出た。

「あれはお前さんたち旦那方のためのものさ。おれの扱う品物じゃねえ。おれは、水で生きているんだ」

そして若者たちはアニカのことを話しつづけていた。
その夜のうちにヤクシャはアニカに会った。ドブルンの家にはそれっきり帰らなかった。ひと夜、彼はアニカの家で過ごした。アニカはヤクシャだけを受け容れたようだった。田舎町《カサバ》は長司祭の息子の噂で持ち切りだった。女たちは彼から顔をそむけた。男たちは、彼に忠告したり、彼の噂をしたり、彼を羨《うらや》んだりした。

長司祭は人を遣わせて意見を伝え、脅し、懇願したが、無駄だった。何をしても効果がないと見て、彼は自らヴィシェグラードに乗り込んで息子を連れ戻そうと決断した。それも役に立たなかった。そこでヴィシェグラードの市長《カイマカム》のもとを訪れた。

金持で高名なチェヴァド・パシャ・プリェヴリャクの息子であるヴィシェグラードの市長《カイマカム》アリベグは、今よりももっと良い場所に住み、もっと高い地位に就くことのできるはずの人物だったが、ソコロヴィチ家*1の末裔である母親の血を引いて、すべてのことに関して、特に金銭問題や金儲けに関して鷹揚《おうよう》で殿様風に無関心だった。二十五年前、田舎町《カサバ》がにわか景気に沸き立ち、短期間安楽な生活と繁栄に浴していた時に、アリベグは二十一歳の若さで田舎町《カサバ》の警察署長に任命された。その時代、交易

＊1　十六世紀後半セルビア出身でオスマン帝国の大宰相の地位にまで昇進し、ドリナの橋を建設（一五七七年に完成）させたメフメド・パシャ・ソコロヴィチの家系。

はヴィシェグラードの橋を通路として行われ、町は品物と金と旅行者であふれた。そのため、精力的で清廉な人物の指揮下にある強力な警察力が必要とされた。しかし時が経つにつれて交易は別な地方を通って行われるようになり、ヴィシェグラードの交易路は廃《すた》れた。外国人は稀にしか来なくなった。警察力は縮小された。アリベグだけはこの町にとどまって市長《カイマカム》となった。彼は、父親と共にワラキア[*1]とセルビアへ戦争に行ったが、二度ともヴィシェグラードの元の地位に戻った。

彼は家を二軒持っている。ヴィシェグラードで一番美しい邸宅でドリナ川の河畔に建ち、二軒は大きな庭園でつながっている。彼は何度か結婚したが、どの妻にも死なれた。彼は女に弱いことで知られている。年と共に酒量が増したが、常に節度と嗜《たしな》みを保っている。加齢と不規則な生活にもかかわらず、ほっそりと整った体形を崩していない。若い頃の厳しい落ち着きのない顔つきは年を重ねるにつれて穏やかな、微笑をたたえたような表情に変わった。白い口髭と濃い大きな頬髯の間に若々しい赤い口がはっきりと輪郭をあらわしている。身振り手振りをまじえずに話すが、声に優しさがあり、目に率直さが現われている。大の温泉好きで、新しい温泉の話を聞くと、どんな遠い所へでも視察に出かけていく。どこかで温泉を見つけると、自費で湯治場を建設した。

人口が減少し、流通経済が低下した田舎町《カサバ》にあっては市長《カイマカム》としての課せられた仕事も心配事もすでに少なくなっていた。名家に生まれた者の特徴として彼は気まぐれで陽気な性格で、ゆっくりと齢《よわい》を重ねてゆき、自分自身の趣味道楽ばかりでなく他人の趣味道楽を楽しんで生活していた。彼はプリャヴリャの領地に遊んだり、友人のルドやグラシナツの高官《ベグ》たちを訪ねて散策を楽しんだりしていた。

市長《カイマカム》は、以前からこのドブルンの長司祭――板のように硬直、低い重々しい声、目が据わった表情の蒼白い顔、いつも水車小屋から出てきたように粉をかぶったような灰色の服の男――が苦手だった。そして今、市長《カイマカム》は訪ねてきた長司祭を冷たく迎え入れたが、用件を理解し、問題を調査すると約束した。彼は、故人となったクルノイェラツの娘の話を聞いていたし、今までにすでに何人かがアニカの起こした多くの事件について苦情を訴えにきた。警官を派遣してヤクシャをドブルンへ帰らせ、問題の娘を改心させる手筈《てはず》を整えた。

長司祭は恥の故にすっかり気が滅入って二日間、ヴィシェグラードの教区司祭、老人で半盲のヨサのもとに身を寄せた。長司祭は息子が帰らず、また市長《カイマカム》が頼んだことを何もしてくれないと分かったので、自分のおとなしい黒馬に乗って悲痛な思いでドブルンへ帰っていった。

長司祭が立ち去った後すぐに市長《カイマカム》はヴィシェグラードの警察署長サルコ・ヘドを呼んで、彼を異教徒の女のもとへ行かせて、もし女が自制しないならば鞭打ちにすると脅すこと、ヤクシャをただちにドブルンへ帰らせるように命じた。

ヘドは命令を実行に移した。彼は重要で壮麗な行事が行われる場合のように馬に乗って行き、アニカの家の中庭を一巡して、庭で何か仕事をしていたイェレンカに、この家の周辺で起きている風紀の

＊1　ルーマニア南部地方。

乱れに行政当局はもはや我慢がならぬ、ドブルンの司祭の放蕩息子を直ちに親元へ帰せ、もし言うことを聞かぬならわしが話をつける、と大声で怒鳴った。イェレンカは家の中に入ってすべてをアニカに告げた。アニカはすぐに外へ出てきたが、ヘドは、そのことを見越して、すでに馬に鞭を当てて駆け去っていた。

人間の法の裁きやこの世の正義がいい加減で緩慢であるように、ヘドはそれに倣って、そのように、いい加減に緩慢にこの三十年間自分の義務を果たしてきた。彼の顔は、一面深い奇妙な皺に覆われていて、皺は勝手な方向に延びて額と鼻と顎を覆い、まばらな薄い口髭にかぶさり、日焼けした首に水の流れのように流れ下っている。皺の線の迷路から睫毛《まつげ》のない二つの大きな丸い目が突き出ていて、それが老いぼれた馬の顔のような印象を与えている。田舎町《カサバ》における三十年の警察官生活が彼をこのような顔にしたのである。

市長《カイマカム》は、およそ不愉快な問題が、たとえ近隣の管区のことであっても嫌いな人間なので、ヘドは満足に解決できなかった問題をいちいち市長《カイマカム》に報告しなかった。多くの警察官が彼のもとから去っていったが、そういう警察官たちは、簡単に買収されるか、あまりにも真面目で職務に熱心すぎるか、のいずれかであった。それで過去二十五年のあいだ農作物の被害、泥酔、近所同士の喧嘩からもっとも恐ろしい殺人事件、最大の強盗事件にいたるまですべての事件の解決の責任はヘドの双肩にかかった。彼は若手の警察官として頭角を現し、署長となった。しかしそのあとまもなく、暴動、殺人、災害は一種の自然悪、必要悪であり、それらすべてに対処し、それらを解決し、犯罪者を罪の重さに応じて処罰することは自分の手に余り、自分の監視の目が届かないものだ、と認識するようになった。警察当局者としての責任感とその地位にある権力を漸次身に付けていく代わりに、彼は犯罪に対する迷信的な畏怖と、悪事を企みそれを実行する人物に対する畏怖の念に近い感覚を身に付けた。彼はその義務上命令されたあらゆる現場に立ち会ったが、犯罪者と衝突するためではなく犯罪者を自分の管轄外へ押しやるためであった。長年にわたって常に人間の悪と人間の苦難に接するうちに彼は、きわめて奇妙な経験を身に付け、無意識のうちにそれに自分の行動を適応させるようになった。この経験に基づいて彼は、二つの相反するように思われる、しかし二つとも同等に妥当な認識にたどりついた。その一つは、悪、災難、騒乱は恒常的で永続的であり、それらに関わることは何一つ変わり得ないということ。もう一つは、どの問題も、結局は解決されて決着がつくものであり、この世で永続的なものは何一つないということ。——争っていた隣人たちは仲直りし、殺人者は自首するか他の警察官たちとその上司がいる管轄へ逃亡する、盗まれた物は遅かれ早かれ出てくるもの、なぜなら人間は泥棒であるばかりでなくおしゃべり屋で密告者だから、泥酔者たちはいずれ酔いが覚めるから彼らが酔っぱらっていて、自分たちが何をしているかが分からないでいるあいだは関わるべきではない——ということ。

この二つの認識はヘドのすべての公的仕事の基本方針となった。しかし何かの争いあるいは悪事に女性が絡んでいる場合は、この彼の受動性は完全に麻痺状態になる。こういう状態はスズメバチが飛んできて首に止まった人に似ている。その人は体が硬直して、スズメバチが動きまわるに任せることで最も賢明なことをする。――スズメバチが自ら飛び去るのを待つことだ。犯罪の捜査の過程で女にぶつかるとそこで立ち止まり、絶対的な必要がないかぎり先へ進まない。もちろん、意識的にそうするのではない。経験が彼にそうするように教えたのであり、本能が彼をそこへ導くのだ。女が絡んでいる争いに巻き込まれることは、ドアとドア枠の間に指を挟まれたことを意味する。

その日の夕方、ヤクシャが訪ねてきたとき、アニカは彼を迎え入れようとはしなかった。どんなに頼んでも説得しようとしても無駄だった。彼女は彼を受け容れまいと決心して、それ以上このことについて何も言おうとしなかった。彼の熱のこもった言葉をはねつけるように彼女は言った。

「ドブルンへ帰ったらどうなの？　お父さんが呼んでいるんでしょ」

「ぼくには親父《おやじ》はいない。きみもよく知っているとおりだ」

「あたしが何を知ってるの？」アニカは優しく訊いた。

「ぼくが毎晩、話したことをきみは知っているし、きみがぼくに話してくれたことは全部覚えているよ」

ヤクシャは、過ぎた夜々の愛撫と、彼と彼女にしか分からない曖昧な睦言《むつごと》を彼女に思い出させようとした。アニカは頑強に口をつぐんでいた。弱々しい他人のような声でヤクシャはゆっくり間をおいていった。

「『アニカ、夜が明けるよ』とぼくが言う。すると、きみは手のひらでぼくの目を覆って……」

こうして過ぎた夜々の詳細を、順を追って思い出させようとした。大の男が、女のように座って過ぎた夜々のことを縷縷《るる》語るのを見るのは滑稽であり、哀れだった。だが、こういう言葉が、愛そのもののように、明らかに彼を陶酔させてしまい、彼は自分が何を言っているのか分からなくなっていた。アニカは黙って言葉を挟むこともせず、同感の様子も示さず、また嘲りの表情も見せず彼の話を聞いていた。いろいろ言葉を尽くして迫ってみたが、別れるべき時が来たと思って、ヤクシャは最後にアニカに、今度はいつ会えるか、と訊いてみた。アニカは笑いながら答えた。

「さあ、そうね、多分ドブルンで、生神女誕生祭[*1]の時ね」

その時からヤクシャは、ザリヤの居酒屋に寝泊まりするようになった。アニカの家の前をうろついたりすること、イェレンカやサヴェタを遊び相手にすることは彼のプライドが許さなかった。一日じゅう同じ席にじっと座って酒を飲み、人にもおごってやることもあるが、大きな拳を握ってテーブルの上に置き、後頭部を後ろの壁にもたせて端正な顔を上に向けて、薄汚れた天井を何かを読み取るかのように睨んでいた。誰もアニカのことを彼に話そうとはしなかった。なぜ彼が酒に耽溺するようになったか、みんな知っていたけれども。

こうして、ヤクシャは天井を見つめながら何時間も座っていた。そして彼の頭はアニカの沈黙のことでいっぱいになり、それを内臓の中にも感じていた。目を閉じていなくても彼の目には低いソ

＊1　旧暦九月八日（新暦九月二十一日）。

ファーに座っているアニカの姿が見えた。頭にしっかり結んだ白いスカーフは、彼女の髪の毛ばかりでなく額と目の間際まで包んでいた。手は膝の上に置かれていたが、片方の手のひらをもう片方へ強く押しつけて何か占いをしているように見えた。彼女の顔は大きくて白く、頬骨が突き出ていて、黒味を帯びた目は何となく笑みを浮かべているようで、その笑みが頬骨まで降りてきてそこを照らしているように見える。この沈黙がヤクシャの呼吸を苦しくし、視界を暗くした。それでももし彼がもう一度彼女のそばに座ったならば、彼女の首を両手で摑んで力いっぱい捻り、枕の上、床の上、草の上へ押し曲げることを妨げるものはないであろう。

しかしその時、彼は彼女の冷ややかな驕慢な顔つきを思い出し、それが彼をいっそう苦しめた。彼女の高慢の鼻をへし折ることができないからではなく、へし折っても得るものがないからである。彼は壁を打ったような気がして、はっとしたが、大きな拳がテーブルの上で力なく震えていたのだった。

ヤクシャがザリヤの店で飲んだくれ、サルコ・ヘドが事件に関して知らん顔をしているあいだ、アニカの家の周辺では新たな喧嘩と衝突が起こっていた。アニカがもはや客を取ろうとしなかったために、酔っぱらった男たちが門の前に押しかけ、他の多少素面《しらふ》の男たちがアニカに取り入る機会を狙って、酔っ払いを門から追い払っていた。

ヘドの性格をよく知っている市長《カイマカム》は、ついに自らアニカの家へ赴き、この女と会う決心をした。そしてある日の午後、警官を一人ともなって出かけた。警官は一人で帰った。市長《カイマカム》は日が暮れるまでとどまった。そして翌日再び出かけた。

他にどうしようもなかった。市長《カイマカム》はそれまでの生涯において多くの女性を見てきており、そして特に選り好みするほうではなかったが、ここにはまったく別の存在があるとすぐに直感した。この田舎町《カサバ》が創設されて以来、そして人類が誕生し、結婚し子どもを儲けるようになって以来、このような身のこなし方、このような表情を持つ女体《にょたい》を見たことがなかった。この女体は人から産まれたものではなく、環境との関係で育まれたものでもない。突然変異で自然発生したものだ。

長らく失われていた優しいものが見つかったように、市長《カイマカム》はこの美の前に呆然と立ちすくんでいた。

彼女の皮膚の落ち着いた色合いの白さは静脈を完全に覆い隠し、少しのゆらめきも見せずに突如明確な輪郭を成す唇の深紅色の中へ屈折し、それから漸次、爪の周辺や耳の下のうなじのあたりのかろうじてそれと分かる薔薇色へと変じてゆく。この全体として調和のとれた大きな肉体は、その静謐《せいひつ》さにおいて荘厳、動きにおいて緩慢、自分自身にのみ考えを集中しているように他と比較されることを求めない。――富裕で自足的な帝国に似ている。隠すものは何もなく、持てるものを誇示する必要もなく、沈黙のうちに生き、他者をその多弁な自己表示の必要性のゆえに蔑《さげす》んでいる。

これらすべてのものが今、市長《カイマカム》の目の前にあった。彼は、人生の本当の価値を十分に知っていると思われる熟年の男の眼をもってそれを見て、そして同時にこの人生が彼から滑り落ちて貧弱になるのを感じ取った。アニカ以外に誰がこのトルコ人の意思を阻止することができようか？　しかしアニカは市長《カイマカム》の妨害とはならなかった。

次の日、市長《カイマカム》の二度目の訪問のあと、アニカはあの金銀細工師のターネを呼び寄せた。

「あんた、字が書けるかい？」

「書けますとも」ターネは答え、証拠を示すかのように右手の大きな指を見せた。彼の目はアニカの優しさに触れてうるんでいた。

ターネは自分の店からインク壺とペンと紙をもってきた。今や彼はアニカと並んでソファーに座った。

「あたしが言うことを全部書くことができるかい？」

「ああ、できると思いますよ」

すべての怠惰な女の中に住む悪鬼がアニカに口述し、アニカがそれをターネに筆記させた。ターネは筆記を始め、体全体を片方へ傾けてゆっくりと語を綴ってゆき、彼の皺だらけの頬は、動くペンを舌で追うように絶えず上下に動いていた。アニカは口述した。

「あなたはドブルンの長司祭、あたしはヴィシェグラードの売春婦。あたしたちの教区は別個のもの。あなたは自分の教区に属さないことに手出しをしないほうがよい」

ある言葉を書き留めることをすでにためらっていたターネはこの時点で書く手を止め、アニカに困りきった眼差しをうすら笑いをうかべて向けた。彼女が口述することが冗談であり、本当はこの手紙をドブルンの長司祭に送るつもりはないのだ、と言ってほしいような素振りだった。アニカは彼の顔を見ようともせず、厳しく仕事を促した。

「書きなさい！」

そしてターネはおなじうすら笑うような困った表情で筆記を続けた。

「あたしが生まれる以前に、あなたはネデリコ家の垣根を飛び越えた。その時ネデリコは、アナグマがとうもろこし畑に入り込んだのだと思って、危うくあなたを殺すところだったよね。そして今日《こんにち》この頃あなたは寡婦《やもめ》たちの家を回って司祭服のほころびを繕《つくろ》ってもらっている。それで、あたしはあなたの健康状態を伺うようなことは決してしなかったし、あなたが何をしているか訊いたこともなかった。それなのにあなたはあたしのところへ市長《カイマカム》と警官を送り込むようなことをした。あなたは石の下に隠れている蛇に触らないほうがいい。ご存知ですか、長司祭さん、市長《カイマカム》は二度あたしの家へ来ましたよ。あたしは、子どもを扱うようにいとも簡単に剣を付けた彼のベルトをはずした。そして彼は、老人であるにもかかわらず、あたしのために洗面器とタオルを差し出してくれた。あなたは多分この話をもっと聞きたいでしょうね。さて、あなたはお宅の美男子の息子さんのことが心配でしょう。息子さんは、ザリヤの居酒屋に寝泊まりしていますよ。まるで花嫁のようにきれいに髭を剃ってね、本当の話、そして酔いつぶれています。しかしそれは問題ではありません。是非とも息子さんをお引き取りください。息子さんは、酔いが覚めて髭が伸びて、あたしの考えによれば、主教にさえなる人物です」

アニカは口述をやめた。ターネもひと息ついた。彼は口述に追いつくのがやっとだった。いくつかの語や音節を丸ごと書き漏らしたけれども。

ドブルンの長司祭に宛てたアニカの手紙の内容は、翌日にはすでに田舎町《カサバ》じゅうに知れ渡っていた。しかし市長《カイマカム》がアニカを訪ねるようになってからは、田舎町《カサバ》はもう何事にも驚かなくなった。ドブルンの教会では徹夜禱が行われたが、長司祭はガウンを裏返しに着て、火のついた蠟燭を逆様に立てた、という話が広まった。

田舎町《カサバ》では、いかなる人間の行為もこの最悪の状況を変えることができないと信じられた。人々は神の御手の働きを待った。そういう状況にもかかわらず、もう一度、田舎町《カサバ》をひっくり返すような驚くべき事件が起こった。

生神女誕生祭の日にドブルンの教会で大祭が開催され、町の人々が参集したばかりでなく、最も遠い村からもおびただしい数の村人たちが詰めかけた。

生神女誕生祭の前日の午後、アニカはドブルンめざして旅立った。アニカとイェレンカは、おとなしいよく肥えた馬に乗って出かけた。その後に召使が徒歩で続いた。彼らは脇道を通っていったが、それでもアニカがドブルンへ向かったという噂はまたたくまに田舎町《カサバ》じゅうに広まった。商店街《チャルシャ》は上を下への大騒ぎとなり、誰もがストラジシュテの下の急坂を登っていくアニカの姿を遠くからでも見ようと首を伸ばした。職人や見習い職人は、何か屋根裏部屋でできる仕事を思いつき、明かり窓によじ登って窓越しにアニカが丘の向こう側へ消えるのを見ていた。

アニカのすぐ後を追うように、金銀細工師のターネも急いでジプシーから借りたびっこの馬に乗って出かけた。長い顔がいつもより蒼ざめたターネは、商店街《チャルシヤ》の真ん中を恥も外聞もなく乗り進んでいった。彼を迎えた笑いも嘲りも彼は気にかけなかった。おそらく、人々のそういう声さえ彼の耳には入らなかった。しかしターネの姿が丘の向こう側に消えると、何か落ち着かない気まずい沈黙が町をつつんだ。男たちは店の中に引っ込んで、とりあえず手近にある仕事にとりかかろうとした。そしてつい数分前にターネを笑いものにした男たちの多くは、今や、自分たちも気づかれないようにアニカの後を追うことができるように、何かうまい口実を考えていた。ある者は獣皮を買いに村へ出かけることにし、ある者は急用でドブルンへ行くことにし、ある者はプリボイの市場へ出発することにした。陽が沈むと、若い男たちは近道を選んで、すでに年上の男たちが出かけていった同じ方角へ向かってこっそりと立ち去った。彼らの多くはまだ少年で、何か自分たちに得るものがあると期待するわけではなく、ただアニカのために一晩無駄に過ごすことが嬉しくて、ルザヴ川沿いのごつごつした岩だらけの道を転がるように走った。

チェリコヴァ橋のそばでターネは二人の女に追いついた。イェレンカが彼を叱りつけた。ターネは、ただにやにやしてアニカから何か言葉をもらえるのを待つかのように、彼女の背中を見つめていた。

「わしがあんたに何か悪い事でもしたかね？」

イェレンカは腹を立てて馬を止めた。

「あたしに悪い事をしているよ。ここでもあたしの邪魔をしているじゃないか。ヴィシェグラードであんたを見るだけでうんざりしているよ。何であたしらを追いかけてくるのかよ。うちへ帰って女房の子守りでもしてな！」

言い争いながら、両者ともアニカの方を見た。しかしアニカは馬を進め、振り返ることも、二人の言い争いを聞きながら口を挟もうともしなかった。イェレンカは腹立ちまぎれに馬に拍車をかけてアニカに追いついた。ターネはうなだれて手綱をゆるめ、少し距離を置いて彼女たちの後に続いた。

こうして彼らは百歩ほど進んでいったが、アニカが急に馬を止めて振り返った。それでターネは突然アニカと目と目を合わせることになった。両者の馬は鉢合わせしそうになって足を踏ん張った。その先端が肩までかかった白いスカーフにつつまれたアニカの顔は、暑さのために熱病に罹ったように赤くほてっていたが、彼女は優しく子どものように笑いかけた。ターネは顔の皮膚がひきつった。まばらな歯並びと血の気のない歯茎をのぞかせ、悲しげな灰色の目に涙を浮かばせていた。

「ターネ、あたしはメヂュセラツの店でレモンを買ったんだけどね、それを店のドア口《ぐち》に置き忘れてしまったの。お願いだから、ヴィシェグラードに戻ってそれを取りに行ってくれない。あたしたちがドブルンに着くまでに追いつけるわよ」

嬉しさに頬がゆるんでターネはどうにかアニカの頼みが理解できた。

「レモン……メヂュセラツの店で……行ってきます。今すぐ」

ただちに馬首をめぐらせ、ターネは、哀れにも、ヴィシェグラードに向けて馬を進めたが、ジプシーのやくざ馬は鞭をくれても鈍感で反応せず、虚しく拍車をかけた。二、三度彼は後ろを振り返って、アニカの白いスカーフが遠くへ消えていくのを見た。

アニカのずるさを知って、イェレンカは笑いをこらえるのがやっとだった。ターネが引き返すやいなや、イェレンカは笑いを爆発させた。アニカはただにやりとしただけで、何も言わずに馬を進めた。召使の少年は先へ行っていたが、木陰で待っていた。

ドブルンの大祭は大賑わいだった。アニカがここのどこかに来ているという人の話だったが、教会の奉神礼の時にも、教会行事の終わった午後にも教会の近くで彼女を見た者はいなかった。誰もがアニカの噂をし、彼女の出現を待っていたけれども、浮かれ騒いでいる群衆のあいだを悲しげに周囲を見回しながら、うろついている金銀細工師のターネの姿が見えただけだった。酔っぱらった農民が彼を押しのけたり、彼の足の爪先を踏んづけたりしたが、彼は相変わらずうろつきまわり、手にレモンがいっぱい入った手籠をもってアニカの姿を探していた。レモンは、アニカが店に何も忘れ物をしていないのを知って、ターネが自分の金で買ったものだった。黄昏が迫るころ、アニカとイェレンカが姿を現わした。教会の庭の真ん中の大きなテントが張られた一段と高い場所の席に二人は座った。

アニカの出現を耳にすると、長司祭は怒りのあまり我を忘れ、自分で出ていって彼女を教会の庭から追い出そうとした。町村の指導者たちや教会の長老たちが長司祭を引き止めた。彼らのうちの二人が、性悪女たちに集会から出ていくように、言いに外へ出ていった。

しかし、アニカは男たちの大集団に囲まれていた。長司祭から派遣された二人は、最初は笑い声で次には罵声で迎えられた。アニカは、指導者たちの姿が目に入らず、その声も聞こえないような振りをした。村の指導者たちは、近づいていって彼女らを力ずくで排除しようとしたが、大部分が酔っぱらっている若い男たちが固まって、たちまち二人と女たちの間に厚い壁をつくり、接近を阻止した。指導者たちは司祭館の壁まで押しのけられ、かろうじてドアを通ることができた。

他の市町村の管理者たちと長司祭自身が階段を下りた時は暗くなっていた。しかし群衆の大きな塊がドアを完全にふさいでいて、彼らを外へ出させなかった。

最大の騒擾《そうじょう》に巻き込まれた群衆は、自分たちが何をしようとしているかをまったく弁《わきま》えず、女たちが座っているテントから教区司祭館のドアに向かって突進する。実際に突進するのは何人かの酔っぱらった若者たちで、他の群衆は騒ぎの波に乗って揺れているだけである。最も大きな声で叫び威嚇しているのは、リイェスカから来た若者たちで、彼らはすべての教会の祭の場に現れて、喧嘩相手を求めるのだ。運よく今年の祭に来合わせた彼らは、最も名高い人物に高い目標を定めて、勇気百倍して叫ぶのだ。

「誰でもかかってこい、誰も容赦せんぞ！」

「絶対容赦はせんぞ！」

リイェスカの人々のなかで最も有名なリミッチ兄弟は興奮のあまり口から泡をとばしてベルトをはずし、歯ぎしりしてナイフを振り回し、何の必要もないのに互いに助力を確かめ合った。

「兄弟、おれが付いているぞ……」

辺りはすっかり暗くなった。陽が落ちる少し前にヴィシェグラードからヤクシャが到着した。彼は一日じゅう自分自身と格闘したが、夕方近くなって居ても立っても居られなくなってドブルンに向かって出発した。人々は灯りのともっているテントや平地に焚かれている火の回りに集まっていた。ひどく酔っぱらった者たちだけが外へ出て、反吐《へど》を吐き、呻き、暗闇のなかで壁に向かって何か独り言を言っていた。教区司祭館のドアの周辺は、相変わらず人だかりと何を言っているのか理解できない叫び声があった。ドア口《ぐち》には長司祭が立っていた。彼の後ろの廊下で誰かが掲げている松明の灯りで、彼の顔は黒ずみ蒼ざめて見えた。彼は話をしに出ていこうとし、制止の手から身を振りほどこうとしたが、教会の長老たちがしっかり彼を押さえていた。群衆の叫び声がうるさすぎて彼は自分自身の声が聞こえなかった。長司祭の顔には恐怖や動揺の様子は見られず、ただ驚愕に似た憤怒の表情があった。彼は話をしにいこうとして、あるいは酔っぱらって叫んでいる誰かに近づこうとして長いあいだ虚しく立っていた。そうして背伸びをして立ち、制止を振り払って出ていこうとしていた長司祭は、突然、敷居の上に立った。彼の視線は、最も明るく照明されている中央のテントに釘付けになった。灯りの赤い輝きのなかで傲然と背筋を伸ばしたアニカの姿を彼は見た。その片側にはイェレンカがいて、別の側には入ってきたばかりのヤクシャがいた。ヤクシャは、愛情と恭順に満ちた動作でアニカに身をかがめて手を差し伸べた。その仕草は父親の目には恥辱の極みであり、信じられないものであった。

長司祭は、自分の後ろに立っている人が少なくなると、みんなを押しのけて薄暗い階段を駆けのぼって自分の部屋へとびこんだ。長司祭夫人は、二階のバルコニーで震えて泣いていた。頭の中で救いようのない恥辱と息子と主人を思って倍増された愛情と悲しみのために自分と闘いながら、夫の後に続いた。それまで彼女を支えてきた女たちも続いた。何人かの親戚の者と教会の長老たちが長司祭の後を追い、他の者たちはとどまって、群衆が侵入してくるのを防いだ。部屋の中で長司祭が暗闇のなか壁から銃身の長い猟銃を取り外したところにみんなが駆けつけた。窓辺でみんなは長司祭に追いついた。窓からは人波でゆれる明るく照らされたテントが見えた。人波のなかには相変わらず身をかがめて立っているヤクシャと肖像画のモデルのように不動の姿勢のアニカの姿があった。長老たちが長司祭の腰にしがみつき、夫人が夫の手にしている銃にぶら下がった。長司祭は無言で、しかし物凄い力で身を振りほどいた。長司祭ともみ合いながら長老たちは、息を切らして彼をなだめた。「長司祭様！　神父様！　お願いだ！」

長司祭夫人は恐怖におののきながら声を枯らした泣き声で静かに懇願した。

「やめて！　お願いだから！　生命《いのち》と愛を滅ぼさないで！　いけません、いけません！」

こうしてもみ合いながら、みんなは長司祭を薄暗い部屋の中の少し奥へ引き戻すことができた。そこからは外は見えなかった。そこで彼が構えて持っていた猟銃を手から離させることができたが、同時に長司祭夫人が気を失った。ある者たちが失神した夫人を介抱しているあいだ、他の者たちが長司祭を別の反対側の部屋へ連れていった。

外では騒ぎが少し静まり、騒いでいた連中が散っていった。酔っぱらいたちは、すぐに長司祭のことを忘れ、新しい攻撃対象を探し、仲間同士で争い、あるいは親戚の者に喧嘩を吹っ掛けたが、親戚の者たちは酔っぱらいを積荷のように馬に載せたり、両脇を抱えて街道まで引きずっていったりした。少数の者たちだけがまだテントの前に残って、炎暑と焚火の照り返しで酔っぱらった顔をほてらせて、アニカたちをちらちら見たり、じっと見つめたりしていた。しかしアニカも帰り支度をしていた。アニカは、ヴィシェグラードまで送っていくというヤクシャの申し出をきっぱりと断った。ヤクシャは面食らって力をそがれ、苦々しい思いで声を落として言った。

「市長《カイマカム》は相変わらずきみのところへ来るのかい？」

アニカは聞いてはいたが、何か別のことを考えているかのように気のない返事をした。

「毎晩よ、ヤクシャ。うちへ来るとき彼に会わなかったの？　それとも、市長《カイマカム》は、あなたがいない時をねらってきたのかしら？」

ヤクシャは侮辱を感じて怯《ひる》んだが、アニカは静かな声で平然と話しつづけた。

「それとも、あなたが来たのは彼がいない時だったのかしら？」

自分が何を言っているのかを考えてもいないように、彼女は付け加えて言った。

「彼は、あしたもあたしのところへ来るわ。晩餐直後にね」

群衆は異常な速さで散っていった。その解散の速さは、あのような騒動と雑踏の直後としては、驚くべきものだった。教会の庭に残っているのは、屋台のコーヒー売りやキャンディー・シャーベット売りたちだけで、彼らはそれまで売り台に用いていた大箱に商品や道具を詰めたり、放置したままの焚火に水をかけたりした。焚火の火は消えかけていた。暗闇のなかで酔っぱらった者たちの人を呼ぶわめき声や呻き声が聞こえていた。その声もだんだん遠ざかっていった。親族のいない酔っぱらいの数人だけが溝の中や塀のそばで戦死者のように倒れていた。

司祭館の中では松明や蠟燭の光がまだちらちら動き、長司祭夫人の世話をする女たちが互いに囁《ささや》き合ったり、司祭の部屋にいる男たちにコーヒーを運んだりしていた。長司祭は落ち着きを取り戻し、人々と話をしていたが、その話しぶりは、葬儀の後の会話のように、ぎこちない気詰まりな口調だった。ついに、最後まで残っていた最も身近な人々も、潮時を見て長司祭に別れを告げに来た。長司祭も別れに際しては、先刻よりも冷静で平穏な様子を見せた。長司祭夫人には二人の女性が付き添って一緒に夜を過ごすことになった。

客たちが帰ったあと、長司祭は、しばらく自室にとどまっていたが、それから立ち上がって教会の庭と隣家のタシッチ家に面した窓のある大きな部屋に入った。長司祭夫人と女たちは、彼の足音を聞いて体をこわばらせた。しかし部屋からは何の音も聞こえなかった。彼女たちは、長司祭が自分の部屋よりも涼しくて風通しの良い大きな部屋で少し眠るのだろうと思った。

大きな部屋で長司祭は、蜜蠟製の蠟燭に火をともし、部屋に鍵をかけて蠟燭の前に座った。蠟燭の光が彼の胸、頬鬚、暗い窪みのような大きな目の蒼ざめた広い額を照らした。外で犬の吠える声がした。教会の庭は闇につつまれていた。ただ小川の向こう岸のタシッチ家の近くにはまだ何本かの松明が燃え、その灯りが揺れ動いていた。長司祭は長持の上に、死者の通夜をするかのように、膝の上に手を置いて座っていた。

彼の怒りはおさまり、彼の思考力は正常に復したが、胸の痛みは膨張した。彼は現在の事態に堪えられず、過去の記憶に、昔の時代に心の支えを求めた。彼がドブルンの教区司祭になってまもなく三十一年になる。教会と共に生き、人々と共に生きて、長司祭は多くの悪を見てきて、いまだにそれらを記憶にとどめているが、これほどの害悪を見ようとは予測もできなかったし、その生き証人になろうとは夢想だにしなかった。自分の血統の中で自分の家の敷居の上に目に見えず予期せぬ間《ま》にやって来て、親の心を引き裂き、親の顔に唾を吐きかけたこの害悪は、決戦によっても死と引き換えても、いかにしても阻止することも撃退することもできない。

突如として際限のない憐憫《れんびん》の新しい苦痛に満ちた感情が、彼の体内に形成されていた完全な真空に割り込んだ。彼は、人類に対して、人類が呼吸する息に対して、人類が食する糧に対して憐憫の情を催した。その憐憫は、特にあの不幸な、狂った大きな子ヤクシャに、彼が陥《おとし》いれられた不面目、恥辱に移行した。長司祭は長持の上に座って、孤児《みなしご》のように身をすくめ、顔を両手の手のひらで覆って、彼の生涯において初めて泣きだした。声を上げて止めどもなく泣いた。これほど大きな悪、恥、不正を前にして力をそがれ無防備にされた長司祭は、歯を食いしばって息を止め、嗚咽《おえつ》を抑え止めようとして虚しい努力をした。その涙は彼の内部でますます生命力を得て震動しているように思えた。彼はますます強く縮《ちぢ》こまり、痙攣しながらほとんど床《ゆか》につくまで体を折り曲げた。しかし彼の内部で予期せぬ衝動が沸き起こった。――長司祭は、心の限りに思いの限りに、恥も理性もない恐るべき被造物、汚れた娼婦を呪詛した。

三

その夜、月明かりを頼りにアニカはヴィシェグラードへ帰った。彼女の後を追うようにヤクシャもヴィシェグラードへ行った。次の日の晩、市長《カイマカム》は、アニカのもとへ行く途中、ヒルガオの生い茂った生垣の陰から何者かに銃撃された。アリベグは右肩に軽傷を負った。同じ晩ヤクシャは田舎町《カサバ》から姿を消した。

アニカは下女のジプシー女をアリベグの容態を訊かせに使いに出したが、ジプシー女は召使たちに棒きれで追い返された。アニカはそのことをあまり心配していなかった。彼女は、市長《カイマカム》が、回復すればすぐに来る、呼び出せばいち早くとんで来ることを知っていた。ドブルンへ遠征してからは、彼女は自分が思うことは何でも思いどおりにできる、と確信していた。そのことは、恐怖と狼狽、完全な混乱状態と無政府状態のなかにあった田舎町《カサバ》全体も実感して知っていた。

九月。バンポリェの奥の森の中に毎晩ヤクシャが燃やす焚火の火が見えた。彼はドブルンへも帰れず、田舎町《カサバ》に出ることもできないので森の中へ去ったのだ。ヤクシャを逮捕するために警官たちが遣わされたが、不首尾に終わった。彼を追跡することはすぐに中止された。彼の焚火の火は町から一時間半ほど離れたボロヴァツ山の山上に毎晩輝いた。田舎町《カサバ》の人々はみな、それが山の中にいるヤクシャの火であることを知っていた。アニカ自身もときどき外へ出て、中庭から最初の星々が現われる時に決まって彼の火が見え、だんだん強く赤く燃え上がり夜空と山々の頂を染めていくのを眺めていた。

こうしてヤクシャが山中に潜んでいるあいだ、ドブルンの長司祭は家の中で蒼ざめた顔で死人のように動かずに床《とこ》に伏していた。彼のそばには昼も夜も泣き濡れた長司祭夫人が付き添っていた。彼女は、夫に何か言葉を言ってくれるように、あるいは何か指図をしてくれるように眼差しで懇願したが、唇を固く噛んだまま顔を白い顎鬚《あごひげ》と口髭の中に沈めた長司祭の表情は青ざめてこわばり、うつろだった。

田舎町《カサバ》では市長《カイマカム》がドリナ川沿いの庭園で友人たちと飲みながら夕べを過ごしていた。彼は、ヤクシャを逮捕するために警官隊を派遣したが、警官たちのことも輔祭のこともすでに忘れていた。彼の傷はすぐに癒えた。彼の家にはサライェヴォから客が来ていた。二人の恰幅の良いオスマン人である。

昼間、三人は川沿いの市長《カイマカム》の庭園に座って賭け事をし、あるいは兵士たちに命じて黄色いカボチャを川に浮かばせて、それを標的にして射撃の腕を競った。日が暮れると、ジプシーの音楽家たちが呼ばれてきた。客たちは、オーストリアで購入した打ち上げ花火を持参していて、夜になると花火を打ち上げた。町の人々は、この今まで見たことのない物に驚嘆した。子どもたちは寝たがらず、市長《カイマカム》の庭園から花火があがる光景を、首を長くして待っていた。町の人々は、不審と驚嘆の眼で、赤と緑の火花が夏空の下に散り広がり、輝く雨のように地に降り注ぎ、そのあと闇がいっそう濃くなるのを見ていた。その闇の中では星々と山の中でヤクシャが焚きつづける火がちらついていた。

アニカは何もしようとはしなかった。彼女はもはや客を取らなくなった。日暮れ前に門を閉め、イェレンカに歌をうたうように命じた。イェレンカは良く通る高い声の持ち主で、田舎町《カサバ》の丘から丘までその歌声が響き渡った。アニカはイェレンカのそばに座って無表情な顔で声を立てず身動きもせずに聞いていた。

アニカの一挙手一投足が解釈され、彼女の一言一句が口から口へと伝えられる田舎町《カサバ》では、アニカは長司祭にその家の敷居の上で恥をかかせ、田舎町《カサバ》全体を服従させたにもかかわらず、まだ気持がおさまらず満足していない、と言われていた。アニカの言葉は、最近彼女の家の前にへばりついて離れずにいる一人の酔っぱらいのトルコ人に彼女が言ったことが、その男の口をとおして繰り返されたものにすぎなかったが、その言葉は恐れと戸惑いとほとんど尊敬に近い感情をもって受け止められた。

それはルドから来た金持で気性の激しいトルコ人だった。彼は、素面のあいだは旅籠の中か町の中にいるが、酒が入ると――毎日、酔っぱらっているが――メイダンへ行き、真っすぐにアニカの家の中庭に入る。日に日に彼は怒りっぽくなり、攻撃的になっていった。彼はイェレンカとサヴェタに暴力を振るい、彼と同じように訪ねてきた男たちにも暴行を加えた。アニカの窓の下で怒鳴りまくり、脅しまくってドアにナイフを突き刺した。ある夕方、彼は再び中庭でナイフを振り回し、今晩、誰でもいいから殺してやる、と声の限りに叫んだ。思いがけず、アニカが出てきた。軽装で白い靴下を履いていたが、スリッパは履いていなかった。彼女は、二歩つかつかと歩いてトルコ人の前に立った。

「何なのさ？　何をわめいているのよ？　何がしたいのよ？」彼女は、低い、押し殺したような声で訊いた。顔はまったく落ち着いていたが、眉間を寄せていた。

「誰を殺そうと言うんだ？　さあ、殺せるものなら殺してみな！　おまえのナイフを怖がっているとでも思っているのかい？　この田舎者の馬鹿野郎！　殺すならさっさと殺せ！」

トルコ人は酔眼を据え、口をもぐもぐさせ、喉をごろごろさせたので、彼の長い人参色の口髭と髭を剃った喉元の尖った喉仏《のどぼとけ》がぴくぴくと動いた。彼は手にナイフを持っていることも忘れ、何か言おうとして、まるで彼女に殺されるのを待つかのように突っ立っていた。アニカは彼を中庭から押し出して彼の後ろでぴしゃりと門を閉めた。

家の中へ戻るまでのあいだイェレンカやターネやどこかの若者のそばを通りながらアニカは酔っぱらいを罵りつづけたが、そのさい自分のことに関して声を上げて言った言葉が伝えられている。

「誰かあたしを殺してくれる人がいたら、その人は善行を施したことになる」


しかし、アニカが引き起こしたこの害悪と社会の混乱の中ですべてのことが見聞きされ実感されているこの田舎町《カサバ》においてさえ、誰も気づかず予想もしていない二人の人間の苦悩があった。この二人の人間は、それぞれに、すべてのことが自分の責任であり、自分が原因であると思って、人知れず、しかし他の誰よりもはるかに深刻に、苦しみ悩んでいた。その一人はアニカの兄ラレで、もう一人はミハイロだった。

アニカの悪名が広まった当初からラレは実家に来ることをやめた。商店街《チャルシャ》でも彼の姿は見られなくなった。彼はパン焼き工場で生活し、寝泊まりした。妹のことは知ろうともしなかった。たまたま誰かがアニカの名を口に出すと、ラレは明るい子どもっぽい顔を曇らせ、目を伏せてただ一点を見つめた。しかしすぐに明るい色の髪の粉だらけの頭を振ると、その顔にいつもの彼特有の微笑と知的に弱い人の表情が戻った。歌を口ずさみながら、子どもの時から父親に教え込まれたように、手捌《てさば》き良く機械的にパン生地《きじ》に丸パンの型を押しつづけた。

これがラレについて知り得るすべてである。この知的に未発達な、神の被造物である青年が、その薄暗い小部屋で大きなパン焼きかまどの陰で働きながら心のうちで何を想い、いかに大きな苦しみをかかえているかは、誰も知る由もなかった。

クルノイエラツのパン焼き工場に近く、商店街《チャルシャ》の中心から少し離れたところにニコラ親方の家があり、その家にミハイロが住んでいた。アニカが堕落して以来、ミハイロはできるかぎり多くの機会をつくって旅に出た。田舎町《カサバ》にいる時は、方々の店で話される噂に耳をふさぐわけにはいかなかった。それらの話からアニカのしていることのすべて、商店街《チャルシャ》で人々が彼女について考えていること、話していることのすべてを知った。

アニカにおぼれた息子を勘当して妻や娘と口をきかなくなっていたペタル・フィリポヴァツ親方は、ことのほかミハイロを愛し、親子ほど年齢《とし》が離れているにもかかわらず、まるで親友のように仲良くし、しばしば長いこと話し合った。朝まだ早い時に二人はペタル親方の店で座って話すことが多かった。商店街《チャルシャ》の店の半分はまだ開いていなかった。朝は静かで涼しかった。暗いむくんだ顔のペタル親方は落ち着いた声で話した。

「いいかね、きみはまだ若いが、年寄りたちが言う真理をきみに話しておこう。どの女の中にも悪魔が住んでいる。その悪魔は労働か出産によって、あるいはその両方によって殺さなければならない。もしその二つを免れる女がいたら、その女を殺さなければならない」

そしてこれまでこのことを誰も口に出して言わなかったかのように、ペタル親方は声を大きくしてミハイロに顔を向けて、いつもこの同じ言葉を言うのだった。

「兄弟、ミハイロよ、こんなことは今まであった例《ためし》がない」

そこで、ミハイロが、アニカ以前にも同様の害悪で知られているティヤナの話やサヴェタのことを想い起させようとすると、ペタル親方はその言葉を遮った。

「ティヤナは今回の女に比べれば聖人だったよ。サヴェタの問題ならば町は安心して眠れるさ。これまでの例から言えば、ああいう類のジプシー女や売春婦は大昔からいるよ。その仕事の場所も知れている。――兵士と一緒に塹壕の中だ。それには誰も見向きもしないし、気にも留めない。ところが今回は！　何が行われているか知っているだろう？　教会が冒瀆《ぼうとく》され、権力が手玉に取られている。そのうちわしら根こそぎ抜かれるぞ。だが、誰もあの女に対して何もできない」

「誰も？」

「誰もできない、誓ってもよい。今やあの女はこの田舎町《カサバ》の将軍《パシャ》で大主教《ヴラディカ》だ。誰もあの売女《ばいた》を殺すことができないなら、わしらは火炙《ひあぶ》りにされるべきだ。街道で待ち伏せして追剝ぎをした者たちの悪は、あの女の仕出かした悪に比べれば罪が軽い」

そしてペタル親方は、アニカが彼らに対して行なった悪と侮辱のすべてを、自分の息子の不幸にいたるまで順を追って話した。息子の話になると、親方は首を振るだけで苦しい思いを呑みこんだ。ミハイロは「あの女にも終わりの日が来ますよ」と言って親方を慰めた。

「いや来ない。あの女には終わりは無い。したい放題に荒れ狂うだろうよ。きみはわしらを知らないし、この田舎町《カサバ》のことも知らないのだ。わしらは、どんな災いにも抵抗できる。だが、この災いには抵抗できない。この災いは、わしらを馬代わりに乗りまわした。だが誰もどうすることもできないでいる」

ペタル親方は、いつもこの言葉で彼の話を結んだ。ミハイロは、その話を考えこむようにうつむいて聞いていた。

この悲哀に満ちた老人が、自分の悲憤を吐露した話がどれほどの苦悩をミハイロに与えたかを知っていたなら、老人はきっと他に話し相手を求めるか、自分一人で自分の不幸を解決する途《みち》をいろいろ模索したであろう。

実際に、ミハイロは、自分が人々の間に出ていってみんなと一緒に働き、話をし、この一年間に自分の身に起こったことを絶対に人に知られないように自制した力がどこから湧いてきたのか、自分でも不思議に思った。

アニカが原因で何が起こったかを考えると、彼の束の間の欺かれた希望が彼に向かって跳ね返ってきた。自己嫌悪に陥り、どうすれば、たとえ一瞬でもよいから、あの街道の十字路わきの旅籠で起こったあの事を記憶から消すことができるか、と自問した。希望を持つにはどうすればよいのか？——かつてサライェヴォの市場で一人のセルビア人がアルバニア人を刺したのを見た。ナイフは傷口に刺さっていた。刺された男は、他の人々がその後を追いかけている殺人犯のほうを見ようともせず、まるで荘重に落ち着きはらっているように、ゆっくりと最初の家の開かれている門のほうへ歩いていった。まるで歩数を数えるように歩いてゆき、誰のほうも見ようとせず、ただ両手で傷口を押さえ、誰かにナイフを抜き取ってもらうまでは生きていることを明らかに感じていた。

ミハイロは、「クルスタと関わったあの事件」を避けがたい、身近な自分自身の死のように見ていた。あの事件は、あの夜、旅籠で終わったのではなく、この八年間の苦悩をもって償われるものでもない。あの夜、致命傷を負ったのは、彼、ミハイロだった。彼のこの八年間は、あの視線を落として両手で傷口を押さえ、最初の家の門まで歩いたアルバニア人の歩数と同じだ。この田舎町《カサバ》に身を潜め、沈黙し、当てにならない希望の揺り籠の中で解放の希望が永続することを夢見て自分をあやしてきたのだ。そして今や追跡者を迎える時が来た。

そして奇妙なことに、この最終的な破滅的な考えのために彼の恐怖心と内面的な苦悩が薄らいだようだった。悲哀と憐憫に似た何かが彼の内に語りかけた。

「傷口からナイフが抜き取られる時がきた。自分を欺いていても意味がない」

ミハイロは、アニカとクルスティニツァを混同し、同一視するようになった最初の時がいつだったか、思い出せなくなっていた。彼の意識の中でこの二人の女性は最初から常に同一人物であるように思えた。アニカに限らず、彼がこの八年間に出会った少数の不幸な女性はみな同一であった。旅籠での放浪の女、あるいは欲望に負けて避けて通れなかった路傍のジプシー女、それらはみな、現在、彼の中で同一の一人の女性、すなわち、背が高く赤毛で、たくましい腕を持つ、燃えるような目の豊満な肉体のクルスティニツァである。それらすべての女性たちの中に、彼女らの残した恐怖によって、そこから逃げ出したい、隠れたい、浄められたい、洗い流したい、忘れたいという克服しがたい希求によって、あの女を認知するのだった。

しかし今やそれは束の間の幻想でもなく、一瞬の恐怖心でも嫌悪感でもなくなっていた。ここ、彼の家の裏の指呼の間にある小高い丘の上に一人の女が住んでいた。その女は、殺さなくてはならないクルスティニツァのことを毎日想い起こさせた。アニカがかつて彼の内に呼び起こした希望は、今やそれ自体が新しい苦痛に、苦々しい非難に変じ、束の間の苦しい戯れの後に彼女は本心を現わし、彼の心の奥深く秘めていた最も恐ろしい予感を実現した。

賢明で誠実な父親に教育され、繊細な心の持ち主だが芯はしっかりしたこの鉄砲鍛冶師の息子は、多くの苦難に堪え、あらゆる感情を巧みに隠すことができる男だったが、苦悩は増す一方でそれを押し隠すことは日に日に困難になっていった。亡霊のように、死よりも深刻で恐ろしい恥辱が彼の前に現れた。その苦悩は日常生活の些事にまで入り込み、狂気にまで至った。

ときおり彼の思いは、何か子どもの考えのように、順序も関連性もなく個別の細部にこだわっていた。例えば、あの夜ナイフをクルスティィニツァの手に残しておかなかったほうが楽だったのではないか、と思った。こうして彼にはあの置いてきたナイフが彼女の旅籠に抵当として入れた質草のように思え、そこから逃げ出してきたあの恐ろしい世界との関係の証拠物件のように思えてならなかった。そして、たまたま彼に関係なく、誰かが「ナイフ」という言葉を口に出すのを聞くと、ただちにその言葉がナイフのように彼の胸に突き刺さるのだ。

「ぼくのナイフは、あの女のところにある」

この測りがたい良心の戯れが、だんだんとミハイロの全生命を制圧するようになった。

しかし長年にわたる孤独のなかで、たびたび自分の過去を清算しようとする試みのなかで認識するにいたった多面にわたる暗澹たる苦悩にもかかわらず、苦難から奇蹟が生じ得ることを彼は知らなかった。——同じ夢を何度も続けて見る、しかも前回の夢の中で見たことを常に完全に意識して見るという不思議だ。こうして彼は、アニカとの関係に決着をつけた夢を見た。そしてその夢を最初に見たのがいつだったか、覚えていない。ただ繰り返し見る夢がその都度、現実性を帯び、詳細になり、はっきりとそれと分かる細部を加えるのだ。しかしこのことから夢はゆっくりと濃縮されてゆき、夢から分離して現実に近づき、気が付かぬ間に現実の中へ浸透する。

彼が最初に見た夢として記憶しているのは、次のような夢だった。——

明るい朝、新鮮さと冷気を顔、口の中、体全体に感じた。その全体像は、にわかには把握できないが、その異常な重さだけが記憶に残っている強い決断をもって、彼は姿勢を正して堂々と歩いている。誰かが目の前の通りや十字路をきれいさっぱりと空《から》にしてくれたかのようで、ただ彼の決断の重さだけが彼の歩みを前に進ませた。そのままクルノイェラツのパン焼き工場のそばを通る。工場の中からラレが明るい声で歌っているのが聞こえる。メイダンの坂を上っていく。アニカの家の中庭は明るさで満ち、花々が咲き誇っている。家のドアは、人を招くように開いている。

現実においても夢の中においてもこの敷居をまたぐまい、この門は避けて通ろうと、どれほど必死の努力をしたことか！　ミハイロは、個人的にはここで働く必要もないのに働き、旅する必要もない時に旅に出たが、それもただこの思いから自分を引き離し、アニカのことを忘れるためだった。それによって彼はある時期までは事業に成功したが、最近は逆に失敗することがあった。ぼんやりし、だらしなくなっていることに自分でも気づき、何かの病気に罹っているのではないか、と恐れた。

もう一つの可能性が残っていた。――何もかも投げ出して、何か不幸が起こる前に、名誉を失った人間、犯罪者のように、この世界の外へ逃亡することだ。もし目の前に現実的な生活上の困窮と目に見える敵がいたならば、それを実行したであろう。もしそうだとしても、どこへ逃げたらよいのか？　この世界から逃げ出したいと思っても、どの街道においても、どの町においても彼を待ち伏せしている者がいるだろう。最後には、逃亡の考え、あるいは何か別の方法による救済の考えは、夢と彼の頭の中で荒れ狂うつむじ風となって回転する思考との波間に呑まれて失われた。

生きる意欲のある若さと健全な理性がまだ彼を支えていた。そうして彼は、ときどきアニカに手紙を書くか手紙を人に託そうと考えた。アニカに忠告し、彼女自身のため、人々のため、彼のために身を引いて町から出ていくように要求するつもりだった。しかしこの考えはまったく虚しい、と思い直した。

ミハイロは、しばしばラレのことを考えた。この美しい純朴な青年には常に何か心惹かれるものがあった。彼と、彼の運命の中に入り込んだ女性の兄との間には、以前から何か通じ合うもの、何か愛情に近いものがあり、それと共に不信感と羨望があった。ミハイロは時間の許すかぎりラレの所へ立ち寄った。ペタル親方と交わした会話のあと、ミハイロはしばしばラレのことを思った。アニカの兄としてすべてのことを見て感じ取っているラレなら、自分の力で妹を無力にして服従させ、必要ならば、排除することができるような気がしていた。このような日々、朝早くパン焼き工場の前を通るとき、ミハイロは、わざと二、三度、工場に立ち寄った。その都度、ラレが大きな声で歌をうたいながら白い丸いパン生地の塊に大きな黒いナイフで切り込みを入れているのを見た。ミハイロはラレとできるかぎり多く話をした。ミハイロはアニカのことに話題を向けようとしたが、うまく行かなかった。ラレは幸せな白痴の微笑で答えるだけで、自分の粉や水やパンの話しかしなかった。

こうして、ラレに掛けたはかない希望は遠のいた。すべてのことがあの女の脇を避けて通り、彼自身を彼女と直面させるように置き去りにした。すべてのことが明らかにむりやりに、先の見えない袋小路に彼を追い込んだ。彼は無力にされ、気づかぬ間に正道からはずれて歩いてきた旅路の道程をときおり顧みて測ることしかできなかった。

美しいヴィシェグラードの秋だった。ミハイロは、別れを告げ、立ち去る時が来たことを感じていた。このことは気が付かぬ間に始まっていた。多くの痛みをともなう「さよなら」という言葉を口に出して目が覚めた。誰に対して「さよなら」を言ったのか？　忘れてしまった何かの夢に対してか、あるいは眠り全般に対してか？　自分でも分からない。それ以上のことは考えないことにした。しかし少し遅く中庭の泉で顔を洗いながら、手のひらにいっぱい掬《すく》った冷たい楽しげな水に向かって突然、もう一度「さよなら」を言い、そしてそれを水と一緒に振り散らした。そしてその考えを忘れた。

そうして自分の周囲のすべてのものに別れを告げていることが自分でも分かった。そしてある日、彼は、落ち着きはらってごく自然に、しばしば商店街《チャルシャ》で見かけるアニカの召使のジプシー女に近づいて、静かに落ち着いた声で言った。

「明日の朝か午後、アニカに会いに行ってよいかどうか、アニカに訊いてくれないか。他に誰も来ていない時ならば行くことができる。どうしてもアニカに話したいことがあるのだ」

ジプシー女が立ち去ったとき、ミハイロは、体の震えを覚えて辺りを見回し、誰か支えになる人、助言してくれる人を虚しく探した。しかしそのあと一日彼は落ち着きを取り戻した。注意ぶかく帳簿の整理をし、家の片付けをした。陽が沈む前に彼はストラジシュテの台地に向かって歩きだした。そこの台地で彼は何度も友だちと落ち合って、一緒に飲んだり歌ったりする夕べを過ごしたものだった。

ミハイロは、ゆっくりと坂を登っていった。トルコ人墓地の少し上方の平地に腰をおろして自分のそばにラキヤとトルコ・コーヒーの茶碗とつまみを並べた。ゆっくりと火打石を打ち合わせて火を起こし、火のついた煙草を左手の指の間に優しく持った。彼は煙草の煙から目を離すことができなかった。その煙は渦巻きながら動かない空気のなかでゆっくりと分かれてゆき、彼の視界を覆った。夕日は松林の間にまだ見えていた。彼の眼下の谷間にはヴィシェグラードの白壁の家々の黒や赤の屋根から煙が立ち昇っていた。満々と水をたたえたルザヴ川の支流の水面には空と川岸の柳が影を落としていた。

これがここの生活のすべてだ。

ミハイロは、この場所からは見えないすべてのものを自分の心の中で見ていた。——すべての商店のドア、子どもたちの遊び場になっている、つるつるに踏み磨かれた大きな石畳のある家々の門、すべての人々、すべての人々の表情と挨拶。これが生活のすべてだ。

彼はラキヤを一杯飲んだだけで、つまみのことは忘れていた。煙草の煙は青くなり、その渦巻は空中に漂い、ゆっくりと薄れていった。この黄昏の微光の中ですべての物体が持続し、元の形姿のままとどまるべく最大の努力を示していた。そしてミハイロは煙草の煙を吸い、空気を吸い、ヴィシェグラードの空気を吸い、家並みと山々の峻厳な峰と林間の草地を眺めていた。これらの風景は、年とともに彼の思考と結びついた。不変の山々の風景と並行して不変の思考があった。——ヴィドヴァ・

ゴーラ、カベルニク、リイェスカ、ブラジェヴォ・ブルド、オルヤツィ、ジュリイェブ、ヤニャツ、ゴスティリ、チェシャリ、ヴェリィ・ルグ。自分の背後にあるものも振り返って見なくても、よく見えて知っていた――ストラツ、スタニシェヴァツ、ゴレシュ。今やこれらの峰々は最後の夕焼けを反映し、彼がよく知っている変わり方で消えてゆき、夜の前に訪れる青色を帯びてゆく。ゆっくりと青色を帯び、だんだんと消えてゆく。立ち去ることも別れることもしたくない。

これが生活のすべてだ。

この丘の狭間に来て、ここの人々と一緒に働き、一緒に住むようになって、いつの間にか満六年になった。この地で彼は再び自分の居場所を見出した。この地に根を下ろし、彼の生活は順調に過ぎた。ここの世界のすべてのものと同じように、ここの煙と同じように、ここの日の光と同じように、ここの騒音と同じように彼は生活を続け、生き延びたいと願い、生活様式を変えたくない、動きを中断したくない、と思った。

こうして別れを告げなければならないという意識が彼の心を切り裂いた。何か確定したことを考えることもせず、友人たちのこと、ニコラ親方のこと、娯楽のこと、仕事のことを考えることもせずに、このすべてのものと別れ、すべてのものをただ一つの痛みをもって憐れむのだった。別離はすべての人に訪れる運命だが、このような別れ方はすべての人に課せられた義務ではない。そのためには断固たる決断が必要だ。

ミハイロは町の上へ煙草の煙を吹きかけた。町ではすでに家々に灯りがともっていた。心が落ち着いていない時に、ラキヤが引き起こした、ぜいぜいいう音を胸に感じて、彼は、ひっきりなしに煙草を吹かして愛する町を煙でつつんだ。その時、視野の果てに赤く輝くような雲が現われた。すでに沈んだ太陽は中空に反照し、ヤニャッ山の頂の今まで見たことのない林間の草地を照らした。それが合図のようになってミハイロは立ち上がり、夕闇と連れ立つように丘を下って町へ向かった。彼の立ち去った後にはかすかな煙が残っていた。

彼はまっすぐ家へ向かった。彼は木戸の木製の掛け金を押し下げた。長年、手に触れてその気まぐれな癖と欠点のすべてを知っている、このつるつるに磨かれた木製の鍵は、一つ所に変わることなく生活し、長く居ることがいかに楽しいかということを彼に新たに思い起こさせた。家のドアは半分開いていて、中で火が燃えているのが見えた、その火に気を取られて長い中庭を通っていくと突然、何かにぶつかりそうになったことを感じた。納屋のそばにアニカの召使の片目のジプシー女が立っていた。こんなふうに突然出会ったことがきまり悪くなって、彼は自分のほうから女に近づいた。女が先に口を開いた。

「アニカからの伝言です。あなたに明日の朝できるだけ早く来てほしい、とのことです」

ジプシー女はほとんどささやくように言うと、足音を立てずに立ち去った。

その夜、ミハイロは仕事仲間のニコラ親方のために必要な書類等を全部用意した。夜明け前に、眠りの代わりにある種の穏やかな興奮が彼を捉えた。それによって夜が短縮され、現実に対するすべての思いが消し去られた。

この田舎町《カサバ》では太陽の昇るのが遅い。急峻な高い山々に囲まれているからだ。しかし太陽が顔を出すよりずっと前に、ちょうど大空の中心から降りてくる間接的な明るさによって町の中が見える。その穏やかな薄明かりの中をミハイロは自分の中庭を通り、旅に出る時にしばしばそうしたように、歩きながら革製の袋と布製の袋を肩に投げ掛けた。

通りは人気《ひとけ》がなく、広々として明るく見えた。ラレのパン焼き工場のそばを通ったが、中からいつもの歌声は聞こえてこなかった。この時間帯にラレの歌声が聞こえないことは今まで一度もなかった。パン焼き工場は閉まっていた。閑散として暗く、古い納骨堂のように見えた。しかしその先へ行くと、すべては正常だった。メイダンに通じる坂道にはまったく人通りがなかった。空に昇る太陽の朝焼けが広がっていた。ある家の軒下で鳩たちがくっくっと鳴いていた。多くの家のドアは開いていて、闇を追い出すように黒く見えた。

アニカの家の門も開いていて広い中庭が見えた。家の裏手にある丘の麓の勾配のある菜園でイェレンカが緑の中に隠れるように身をかがめて、コオロギのように歌いながらサヤインゲンを摘んでいた。

家の敷居をまたぐと、ふと視線がかまどに向いた。薄く積もった灰の中に大型の黒いナイフが柄まででべっとり血が付いて落ちていた。それは、パン焼き工場でラレと話をしているあいだラレの手に握られていたのを何度も見たあの同じナイフだった。

激しい衝撃を受け、不思議な夢の中で不思議な夢を見ているかのように頭が混乱したが、ミハイロは落ち着いて部屋のドアに近づき、躊躇なくドアを開けた。小さいが絨毯を敷き詰めた部屋は乱れていなかった。ただ二つの枕がソファーから転げ落ちていた。床にアニカの死体が横たわっていた。アニカはきちんと服を着ていた。ただ胸の部分でヴェストが引き裂かれ、シャツが切り裂かれていた。まったく抵抗もせず、死の苦しみもなく倒れたようだった。アニカはいつもより大きく見えた。床の上、マットレスの上、壁際に置かれたクッションに長身の体を伸ばして倒れていたからだ。髪には花の飾りがついていた。体から出血している様子は見られなかった。

全身が凍りついたようになって、ミハイロは十字を切ろうとして手を上げたが、途中でやめ、その上げたままの手でドアを閉めた。立ち去る時に、もう一度、灰の中にあるナイフを見た。それは、何百年も死んで物言わぬ物体であり続けるかのように、動かずに横たわっていた。彼は戻って、心の奥におののきを感じてそのナイフを取り上げ、まず灰で血を洗い、それからかまどの縁《ふち》で血をこすり取り、その朝のために用意した自分の大型のナイフと並べてベルトにさした。

外では太陽が昇り、イェレンカが菜園のどこかで相変わらず歌っていた。泉では水が音を立てて湧いていた。窓の下の低いベンチにはすでにあの知恵遅れの少年ナズィフが座って自分のまわりに砂糖の山を築いてぶつぶつ何か言っていた。頭のおかしい少年は目の前を通り過ぎるミハイロを見ようともしなかった。ミハイロは急ぎ足で小川のほうへ降りていった。小川にはまだ朝の光景が影を落としていた。

アニカの予期せぬ死は町を変えた。このような無秩序と崩壊の後で、この田舎町《カサバ》ですべてのものが元の秩序に戻った回復の速さは信じがたいほどだった。あの女性がどのように現れたのか、何のために生き、何を望んでいたのか、誰も訊く者はいなかった。有害で危険な女だったが、今や死んで葬られ、忘れ去られた。田舎町《カサバ》は混乱に陥り、一時的に悪に支配されたが、再び元どおり正常に呼吸し、安らかに眠り、自由な眼で物を見るようになった。もし再び何か似たような害悪が出現したとしても——それはいつでも出現し得る——田舎町《カサバ》は再びその害悪と闘い、それを打ち破り、葬り、忘れ去るまで抵抗する。

サルコ・ヘドは殺人事件の捜査を行なった。イェレンカ、サヴェタ、それにあのジプシー女が取り調べられ、警官たちは、必要もないのに、彼女たちを鞭打った。拷問しなくとも、どの女も本当のことしか言わなかったのだから。

アニカは、その朝自分を一人だけにしてほしい、と言い、家の中をすっかり「きれいにした」。家の中へ誰も入れさせず、ジプシー女とサヴェタをヴゥチネのクリスティナとかいう女の家へ行かせ、昼食時までは帰ってこないように命じ、イェレンカには丘の下の菜園へ行かせてサヤインゲンを摘ませ、呼ぶまで戻ってこないように命じた。

ジプシー女は、同じ前日の夕方、アニカの招待をミハイロに伝え、次にラレを訪ねて同じ伝言を伝えたことを明らかにした。

「アニカからの伝言です。明日の朝できるだけ早く来てほしい、ということです」

ラレはそれに対して何も答えなかった。

なぜアニカは、しばらく会っていない兄を、ミハイロが彼女の家へ来るのと同じ朝に呼び寄せたのか？　それは偶然だったのか？　それとも何か奸計か驚かすことを企てていたのか？　二人のうちの誰がアニカを殺したのか？　ジプシー女は、イェレンカやサヴェタのようには、すべてを説明することはできなかった。なぜならアニカは彼女らとほとんど話をしなかったし、自分の意図を決して明らかにしなかったからだ。

イェレンカが言えたただ一つのことは、彼女が小高い丘から誰が家に入り出ていくかを好奇心で見ていると、最初にラレが家の中に入り、しばらくして出ていったということだった。彼女は、それが精神遅滞の青年でアニカの兄であることを知っていたので、それを不思議に思わなかった。しばらくのちにミハイロが家に入った。彼が家の中にいた時間はラレよりも短く、落ち着いた足取りで出ていった。その朝、アニカが仲たがいしている兄と何をしたのか、それまで来たことのないミハイロと何をしたのか、イェレンカは興味を感じたが、呼ばれるまで菜園を出る勇気がなかった。ある老婆の泣き叫ぶ声を耳にして初めてイェレンカは菜園を駆けおりた。その老婆は亜麻布を売るために家々をまわり、たまたまアニカの家へ入り、アニカの死体にぶつかったのだった。

何人かの村人の話では、ドブルンの裏手のウジツェに向かう街道でラレを見た、その一方で反対方向のサライェヴォに向かう街道でミハイロの姿を見た、ということだった。女を殺害した凶器のナイフはどこにも見つからなかった。

すべてのことが不明瞭で混乱しており、解決の見通しがどうしてもつかなかった。この状況は、なるべく早く捜査を終えて打ち切りたい、と思っているヘドにとって好都合だった。この捜査は、解明できるものも確定できるものも何一つないうえ、真犯人捜しは誰にとっても必要なく、要求する者もいなかったからだ。

市長《カイマカム》はプリェヴリャの親戚の家で二、三週間すごしたあとヴィシェグラードに帰り、以前と変わらず自分の楽しみのためと他の者たちの楽しみのための生活を続けた。本当のことを言えば、彼は水ギセルを前に置いて庭園に座り、流れの速い水を眺めながら、ときおり異教徒の女のことを想った。「奇蹟だ！　あれほどの美の跡を継ぐ者はいない」これが彼の瞑想の主題と言えるものだった。しかし彼は、田舎町《カサバ》にはこの問題を共に語るに値する者は誰もいない、と見ていた。

そして田舎町《カサバ》の他の人々はみな、自分を取り戻し、元の自分の外見を保った。女たちはますます明るくなり、男たちはおとなしくなった。

ペタル親方の息子は父親と和解した。彼は急激に体が大きくなり、薄い長い口髭を生やし、うつむいて膝を曲げて町の中をうろついていた。彼は仕事に没頭するようになった。クリスマスのあと彼は結婚することに取り決められた。（「彼女の中でぼくは魂を滅ぼすことになるだろう」彼は友人たちにうつろな暗い声でこういった。）

田舎町《カサバ》の中でただ一人ペタル・フィリポヴァッツ親方だけが相変わらず暗い表情で不機嫌に店に座っていた。親方は、何か大きな苦悩を心のうちに秘めているに違いない不思議な青年ミハイロを心の底から憐れに思っていた。そして親方のいるところでアニカの害悪を田舎町《カサバ》が運よく解決できたという話が出ると、彼はただ手を振るだけだった。

「あの女は死んでもなお、われわれに毒を盛るだろう。これから先、百年は続くだろう。あの女の毒が消えるまで百年はかかる」

この意見を持ちつづけ、それを言明できるのは彼一人だけだった。

ドブルンの長司祭の家では事態は好転した。アニカの死のあと、ヤクシャはセルビアへ行くつもりだった。しかしその旅の途中で父親が危篤という知らせを聞いた。突然、彼は決断した。夜、彼はドブルンに帰った。まっすぐ病人のいる部屋に入り、父親の手に接吻して赦しと祝福を得た。父親はただちに息子をトルナヴツィに行かせることにした。彼の問題がおさまり忘れ去られるまでそこに滞在させるつもりだった。その後まもなく長司祭は健康を回復し、ヴィシェグラードへ馬で行けるほどになった。ヴィシェグラードで彼は、市長《カイマカム》にはヤクシャを追及する考えはなく、またヘドが市長《カイマカム》を襲撃した犯人が誰であるか、知らない振りをしていることを知った。すべてのことが暗黙の協定であるかのように忘れられ、すべてのことが奇蹟のように円満に収まった。

ヤクシャは、次の年の夏に結婚し、長司祭は、息子が司祭に叙任され、父親に代わってドブルンの教区司祭になるまで長生きした。

ラレのパン焼き工場とクルノイェラッツの家は町の所有となり、一般に貸与された。今は他の人々がそこに住み、働いている。アンジャ・ヴィディンカの娘のことを覚えている人は多くはない。ミハイロのことも人々の記憶から遠ざかりはじめた。彼のかつての主人であり仕事仲間であったニコラ・スゥボティチ親方だけがしきりにミハイロのことを想っている。ミハイロがいなくなってから、親方は再びヴィシェグラードの家に移り住むことになった。ミハイロに代わり得る人物は誰もいなかったからである。親方は旅行することも賭博をすることも少なくなった。何かの病気が彼を苛《さいな》め、力を奪ったように思える。現在、ニコラ親方はペタル親方のところへ来て話をする。またしばしば、夕方、暑さが和らぐ頃になるとペタル親方がニコラ親方の家に来る。大きな美しい庭の、泉の上方に植わった柘植《つげ》の樹の間に小型の絨毯を敷き、そこで二人はラキヤを飲みながら話をし、そのたびにミハイロを思い出す。

「泥水に落ちてしまった男だ」ニコラ親方は深いしわがれ声で言う。「彼がわしの息子だったらなあ。息子を亡くしたと同じように悲しむだろうなあ」

そしてニコラ親方は、ミハイロと共に食した塩とパンを何度も何度も祝福した。親方の目の片隅には何か動かない火花が光った。それは一度もこぼれ落ちたことのない涙だったが、話がミハイロのことに及ぶたびにいつも変わらぬ同じ涙のように同じように光るのだった。

解説　イヴォ・アンドリッチ——作家と作品——

ここに訳出した四篇の物語の舞台となっている場は、いずれもボスニアがオスマン・トルコの支配下に置かれていた時代に発達した町である。

サライェヴォは「ヴァロシ varoš」とよばれる都市である。トラーヴニクとヴィシェグラードは、トルコ語起源の「カサバ kasaba」とよばれるトルコ風の街並みをもった田舎町であるが、重要な歴史的意義をもつ。

『宰相の象の物語』はトラーヴニク、『アニカの時代』はヴィシェグラード、『シナンの僧院《テキヤ》に死す』と『絨毯』はサライェヴォが舞台となっている。この三つの町は、アンドリッチの感性が形成される幼年時代・少年時代・青年時代と深く関わっている環境であるので、収録作品の理解のための備えとして、初めにこの作家の生涯を概観しておきたい。

一　イヴォ・アンドリッチ――小伝――

イヴォ・アンドリッチ（一八九二―一九七五）は、自分の生まれ育ったボスニアという国のモザイク構造の諸要素を先天的な体質としてもち、その内なる矛盾と調和の葛藤を内観しつつ、故国旧ユーゴスラヴィアの歴史とそこに生きる人間の運命を普遍的なものとして描くことのできた作家である。

イヴォの両親はボスニア人でカトリック教徒である。ボスニアにあってカトリック教徒であるということは、支配者階層に属さないことを意味していた。イヴォの父アントゥン・アンドリッチはサライェヴォの出身で、作家自身の証言によれば、金属細工を生業とし、コーヒー碾《ひ》き機を作る専門職人であった。

ボスニアのコーヒー碾き機はトルコ・コーヒー専用のもので、コーヒー豆を粉状に細かく碾く手動式の小型の器具である。真鍮の薄板を丹念に叩いて円筒にし、豆を入れて碾く部分と、微粒子状に碾かれた粉が溜る部分とが上下に嵌め込まれて一つにつながる形に作られている。円筒の表面には装飾の模様が彫金されている。上部の円筒部分は碾き臼に相当し、鉄製のハンドルをゆっくりと回して豆を碾き、粉は下部の筒の中に溜る。このコーヒー碾き機は完全にトルコの技術を受け継いだものである。サライェヴォのコーヒー碾き機を作る職人は旧市街のバシ・チャルシヤの工房で仕事をする。

バシ・チャルシヤはイスラムの商業世界の縮図である。金銀細工、鍋釜作り、織物、木工細工、縄作り、箒作りなどのさまざまな小工場と店舗がそこにあるが、親方はイスラム教徒（ムスリム）である。カトリック教徒がイスラム商業区でトルコの伝統的な実用工芸品であるコーヒー碾き機の製造に携わるということは、東西文化の「矛盾の調和」の中の異質要素のひとこまを表している。イヴォの父は、おそらく、ムスリムの親方に低賃金で雇われた職人だったと思われるが、一人前職人（カルファ）になる前に転職したらしい。イヴォの父方の祖父がコーヒー碾き機を作る職人であったことは確かである。イヴォの父アントゥンは一八九四年イヴォが二歳の時に結核で死亡するが、その当時は裁判所の用務員をしていたと言われる。いずれにせよ、作家自身には父親の記憶はないはずである。

イヴォの母の名はカタリナ（カータ）、旧姓はペイッチ。アントゥン、カタリナ夫妻はサライエヴォを生活の場としていたが、カタリナは一時トラーヴニク近郷に在住の親戚ペイッチ家に、おそらく、出産のために滞在しており、そこで一人息子のイヴォを出産した。

イヴォ・アンドリッチは一八九二年十月九日トラーヴニク近郊のカトリック教徒の居住地であるドラツでこの世に生を享けた。出生証明は教区司祭のユーライ・プシェクが書き、トラーヴニク近郊ゼニャクの洗礼者聖ヨハネ教会の教籍簿に記録された。両親ともに信じる宗教はローマ・カトリック、子どもの洗礼名はイヴァンとある。

母子はトラーヴニクには長くはとどまらなかった。母カタリナは生後一か月の嬰児を抱いて、夫の仕事場のあるサライエヴォに戻った。しかしアントゥンは息子が二歳にも満たないうちに肺結核で死亡し、母子は生活の資を失った。二十一歳の若き母は子どもをヴィシェグラードに住む夫の妹アナとその夫イヴァンに預け、自分はサライエヴォで働き口を探すことにした。彼女にとってそれ以外に生きる途はなかった。

イヴォ・アンドリッチの父方の叔母アナとその夫イヴァン・マトコヴシクには子どもがいなかった。夫婦は心優しく、イヴォを実の子のように可愛がり大切に育てた。イヴァン・マトコヴシクはポーランド人で、オーストリア軍憲兵隊の曹長だった。かつてオスマン帝国の田舎町《カサバ》であったヴィシェグラードは、当時はオーストリアの軍政下にあった。マトコヴシクの家は、水青きドリナ川の左岸、十六世紀に大宰相メフメド・パシャ・ソコロヴィチが私財を投じて築いた壮麗な石造橋の近くにあった。イヴォは、このヴィシェグラードの叔母の家で物心がつく。「私はドリナ川の橋のたもとで初めて陽の光を見た。私の部屋の窓は、学校への行き帰りにいつも休息をとることにしていたメフメド・パシャ・ソコロヴィチの壮大な橋に面していた。友達が川の近くで遊んでいるあいだ、私は、橋の真ん中の『ソファー』とよばれる石に腰をおろして、古老たちの話を聴くのが好きだった」とアンドリッチは幼年時代を回顧して語っている。

叔母のアナは厳格であったが、公正な心の持主だった。マトコヴシク家の家事の手伝いをしていたアイクナの回想によれば「イヴォは小さい王子様のような生活をしていた。イヴォの部屋はいつも花でいっぱいであり、春のように美しく、薔薇の香りがしていたことを覚えています。イヴォ以外には誰も部屋に入ろうとはしませんでした。叔母さんはイヴォに自分の世界を持たせようと願って、そのように命じたのです。イヴォは自分の部屋に独りいて読み書きの勉強をしていました」という。

イヴォはヴィシェグラードの小学校に入った。六歳のイヴォは最初の授業から教師のリュボミル・ペトロヴィチの感化を受けた。ペトロヴィチ先生はイヴォに文字や算数を教えただけではなく動物や植物を大切にするように教えた。ヴィシェグラードの小学校には年齢が異なるばかりでなく国籍の異なる子どもたちが通っていた。セルビア人、オーストリア人のほかにチェコ人、ポーランド人、ユダヤ人、ドイツ人、イタリア人の児童がいた。このように、アンドリッチは幼年時代から多民族共存、自然と人間との調和という環境のなかで教育を受けた。同窓生の回想によれば、イヴォは、やんちゃな男の子たちのいたずらや悪ふざけに加わることのない、おとなしい内気な子であった。

イヴォが小学生であったあいだ、母は休暇を利してヴィシェグラードに息子を訪ねてきた。イヴォが小学校を終えると、母は息子を、サライェヴォで学業を続けさせるために、自分のもとに引き取った。

一九〇三年秋、イヴォはサライェヴォのギムナジウムに入学を許可された。サライェヴォのギムナジウムは、ボスニア・ヘルツェゴヴィナで最初に設立されたギムナジウムである。サライェヴォ市のクロアチア文化・教育を促進する育英協会の「ナプレダク」(「進歩」の意)から年額二百クローネの奨学金の支給を受けて進学が可能となった。

母と子はサライェヴォの旧市街を見下ろす小高い丘のビストリック区の小さな借家に住んだ。ビストリックはイスラム教徒の居住区であり、母は近くの絨毯を織る工場で女工として働いたが、きわめて貧しかった。

サライェヴォのギムナジウムはオーストリア゠ハンガリー帝国の教育組織に即した学校で、教師の大半は外国人であり、ゲルマン化の傾向が強かった。

イヴォはよく勉強したが、病気がちで欠席が多かったために、ギムナジウムでの成績は「中位」だった。文系科目は得意であったが、数学が不得手で、二年次、五年次、六年次で落第点を取り、再履修をさせられた。

ギムナジウム時代、イヴォは本の虫となった。ルドルフ通りの書店「ストゥドニチカ」のショーウインドーの前にしばしば立ちどまった。そこにはウィーンやミュンヘンで出版されたドイツ語書籍が展示されていた。そこは高校生《ギムナジスト》イヴォにとって「世界への窓」であり、「偉大な世界文学への私の『入口』」であった。イヴォはドイツ語がかなりよく読めた。彼はストリンドベリのドイツ語訳の全集を読み、ゲーテやハイネの作品にも親しんだ。セルヴァンテスの『ドン・キホーテ』もドイツ語で読み、その影響はのちに現れる（例えば、『アリヤ・ジェルゼレズの旅』）。

ドイツ語が読めるようになってから、イヴォはフランス語を独習した。そのフランス語について、のちに作家は「それは私にとって新しい言語であったばかりでなく、新しい世界であった。発見であった」と語っている。まずメリメ、バルザック、スタンダールを読み、最後にはプルーストに出会う。

ロシア作家ではゴーゴリ、トルストイ、ツルゲーネフ、ドストエフスキイに親しんだ。

数学で落第して六年生をやり直すことになったイヴォは一時自殺まで考えたが、そんな彼に大きな転機が訪れた。ウィーン大学で博士号を取得した最初のボスニア人であるトゥゴミル・アラウポヴィチが国語（セルビア・クロアチア語）担当の教授として赴任してきて文学を講じ、自身詩人でもあった彼は、アンドリッチの文学的才能を見出した。アラウポヴィチは、のちに物心両面においてアンドリッチを支えることになり、両者の師弟愛はアラウポヴィチの死の時（一九五八年）まで続く。

ギムナジウム時代、アンドリッチの精神的発達に、アラウポヴィチ教授とならんで多大な影響を及ぼした人物に、友人のディミトリイェ・ミトリノヴィチがいる。ミトリノヴィチはアンドリッチよりも少し年上で、のちに詩人、批評家、哲学者となる。ミトリノヴィチの影響でアンドリッチはスロヴェニア語を学び、ムルン、ジュパンチッチ、レヴスティクの詩を翻訳し、文芸誌「ボスニアの妖精《ヴィーラ》」に訳詩を発表した。アンドリッチにホイットマンを読むことを勧めたのもミトリノヴィチだった。

一九一二年六月二十四日、アンドリッチはボスニアのギムナジウムを無事に卒業した。秋に大学に進学するまでのあいだ、彼はキルケゴールをドイツ語で読み、『誘惑者の日記』、『あれか、これか』に圧倒された。

同じ年の十月、アンドリッチはザグレブ大学（フランツ・ヨーゼフ王立ザグレブ大学）に入学した。今回も「ナプレダク」の奨学金を得てのことである。

保存されている一九一二―一九一三年冬学期のザグレブ大学におけるアンドリッチの履修記録カードによれば――

生年月日　一八九二年十月十日
出生地　トラーヴニク（ボスニア）
帰省地　サライェヴォ（ボスニア）
宗教　ローマ・カトリック
母語　クロアチア語
父（死亡の場合は母）の名前　カータ・アンドリッチ
職業　寡婦

居住地　　　スレブレニツァ（ボスニア）
父親死亡の場合は保護者の氏名・住所　　イヴァン・マトコヴシク

の記載があり、音響学、非脊椎動物学、一般鉱物学、人体解剖学など理系の科目を履修している。

翌一九一三年六月にアンドリッチはウィーン大学に転ずる。スラヴ学、バルカン史を学び、スラヴ文献学者レシェタル教授、歴史家イレチェク教授の講義に満足を覚えたが、ウィーンの厳しい冬は彼には耐えがたかった。アンドリッチは肺を病み、医師は彼にウィーンを離れるように勧めた。

アンドリッチはサライェヴォのギムナジウム時代の恩師アラウポヴィチに泣きついて再び「ナプレダク」からの奨学金を得てポーランドに行き、クラクフのヤギェウォ大学に入学した。

クラクフでアンドリッチはスラヴ学を専攻し、スラヴ文献学者ヤン・ウォシ教授の古代教会スラヴ語、スラヴ学演習の授業に出席し、文学史家イグナーツィ・フジャノーフスキ教授、哲学者でスラヴ文化史家のマリアン・ズジェホースキ教授らの講義を聴き、一方、ポーランド文学に親しみ、ミツキェヴィチ、スウォヴァツキの詩、シェンキェヴィチの小説などに熱中した。

しかしクラクフにおいてもアンドリッチの健康状態は思わしくなく、カルパチア山系タトリ山麓にある保養地ザコパネのサナトリウムに行くように勧める人もいたほどである。

アンドリッチがクラクフに滞在していた一九一四年の六月、ザグレブのクロアチア作家協会が編纂した『クロアチア青春抒情詩』が出版され、その中には彼の詩が六篇収録されている（「去年《こぞ》の詩《うた》」「夜の詩」「闇」「消失」「哀しき不安」「赤い星々の夜」）。そこには新進詩人アンドリッチについて次のような紹介文が付されている。

サライェヴォの詩人のなかで最も特異な存在。トルコの隔世遺伝の痕跡は、些《いささ》かも見られない。夢見がちな乙女の夢の甘い悲しみをもって咲く、その詩の白い花のように、優しい、蒼ざめた、痛々しいほどに繊細な香り高い精神。長文の論説を書くにはあまりにもエネルギー不足。偶発的な恋のゆらめきのように短い。王宮なく、かしずく者なく、王妃なき王子。冬にはコーヒーの香の漂う喫茶店の空気を呼吸するが、それは、春になったら、緑草豊かな牧場の芳香の中に再生を求めるためにすることだ。芸術家はみなそうであるように、憂愁に閉ざされている。志遠大にして、感受性鋭し。一言にして言えば、未来を持つ人物。

ここには、出身地ボスニアのイスラム的背景や出自の貧困は微塵《みじん》も感じさせない、クロアチアの白面の貴公子アンドリッチのプロフィールがスケッチされている。

アンドリッチのクラクフ滞在の期間は短く、数か月にすぎなかった。

一九一四年六月二十八日、聖ヴィトゥスの日に、アンドリッチはクラクフで友人の一人から重大なニュースを聞かされた。その日、サライェヴォでオーストリアの帝位継承者フランツ・フェルディナント大公夫妻が暗殺された。刺客は、南スラヴ族による国家統一を目指す反オーストリア抵抗運動体「青年ボスニア」に属するセルビア出身の青年ガブリロ・プリンツィプ。フェルディナント大公夫妻は、サライェヴォに駐屯していたオーストリア＝ハンガリー帝国軍の演習を観閲するためにサライェヴォの旧市街に近いミリャッカ河畔を馬車で通行中に、銃弾を受け即死した。第一次世界大戦の導火線となった、いわゆる「サライェヴォ事件」である。

アンドリッチは、サライェヴォのギムナジウム時代、この「青年ボスニア」の運動に連帯する反ハプスブルク抵抗運動の秘密組織「急進青年クロアチア」に所属し、その議長を務めたことがあった。当日、六月二十八日の夕刻、身の危険を感じたアンドリッチはクラクフを離れ、ザグレブ行の汽車に乗った。ザグレブからリエカに出て、そこで船に乗りスプリットに向かった。スプリットには七月の中旬に到着し、友人の詩人・批評家ヴラジミル・チェリナと一緒に暮らしていたが、七月の末近く、反国家運動の科《とが》でオーストリア官憲に逮捕された。

アンドリッチは船でシーベニクに護送され、その後スロヴェニアのマリボルの監獄に投じられた。一九一五年の三月にはマリボルからザグレブへ移され、さらにスラヴォンスキー・ブロードに移送され、その後、出生地ボスニアのトラーヴニク近郊のオヴチャレヴォ村に移住を命じられ、警察の保護観察のもとに置かれた。オヴチャレヴォ村でアンドリッチは、教区司祭のアロイジイェ・ペルチンリッチと親交を結んだ。ペルチンリッチは当時三十五歳、ローマで神学を修めたフランシスコ会修道士だった。アンドリッチはトラーヴニクの周辺のいくつかのフランシスコ会の修道院を訪ねて、ペルチンリッチ以外のフランシスコ会士とも親しくなり、彼らから「沈着と自制と生活の知恵」を学んだ。オスマン支配下のボスニア社会にあってカトリシズムの精神的砦を成すフランシスコ会修道院の修道士たちの生きざまとさまざまな人物像は、のちに『胴体』（一九三七）、『さかずき』（四〇）、『水車小屋のなか』（四一）、『サムサラの旅籠屋の茶番劇』（四六）、『呪われた中庭』（五四）のペタル神父を語り手とする一連の作品群〔栗原成郎による邦訳がある。『呪われた中庭』（恒文社刊、一九八三年）〕およびマルコ神父を主人公とする『居酒屋にて』（二三）、『牢獄にて』（二四）、『告白』（二八）、『蒸留器のそばで』（三〇）などの短篇のなかで描かれることになる。

翌一九一六年にはペルチンリッチ神父の配置換えにともない、アンドリッチもボスナ河畔の町ゼニツァに移る。一九一七年、アンドリッチは三年ぶりに釈放され、常備軍に動員されるが、健康状態がすぐれないため帰され、ザグレブの「慈善姉妹会」病院に入院した。そこでアンドリッチは、カレル四世即位にともなう大赦にあずかり、晴れて自由の身となった。

入院中にアンドリッチは、若きクロアチア詩人たち――ブランコ・マシッチ、ニコ・バルトゥロヴィチ、ヴラジミル・チョロヴィチ――と図り、文芸誌「南方文芸」の出版を準備した。「南方文芸」創刊号は一九一八年一月一日付でザグレブにおいて発行され、ユーゴスラヴィア統一の理念のために献じられた。

一九一八年の春の終わるころ、アンドリッチは獄中生活（一九一四―一七年）に関する哲学的考察を『エクス・ポント（黒海より）』と題する散文詩として綴った。〔田中一生・山崎洋訳『サラエボの鐘』（恒文社刊、一九九七年）に所収〕

『エクス・ポント（黒海より）』は、アンドリッチの処女出版として友人ニコ・バルトゥヴィチの序文を付してザグレブの「南方文芸」出版から刊行された。

アンドリッチのザグレブ滞在中、オーストリア＝ハンガリー帝国は解体し、一九一八年十二月一日「セルビア人・クロアチア人・スロヴェニア人王国」の建国が宣言された。

『エクス・ポント（黒海より）』は好評を博したが、アンドリッチは初版に重大な誤植があることに気が付き失望した。そのうえ彼は再び健康を害し、新政府によって雇用されて就いた仕事――飢餓状態にあるボスニアの子どもたちに食料を供給する委員会の委員――が気に染まず、ザグレブを離れスプリットかサライェヴォに行きたい、と思っていた。

アンドリッチは、友人イヴォ・ヴォイノヴィチの助言によりサライェヴォ・ギムナジウム時代の恩師トゥゴミル・アラウポヴィチ博士に再び接触することにした。アラウポヴィチは今や新興国家「セルビア人・クロアチア人・スロヴェニア人王国」の宗教省大臣の要職にあった。

一九一九年十月アンドリッチは、アラウポヴィチの招請を喜んで受け、ベオグラードに赴き、最初は宗教省の事務官としてアラウポヴィチのもとで働いた。

一九二〇年二月、アンドリッチは「セルビア人・クロアチア人・スロヴェニア人王国」の外務省に入局し三等書記官に補せられ、ニューヨークの副領事に任じられたが、数日後に任命が変更され、ヴァチカンの公使館勤務となり、外交官としてのスタートを切った。

同じ一九二〇年、一方においては、散文詩『不安』がザグレブの「クゥグリ」社から、短編小説『アリヤ・ジェルゼレズの旅』〔邦訳『サラエボの鐘』に所収〕がベオグラードの「ツヴィヤノヴィチ」社から、『エクス・ポント（黒海より）』の第二版が同じ「ツヴィヤノヴィチ」社から出版されてアンドリッチは詩人・作家としても出発した。

一九二一年十月にはルーマニアのブカレストの総領事となり、一九二二年十一月にはトリエステの領事となった。

一九二三年一月、アンドリッチは、南オーストリアのグラーツの副領事に任じられたのを機にグラーツ大学哲学部で中断されていた学業を再開してオーストリア史、スラヴ文献学、哲学の講義を聴講した。

一九二四年五月、アンドリッチはグラーツ大学に博士学位請求論文『トルコ支配の影響下におけるボスニアの精神生活の発展』（ドイツ語文）を提出し、六月学位を得て学業を終了した。

アンドリッチは、学位論文として結実した「ボスニア精神史」の研究により作家として内面的に成長する基盤を築いたばかりでなく、学位を取得したことによってキャリアの道を歩みはじめることになった。

一九二四年の夏、アンドリッチは、叔父であり後見人であったヴィシェグラードのイヴァン・マトコヴシクを失い、悲嘆にくれた。それを機に彼はベオグラードへの転勤を願い出て受け入れられ、外務省の本省勤務となった。

その年、最初の作品集『短篇小説集』がベオグラードの有力出版社「セルビア文芸社」から刊行された。「宿坊にて」「牢獄にて」「チョルカンとシュヴァーベン女」「ムスタファ・マジャール」「ローマの一日」「ルザヴの丘」「田舎町《カサバ》での恋」「アルハムブラの夜」の九篇を収めたこの『短篇小説集』はセルビア王室科学アカデミーの賞を受け、これによってアンドリッチはセルビアにおいて作家としての地歩を固めた。

一九二五年十二月、最愛の母がサライェヴォで死去。享年五十三。後年アンドリッチが建てた墓碑には「カタリナ・アンドリッチ、旧姓ペイッチ。一八七二年八月十九日―一九二五年十二月十五日。

賢母にささぐ。息子」の銘がある。

一九二六年二月、セルビアの知識人たちの推薦によりセルビア王室科学アカデミーの準会員に選ばれた。その年の春にはマルセーユの副領事になる。

翌一九二七年の初め、家族の最後の一人であるヴィシェグラードの叔母アナが死去し、アンドリッチは天涯孤独になる。

同年、アンドリッチは南仏からパリの領事館に転勤となった。パリ滞在中、彼は勤務の合間を縫ってフランス外務省の古文書館に通い、ナポレオン時代にトラーヴニク領事を務めたピエール・ダヴィドの三巻に及ぶ報告文書を調査した。この研究の成果は、第二次大戦後の一九四五年に発表された長篇歴史小説『トラーヴニク年代記――領事の時代――』〔邦訳『ボスニア物語』岡崎慶興訳、恒文社刊〕となって結晶する。

一九二八年四月、再び転勤となり、今度はマドリッドの副領事としてスペインに赴く。気候温暖にして風光明媚、歴史的・文化的記念碑に富むスペインはアンドリッチの精神に良い影響を及ぼした。特に、マドリッドのプラド美術館は彼の精神を鼓舞し、エッセイ『ゴヤ』（一九二九）および『ゴヤとの対話』（一九三三）〔田中一生訳『ゴヤとの対話』恒文社刊〕を誕生させた。

一九三三年三月、首都べオグラードに呼び戻され、参事官として外務省本省勤務となる。一九三五年には外務省政治課課長、三七年には外務次官に昇進して順調に出世街道を歩む。

三〇年代に入る頃から、アンドリッチは自分の書く言語をセルビア・クロアチア語の「イェ方言」（クロアチア語）から「エ方言」（セルビア語）に切り替えている。アンドリッチの時代にはクロアチア語とセルビア語は構造的には「セルビア・クロアチア語」という同一の言語の二つのヴァリアントであるという認識が一般にあった。ザグレブ大学の履修登録カードに母語を「クロアチア語」と記入したアンドリッチは、ユーゴスラヴィア政府（「セルビア人・クロアチア人・スロヴェニア人王国」は一九二九年に国名を「ユーゴスラヴィア王国」と改称）の高官として主要な活動舞台をベオグラードに移すにあたって使用言語のコードをセルビア・ヴァージョンに変換したのであろう。言語の面においてもアンドリッチは、「ユーゴスラヴィア人」を意識したのであろう。

「エ方言」の採択によってアンドリッチは、「ムスリムの影の一片も感じさせない」ボスニア出身のクロアチア・モダニズム詩人からコスモポリタニズムのセルビア作家へと変貌していく。

ベオグラード転勤にともないアンドリッチは、請われるままに文芸誌「セルビア文学通報」の編集に参画し、自ら『誘惑』（一九三三）、『渇き』（三四）、『オルヤツィ村』（三四）、『コソヴォ思想の悲劇的英雄としてのニェゴシ』（三五）、『子ども』（三五）、『ゴヤとの対話』（三五）などの短篇小説やエッセイを同誌に発表した。

一九三六年には「セルビア文芸社」叢書の一冊として『短篇小説集』（第二集）が出版された。これは同じ叢書の『短篇小説集』（第一集、一九二四年）に続くもので『婚礼』『シナンの僧院《テキヤ》に死す』『誘惑』『オルヤツィ村』『渇き』『ミラとプレラツ』の六篇を含む。これら収録作品の初出はいずれも「セルビア文学通報」である。

一九三九年はアンドリッチの生涯においてもユーゴスラヴィアの歴史においても重大な意義をもつ年であった。

その年の二月十六日、セルビア王室科学アカデミーの総会においてアンドリッチは、ベオグラード大学教授ボグダン・ポポヴィチ、画家ウロシュ・プレディチ、彫刻家ジョルジェ・ヨヴァノヴィチの提案によってセルビア・アカデミーの正会員に推され、満場一致で承認された。このことはアンドリッチの外交官としての更なる昇進の道を準備することになった。

一九三九年四月一日付でアンドリッチはベルリン駐在ユーゴスラヴィア特命全権大使に任命された。同年四月十一日アンドリッチ大使はベルリンに到着し、四月十九日アドルフ・ヒトラー総督に信任状を提出した。

一九三九年九月ナチス・ドイツ軍のポーランド侵攻によって第二次世界大戦が勃発。アンドリッチは、強制収容所送りとなったポーランドの学者・知識人を外交ルートと個人的な人脈を通じて釈放させ、ユーゴスラヴィアをはじめ他の外国へ送り込むべく奔走したが、親ドイツ派に支えられているベオグラード政府の信任を得ることができなかった。

一九四一年早春、アンドリッチは本国の外務大臣に辞職願を提出したが、その願いは却下された。それとほぼ同じ時期、ナチス・ドイツはユーゴスラヴィアを日独伊三国同盟に引き入れることに成功した。三国同盟加入の調印は一九四一年三月二十五日にウィーンにおいて行われ、アンドリッチはその場に立ち会うためにウィーンに呼び出された。しかしその二日後の三月二十七日、ドゥシャン・シモヴィチ空軍司令官を指導者とする反ドイツ派将校団がクーデターを決行して、親ドイツ派のツヴェトコヴィチ内閣を倒し、未成年帝のペタル二世を擁し、シモヴィチを首班とする新政府を誕生させた。

アンドリッチはその足でベオグラードに赴き、新内閣と協議ののち四月三日ベルリンに戻った。

アンドリッチ大使はドイツ外務省に対して「ユーゴスラヴィアは、国家の栄誉に見合う限りの譲歩を示すに吝《やぶさ》かではない」旨を伝えた。

しかし四月六日払暁、ドイツ空軍は宣戦布告なしにベオグラードを爆撃した。四月七日アンドリッチは大使館員とともにベルリンを離れ、ドイツとスイスとの国境の町コンスタンツに五月の末まで滞在したのち、六月の初めドイツ軍占領下のベオグラードに帰還した。ベオグラード駅で外交官の大部分が逮捕された。アンドリッチは釈放され、友人の弁護士ブラナ・ミレンコヴィチの家に身を寄せた。

一九四一年十一月アンドリッチはすべての公職を退き、プリズレン通りにあるミレンコヴィチの持ち家の一階に蛹《さなぎ》のごとく蟄居して全身全霊を傾けて創作に専念した。一九四二年の春までに彼は『トラーヴニク年代記』を書き上げた。『ドリナの橋』の完成は一九四四年の後半である。『令嬢』（邦訳『サラエボの女』）は四三年末から書きはじめられて『ドリナの橋』とほぼ時を同じくして完成した。

ドイツ占領下のベオグラードにおいてアンドリッチは一篇の作品も発表しなかった。いちど一九四二年九月に「セルビア文芸社」が『現代セルビア短篇小説名作集』の出版を企画し、編集長がアンドリッチに作品を収録したい旨申し出たことがあったが、彼は「現在の異常な状況下にあっては新作にせよ既発表の旧作にせよ、いかなる形においても出版には応じられない」と要求を拒否した。

爆撃を受けて廃墟と化したベオグラードにおいてアンドリッチは、後の回想によれば「毎日が最後の日であるかのごとく生き」、現在書いているものが陽の目を見ることもなく瓦礫の下に埋もれてしまうかもしれない、という不安に包まれながらも「遺書を書くつもりで」作品を書きつづけた。

一九四五年ベオグラードが解放されると、新政府はアンドリッチに協力を要請し、彼は公的活動を再開した。

彼はまず『ドリナの橋』の原稿を「プロスヴェタ」社に渡した。『ドリナの橋――ヴィシェグラード年代記』は一九四五年三月「南スラヴ作家シリーズ」の第一巻として初版五千部が出版された。同じ年のうちに『トラーヴニク年代記――領事の時代』がユーゴスラヴィア国家出版局から「現代ユーゴスラヴィア文学シリーズ」の第一巻として、『令嬢』〔邦訳『サラエボの女』田中一生訳、恒文社刊、一九九七年〕がサライェヴォの「スヴィェトロスト」社から相次いで出版された。これによってアンドリッチは作家として揺るがぬ地歩を築き、一九四五年ユーゴスラヴィア作家協会の会長に選出された。

同年アンドリッチはボスニア・ヘルツェゴヴィナ共和国議会の議長に選出され、一九五一年にはザグレブのユーゴスラヴィア科学・芸術アカデミーの準会員、五三年にはスロヴェニア科学・芸術アカデミーの準会員となり、公的活動の範囲を漸次連邦国家の全域に広げてゆき、その間五二年秋には連邦議会幹部会よりユーゴスラヴィアの文化の分野における優れた功績に対して国民功労賞を授与された。

一九五四年には中篇小説『呪われた中庭』がノヴィ・サドの「マティツァ・スルプスカ」（セルビア文化協会）から出版された。

一九五八年九月二十七日、アンドリッチは六十六歳近くなって、服飾デザイナー、国民劇場の舞台衣装監督のミリツァ・バビッチ（一九〇九―六八）と結婚した。ミリツァは、作家自身の言葉によれば「洗練された芸術的感覚の持ち主」であり、原稿の段階でアンドリッチの作品を読み「つねに単純であるが、きわめて有益な意見を遠慮がちに述べる」彼の文学の良き理解者であった。ミリツァは、アンドリッチの友人で外交官であったネナド・ヨヴァノヴィチの夫人であったが、ヨヴァノヴィチの死後、イヴォとミリツァは互いによき理解者として熟年の生活を共にすることにし、婚礼なしに結婚の手続きを済ませた。二人の結婚の証人は詩人のアレクサンドル・ヴチョとその夫人ユリアナであった。

五〇年代の後半にいたると、アンドリッチの主要な作品はヨーロッパの多くの言語に翻訳され、評論や研究論文が出るようになった。アンドリッチは、イギリスのグレアム・グリーン、アメリカのジョン・スタインベック、イタリアのアルベルト・モラヴィアとならんでノーベル文学賞の候補者のリストに名を列ねるようになった。

一九六一年十月二十六日、スウェーデン科学アカデミーは、イヴォ・アンドリッチに「自国の歴史の主題と運命を叙述し得た叙事詩的筆力に対して」ノーベル文学賞を授与することを発表した。同年十二月十日アンドリッチは夫人を同伴してストックホルムを訪れ、ノーベル文学賞を受けた。

アンドリッチはノーベル文学賞の賞金の半額を「ボスニア・ヘルツェゴヴィナにおける図書館の充実化を促進するために」寄付する意思をボスニア・ヘルツェゴヴィナ国文化庁に伝えた。

ノーベル文学賞受賞によりアンドリッチは、ユーゴスラヴィアの国民的英雄となり、国の内外から講演などのために訪問の招請をしばしば受けるが、健康の悪化を理由に外遊は最小限度にとどめた。彼はツルナ・ゴーラ（モンテネグロ）のアドリア海岸の保養地ヘルツェグ・ノヴィの別荘で夫人とともに時を過ごすことが多くなった。それでもアンドリッチは、一九六二年にはギリシャ、エジプトを旅し、六四年にはイタリア、ポーランドを訪れ、ポーランドのクラクフではヤギェウォ大学の開校六百年祭の機会に名誉博士号を授与されている。しかしソ連邦（六四年）、アメリカ（六六年）、トルコ、日本（六九年）からの招待を、いずれも健康上の理由で辞退した。

一九六八年三月二十四日、ヘルツェグ・ノヴィの別荘で夫人ミリツァが急死した。

アンドリッチは、連邦共和国勲章（六二年）、「反ファシスト・ユーゴスラヴィア民族解放」国家賞（六八年）、「七月二十七日」ボスニア・ヘルツェゴヴィナ共和国賞（七〇年）、「ヴーク・カラジッチ」賞（七〇年）、ベオグラード大学名誉博士号（七二年）、ユーゴスラヴィア社会主義連邦共和国功労英雄賞（七二年）など数々の栄誉を国家から与えられたが、高齢化と共に健康優れず一九七五年三月十三日、ベオグラードの陸軍病院で八十二歳の生涯を閉じた。

二　作品について

『宰相の象の物語』Прича о везировом слону / Priča o vezirovom slonu

初出「文芸」誌、ベオグラード、一九四七年七・八号

時代はオスマン帝国の繁栄に翳りが見えはじめた一八二〇年代。場所はオスマン帝国の属州ボスニアのトラーヴニク。トラーヴニクはサライェヴォの九〇キロ西方に位置するラシュヴァ川渓谷地帯

の山間の町であるが、一六九九〜一八五〇年はボスニアの州都。帝国の一行政州であるボスニアは中央政府から任命された総督のもとに統治されたが、十六世紀の半ばにボスニアの総督は「宰相（ヴェズィール）」とよばれるようになった。ボスニアは一四六三年にオスマン帝国によって征服され、十五世紀末から十六世紀にかけてイスラム化が進み、当地在住のスラヴ人の支配層が漸次イスラム教に改宗して帝国内において指導的立場を確立する。オスマン帝国は征服によってボスニアに限らずバルカン半島全域に支配領域を拡大するが、時代がくだると有力な支配者層となった地方貴族・指導者たちの勢力に手を焼くようになる。十九世紀に入るとスルタン・マフメド二世（一八〇八―三九）の治世下に中央政府の権力を増大してオスマン帝国をヨーロッパの強国同様の中央集権国家にするための改革を開始した。ボスニアの貴族・指導者たちはこの改革に参与することを拒んだ。改革された帝国においては税金を手もとに確保し、領民が帝国の軍隊に徴兵されることを望まなかった地方領主は既得の権力と独立を奪われることになる。ボスニアに帝国の改革を導入する試みは一八二六年になされた。スルタンがボスニア人をスルタンの新しい西欧式の軍隊に徴用しようとした時期にボスニア貴族・指導者たちが叛旗を翻した。

ちょうどその直前の時代を物語の背景として、「凄腕の」ヂェラルゥディンが新宰相としてボスニアに赴任してくる。ある冬の夜ひそかにトラーヴニクの官邸に入った新宰相は、以後も町の人々の前に姿を見せないまま、恐怖政治を布く。春になって、この暴君、姿の見えない気まぐれな権力者は、アフリカの仔象をペットとして購入する。無邪気な仔象は町を遊び場にするが、そのちょっとした運動や悪戯《いたずら》も町の破壊に結びつく。仔象は暴君の化身として考えられるようになり、人々の仔象への憎悪は日に日に増大する……

恐るべき権力者の恐怖政治と、その末路を描いた『宰相の象の物語』が、第二次大戦後の一九四七年に発表されたことには大きな意味がある。アンドリッチは、外交官としてファシスト独裁体制を知っており、ファシズムについてある手記（「カルミ・バルフの思い出」一九五二年）において書いている。

ファシズムが引き起こした国際的規模の重大な不正と犯罪に関するすべての問に対する解答は、何よりもまず、自分の権力と自分の「イデオロギー」を善良な人々の墓場の上において実現させている暗い闇の力に抵抗する組織化された熾烈な闘争の中に、別のより良い社会組織、世界構造を築く作業に求めなければならない。

それにアンドリッチは、独裁者ヒトラーとムッソリーニの哀れな末路を同時代人として知っている。死刑執行人に比せられる宰相ヂェラルゥディンにヒトラーのシルエットを見てもよいであろう。

また、本作品は冒頭の暗示的な文章が示すように「物語」の本質論が主題の基底を成している。作者は、ボスニアの町の巷の噂、人々のとりとめもないおしゃべり、酔っ払いの作り話、小心者の大言壮語、虚言、恐怖と憎悪の中にいる人の溜息や沈黙から微小の真実の種を採取し、培養して物語として組み立てていく。ボスニア人は、「人が物語る現実性よりも現実性についての自分の物語を大切にする」という。

そして、オスマン帝国の巨大な国家権力と中央政府から派遣されてくる宰相たちの恐怖政治のもとに長年にわたって置かれたボスニアの無力な民衆が創り出した物語には、「自己防衛」の特別の意味がある。一九六一年アンドリッチがノーベル文学賞受賞に際して行なった講演には物語と物語る行為について触れた部分がある。

何千という言語において、きわめて多様な生活環境において、世紀から世紀にわたって、古代社会の族長時代の小屋の炉辺での昔語りから始まって世界の中心的都市の出版社からこの瞬間にも現れる現代の物語作者たちの作品にいたるまで、人々が絶え間なくまた果てしなく語り伝える人間の条件についての物語が紡ぎ出されてきました。物語を語る方法と形式は時代と環境に応じて変わるけれども、物語と物語を語ることに対する人間の欲求は変わることがなく、そして物語はさらに遠くへと流れ、物語を語る流れが涸れ果てることはありません。そうすると、時にはこう思われることがあるでしょう。——人類は、意識の最初の曙光が射した時から何世紀にもわたって物語を語りつづけてきたのであり、自分の肺の呼吸と脈拍のリズムに比せられるように、無数のヴァリアントのうちに同一の物語を絶えず語りつづけてきたのだと。しかし物語は、伝説的な物語の語り手であるシェヘラザードに倣って、死刑執行人の気を逸らし、我々を脅かす悲劇的な運命の避けられない定めを執行猶予にし、生命と持続時間を引き延ばす希求に似ております。

この言葉は『宰相の象の物語』を理解する鍵となる。

『シナンの僧院《テキヤ》に死す』Смрт у Синановој текији / Smrt u Sinanovoj tekiji
初出『短篇小説集』（第二集）ベオグラード、一九三六年

ボスニア出身の修道師《デルヴィシュ》アリデデは学識豊かで清廉潔白、高徳の人物としてムスリムの間で信望が厚かった。君府イスタンブールで四十五年修道に励んだが、「死と大地が呼んでいる」と自分の死期を悟り、「人間は自分の故郷に恩義がある」と思って故郷ボスニアに帰ることを決意した。帰郷後、サライェヴォのシナンの僧院《テキヤ》で講話を始める直前、急に言葉が出なくなり、そのまま最期のときを迎える。その臨終の数分間に、修道によりすでに克服していたはずの幼児期と青年期のトラウマが蘇った。二人の女をめぐるその記憶は、本能的な罪悪感をともなって彼の心に残った、二つの深い傷であった。

アリデデは、女性をまったく知らない童貞の聖人である。その彼が臨終に際して「女人がこの世界の入り口にして出口なる門のごとく立ちたることを、我は失念せり」と祈りの中で告白する。彼が六十五年の生涯のなかで出会った女性は、一人は裸体の水死体であり、一人はシャツか服の破れから肌をのぞかせていたにすぎない、しかも消えた女である。そのような女性でも、女性であるかぎり、修道師《デルヴィシュ》の罪意識につながる。

ボスニア戦争後、ムスリムの学者・批評家はアンドリッチの作品におけるボスニア理解を西欧カトリック的視点に立つものとして否定的に見る傾向が強まる。その代表M・リズヴィチ（一九三二—九四）は、その大著『アンドリッチの世界におけるボスニア・ムスリム』（Muhsin Rizvić. Bosanski muslimani u Andrićevu svijetu. Ljiljan/Sarajevo. 1996）において『シナンの僧院《テキヤ》に死す』にも触れている。曰く「ア

ンドリッチはこの作品においてカトリックおよび東方正教会の修道院の生活をモデルにしていることでデルヴィシュの献身に関する無理解と自分の西欧的見解をあらわにしている」「アンドリッチは、作品のどの登場人物をも内的な性的倒錯を免れ得ない者として描いており、このデルヴィシュもその例外ではなく、強い性衝動を本能的にもたせている」。アリデデの臨終の二分間の祈禱は声にならない、唇の動きだけによるものであり、その内容は誰にも正確には聴き取れない。それはアリデデに仮託したアンドリッチの思念である。リズヴィチは「アリデデの臨終の祈禱は、アンドリッチの恋愛妄想（エロトマニア）、運命的な誘惑としての女性のもたらす強迫観念と罪の贖いとしての生命についての懐疑的認識の表現に他ならない」と言う。

しかしこの作品においては女性に関わる問題に関しては、無垢の人にも潜在する抑制されたエロス要素の複合の発現よりも、女性の陰に潜む悪・不幸とそれに関わる人間の悪しき運命との関係が強く意識されているように思える。幼年時代に見た女性については裸体への興味よりも死体への恐怖が強く、青年時代に見た女性には悪と不幸の影が付いていることへの恐怖が彼を尻込みさせた。「人は生命の代価として悪しき運命に負債がある」とアンドリッチはアリデデの口を借りて言う。この「悪しき運命」には「タクシラート taksirat」というアラビア語起源の語彙が用いられており、「悪」「不幸」とほぼ同意義である。悪は悪しき運命がもたらす不幸である。「悪しき運命」は人の影として人の踵《きびす》に付いていく。「悪しき運命」は人間の責任ではなく、悪しき運命が人に悪をもたらす。その悲運を人間は先祖代々血として受け継いでいく。しかし、この運命論的考え方は、罪を悪の根源と観る西欧キリスト教にはない。この点、リズヴィチのアンドリッチ批判は適切であるとは言えない。

『絨毯』 Ћилим / Ćilim

初出『闘争と苦難を超えて　短篇小説集』ベオグラード、一九四八年

一九四一年ナチス・ドイツは傀儡国家「クロアチア独立国」を設置し、ボスニアも三年間その組織の中に組み込まれた。そしてクロアチアのファシスト組織ウスタシャがサライェヴォ市の行政の実権を握った。

『絨毯』の作中人物のカータ婆さんはビストリックの小さな持ち家を市に接収されそうな状況の中に立たされて新任のウスタシャの役人と面会するため、市の待合室にいる。待たされているあいだ、カータ婆さんは足元の絨毯を見ているうちに、自分が七歳の時の幼児体験を回想する。一八七八年、オーストリア＝ハンガリー軍の侵攻によりサライェヴォは陥落。占領軍の一人の兵士がカータの家にムスリムの家から略奪した絨毯を持ち込み、ラキヤとの交換を要求する。カータの気丈で沈着な祖母のアンジャが毅然とした態度で兵士を追い払うが……

この作品の真の主人公はアンジャ婆さんであり、アンジャ婆さんのモラルが主題である。彼女は「誰も他人の不幸で自分の幸福を築くことはできない」「隣人と共に生きよ」と息子夫婦を諭す。そしてカータ婆さんはアンジャ婆さんの反復である。

カータ婆さんは、アンドリッチの母カータがモデルである。カータはビストリックの坂下の大工の娘として生まれ、オーストリア軍侵攻の時、七歳の子どもだった。カータはその時の絨毯事件につき

家族から聞いたこと、自分でも覚えていることを息子に伝えた。「小伝」でもふれたように、アンドリッチの母カータはビストリックの坂下に住む貧しい絨毯織り女工だった。

『アニカの時代』Аникина времена / Anikina vremena

初出『短篇小説集』ベオグラード、一九三一年

舞台は長篇小説『ドリナの橋』のそれと同じヴィシェグラードとその隣村のドブルン。時代は十九世紀中葉前後。ヴィシェグラードは一四五四年にオスマン帝国に征服され、一八七八年までその支配下において発達した「カサバ」（田舎町）。ドブルンはヴィシェグラードの十二キロほど東にあるルザヴ川の渓谷地帯にあるロマニヤ山系の山麓の集落であるが、十四世紀以来セルビア正教の文化圏にあり、イスラム化したヴィシェグラードもセルビア正教会の制度上はドブルンの教区に属する。ドブルンの正教会の長司祭はポルゥボヴィチ家の人々が数世代にわたって務めた。そのポルゥボヴィチ家系の最後の司祭ヴゥヤディン神父の発狂からこの小説は始まる。

ヴゥヤディン神父の悲運は不可解であるが、近郷の住民が自分たちの運命や不幸の不可解さを想うとき、彼らの心にむすびつくものでもあった。そして人々の間に、発狂した神父の祖父と曽祖父の時代に起こった「アニカの事件」が想起される。ヴゥヤディン神父の悲劇が序章となって『アニカの時代』の物語がはじまる。

セルビア正教の教会暦ではクリスマス期の重要な祝日に当たる「神現祭」（旧暦一月六日／新暦一月十九日）に、ヴィシェグラードの教会に一人の美貌の若い女性が現われて、人々の目を惹く。女性の名はアニカ。彼女はその日、教会の庭で偶然、「よそ者」の青年ミハイロと出会い、二人は互いに心を寄せてゆく。町の人々もアニカとミハイロの結婚を予想するほどになるが、ミハイロは突然アニカと会うことを止める。その後、聖ゲオルギウスの祝日の野外行楽会への参加の誘いにミハイロが応じなかったことにより愛の破局を感知したアニカは「男たちのための家」を開くことを宣言する……。

アンドリッチは二〇年‐三〇年代の作品において「悪の問題」を取り扱った。悪は世界のいたる所にあるという苦渋に満ちた理念が彼にはあった。悪はヴゥヤディン神父の心にも住む。それは内なる二重人格の自己分裂として神父を狂気にいたらせた。悪しき運命を背負った青年ミハイロは、抗いがたい本能的衝動に駆られて女性と関わり、内なる道徳律に背いて無意識的に殺人に加担する。淫奔な女性クルスティニツァは誘惑者の悪を代表する。クルスティニツァの獣じみた不可解な、企みに満ちた眼差しからミハイロはのがれることができない。悪は妖艶な美女アニカにも宿る。彼女は悪の種を自分の周囲に蒔く。しかしこの二人の女性は、不幸の深淵の中にいる。悪は悪しき運命が人間にもたらす不幸であり、人間の責任を超えている。この問題は短篇『シナンの僧院《テキヤ》に死す』においても追究される。

＊

収録作品の翻訳には底本として「プロスヴェタ」版の『イヴォ・アンドリッチ全集』（十七巻本）
（Сабрана дела Иве Андрића. Просвета/Београд. 1981）を用いた。
イヴォ・アンドリッチの小伝の作成に当たっては主に次の書を参考にした。

Miroslav Karaulic. Rani Andrić. Prosveta/Beograd. 1980.
Коста Димитријевић. Иво Анрић. Дечје Новине/Горњи Милановац. 1981.
Vasilije Kalezić. Ivo Andrić u našim sporovima. Partizanska knjiga/Ljubljana. 1985.
Vanita Singh Mukerji. Ivo Andrić A Critical Biography. McFarland & Company, Inc., Publishers. Jefferson, North Carolina, and London. 1990.

訳者あとがき

いまは解体・消滅してしまった南スラヴ人の国家ユーゴスラヴィアにわたくしは、限りない郷愁を覚える。若き日、ユーゴスラヴィアの言語・文化の研究を志したとき、この多言語・多民族・多宗教・異文化が混在・共存する複雑なモザイク構造の国家――特にボスニア――を理解するための最適な先導者として典型的な「ユーゴスラヴィア人」イヴォ・アンドリッチに着目してその作品を読みはじめた。

歴史を凝視するイヴォ・アンドリッチの眼は鋭く澄んでいる。その真摯な眼差しに魅せられて、しばしアンドリッチの文学世界に沈潜した。拙訳『ノーベル賞文学全集⒀　アンドリッチ他』（主婦の友社刊、一九七二年）、その改訳増補版『呪われた中庭』（恒文社刊、一九八三年）はその時の没我の境地において生じた結果であった。それからほぼ四十年を経たいま、再びアンドリッチと向き合った。そして、アンドリッチをボスニア世界への道案内とした自分の選択に間違いはなかった、と思う。

アンドリッチは、自身の「小祖国」ボスニアを普遍的な人間の日常生活の法則性を表象する社会として描いた。アンドリッチの創作には史料や古文書を駆使して歴史的現実に肉迫する学問的方法と伝説や神話を発条として飛躍する豊かな想像力とが融合している。ボスニアは、独特の歴史、地理、社会的・民族的現実、人間の運命を備えた世界の一隅として描かれると同時に、普遍性と超時間性をもつ人間の万古不易な社会生活のモデルとして表象されている。

没後の一九七六年に完全な形で出版された随想録『里程標 Znakovi pored puta』において彼は次のように書いている。

私は自分がしている事が、している様が、リアリズムであるかどうかは知らないが、これが現実であるということには確信をもっている。私はこの仕事に携わるようになって以来、現実に従い、自分の力が及ぶかぎり、この無限の現実をそのあらゆる現象において——石ころや草から人間にいたるまで、人間の自覚的な思考と暗い本能にいたるまで、いくら観察しても見飽きることがない天体から、夢と空想から日用のパンにいたるまで、人間の生活の法則性とそれに付随するすべての必要事項にいたるまで——自分のためにも他者のためにも説明できるように努めてきた。

アンドリッチの作品は、ボスニアという特殊性を描きながら、人間の生活の普遍性と現実性をもつ。度重なる戦争や災難の状況下にあってもボスニアの市民のあいだにはトルコ語で「komšiluk コムシルク」とよばれる「良い隣人関係」を表す美徳ともいうべき倫理観が育まれてきた。分離主義や差別を否定する良風美俗であった。そこには人間らしい「心の優しさ」を意味する「merhamet メルハメト」（アラビア語起源のトルコ語）というイスラム精神の人道があり、それはアンドリッチの文学の作中人物において形象化されている。しかしこの市民的礼節は崩れやすい。それを突き崩すものは何か。アンドリッチは、一九四六年に発表された短篇『一九二〇年からの手紙』において旧友のサライェヴォ出身のユダヤ系オーストリア人医師マックス・レーヴェンフェルトの口を借りて、それは「ボスニアの風土病である憎悪だ」、「ボスニアは憎悪の国である。それがボスニアだ」と言う。「ボスニアは、人々の信仰の堅固さ、性格の強靭さ、優しさと熱情的な愛、深い感性、献身とゆるぎない忠誠心、正義への渇望という諸点において世界に比類のない国であるにもかかわらず、その足もとには憎悪の嵐が不透明な深淵に潜んでいる。そしてその嵐は発生の機が熟するのを待っている」。「憎悪が自律的な力として現れ、憎悪を自己目的としてもつ国」の未来に希望を見出すことができずに旧友マックスは、一九二〇年の早春ボスニアを去る。

前世紀末の不幸なユーゴスラヴィア内戦・ボスニア紛争（一九九一年～一九九五年）の悲惨な戦禍の跡をたどることは、いまここではしたくない。

アンドリッチの描いたボスニアは主として第一次世界大戦以前の古いボスニアであるが、オスマン・トルコ、続いてハプスブルク・オーストリアという他国・異民族の支配のもとに長年置かれたボスニアの自己形成の過程と独自性の持続が歴史的視野から真摯な眼差しのもとに見つめられており、そこにボスニア文化の原像が映し出されている。それゆえにボスニアの現在と未来はその映像の射程内にある、と思うからである。

本書は「東欧の想像力」を追究する木村浩之さんの情熱と努力によって生まれた。

昨年の初夏、木村さんは、籠居・老耄の身の書痴を訪ね、励まして未訳のアンドリッチの翻訳を勧めてくださった。おかげさまで、長い惰眠から覚めて、消えかかった暖炉の灰の中の残り火を掻き熾《おこ》すようにして、仕事にとりかかった。原文の関係詞による複文を積み重ねていく長文は、ときに抽象的な思考の連続があり、日本語に移すのに難渋することもあったが、翻訳の作業そのものは老病の身にも苦ではなく、思ったよりも順調に進捗した。

木村さんは、訳文を丹念に検討されて、きわめて適切で有益な助言、提案を示された。同氏に心から感謝申し上げる。

二〇一八年夏　八王子の寓居にて　　栗原成郎

本書収録の作品中には、今日の観点から見て考慮すべき用語・表現がございますが、これら作品が書かれた時代的・社会的状況に鑑み、また、文学作品としてのテキストを忠実に日本語に移すという方針から、おおむねそのまま訳出しました。読者の皆様方のご理解をお願い申し上げます。

編集部

【訳者紹介】

栗原　成郎（くりはら・しげお）

1934年、東京生まれ。東京教育大学大学院文学研究科修士課程修了。
東京大学名誉教授。博士（文学）。専攻はスラヴ文献学・スラヴ言語文化論。

著書に『スラヴ吸血鬼伝説考』（河出書房新社）、『スラヴのことわざ』（ナウカ）、『ロシア民俗夜話』（丸善）、『ロシア異界幻想』（岩波書店）、『諺で読み解くロシアの人と社会』（東洋書店）などがある。
訳書にプーシキン『ボリース・ゴドゥノーフ』（『プーシキン全集』第三巻、河出書房新社）、アンドリッチ『呪われた中庭』（恒文社）、ブルリッチ＝マジュラニッチ『昔々の昔から』（松籟社）、ポゴレーリスキイ『分身』（群像社）など。

〈東欧の想像力〉14

宰相の象の物語

2018年11月15日　初版発行　　定価はカバーに表示しています

著　者　イヴォ・アンドリッチ
訳　者　栗原　成郎
発行者　相坂　一

発行所　松籟社（しょうらいしゃ）
〒612-0801　京都市伏見区深草正覚町1-34
電話　075-531-2878　振替　01040-3-13030
url　http://shoraisha.com/

印刷・製本　亜細亜印刷株式会社
装丁　仁木　順平
Printed in Japan

 ISBN 978-4-87984-369-2 C0397